超高韧性水泥基复合材料
在高性能建筑结构中的基本应用

Basic Application of Ultra High Toughness Cementitious Composites in Advanced Engineering Structures

徐世烺　李庆华　著

科学出版社

北　京

内 容 简 介

本书以目前国际热点研究的超高韧性水泥基复合材料（UHTCC）这一新型土木工程材料为出发点，首先回顾总结了自提出该材料的微观设计原理以来，国内外研究人员在其基本力学性能、耐久性、结构应用等方面的研究成果。接下来着重介绍了本书作者以南水北调工程重大关键技术研究及应用项目为背景的研究成果——使用我国国产胶凝材料成功配制出的超高韧性水泥基复合材料在高性能结构中的基本应用（以弯曲构件为例）。最后阐述了 UHTCC 材料在高性能建筑结构中的发展前景。

本书可供从事土木水利、交通、铁路、工业民用建筑领域的科学研究人员与工程技术人员，高等院校教师，博士硕士研究生以及大学本科高年级学生参考。

图书在版编目(CIP)数据

超高韧性水泥基复合材料在高性能建筑结构中的基本应用＝Basic Application of Ultra High Toughness Cementitious Composites in Advanced Engineering Structures/徐世烺，李庆华著. —北京：科学出版社，2010
ISBN 978-7-03-028902-5

Ⅰ.①超… Ⅱ.①徐… ②李 Ⅲ.①水泥混合料：复合材料-应用-建筑结构-研究 Ⅳ.①TQ172.4 ②TU3

中国版本图书馆 CIP 数据核字（2010）第 173691 号

责任编辑：沈 建/责任校对：郭瑞芝
责任印制：赵 博/封面设计：耕 者

科学出版社 出版
北京东黄城根北街 16 号
邮政编码：100717
http://www.sciencep.com

双青印刷厂 印刷

科学出版社发行 各地新华书店经销

*

2010 年 9 月第 一 版　　开本：B5（720×1000）
2010 年 9 月第一次印刷　　印张：13 1/2
印数：1—2 500　　　　　　字数：260 000

定价：55.00 元
（如有印装质量问题，我社负责调换〈双青〉）

前　言

　　自 19 世纪 20 年代波特兰水泥问世以来，混凝土材料以其卓越的建筑性能成为目前应用最广、使用最成功的结构工程材料之一。近年来，我国建筑水泥用量已达到世界水泥使用总量的 70%，每年有近 20 亿 m³ 的混凝土用于工程，成为我国大型工程建设应用最广泛的基本工程材料。从大型水利水电工程、港口工程、海洋工程、桥梁工程、地下工程、城市建筑工程到核电站工程乃至机械制造业的基础工程，混凝土与钢筋混凝土结构都是最主要的结构形式。

　　一直以来，混凝土自身材料性能方面存在着诸多的缺陷，如凝结与硬化过程中收缩变形大、抗拉强度低、抗裂能力差、脆性大、极限延伸率小以及抗冲击性差等，给混凝土结构的实际应用带来了许多质量问题。首先，混凝土结构在极端荷载的作用下，如强烈地震、冲击或爆炸荷载，易发生破碎破坏。混凝土结构的这一特性对于大型水库大坝、大型桥梁、核电设施等重要结构的安全性能极为不利。同时，在正常工作荷载下，钢筋混凝土结构易由于混凝土的开裂、剥落而引发钢筋锈蚀及其他相关问题，而导致建筑物服役寿命缩短。这一问题对于大坝泄洪建筑物、跨江海大型桥梁、港口码头、海洋工程设施等恶劣工作环境下的钢筋混凝土结构尤为突出。很多学者认为，混凝土结构裂缝问题是一直未能很好解决的顽症，是影响许多重大工程结构耐久性降低和达不到设计使用寿命的一个突出问题。

　　材料的创新是土木工程结构领域最带有革命性的根本创新，是学科发展的制高点。高性能混凝土材料是当前国际上的研究热点，已连续召开了 5 届国际学术会议。目前研究趋势已经从传统的被动地研究材料和结构的性能，如断裂性能、抗震性能、可靠性、耐久性，过渡到主动地根据工程需求研究出集多种高性能性质于一身的高性能建筑结构。因此，由包括高性能混凝土在内的高性能结构材料所建造的高性能建筑结构是 21 世纪结构工程学科发展的新方向，对于有效提高钢筋混凝土结构的耐久性和服役寿命具有重要的学术意义和工程应用价值。根据国家对防灾减灾、节能、环境保护和可持续发展的迫切需求，需要从高性能材料和高性能结构取得新的突破。国家自然科学基金委结构工程学科十二五发展规划中也将高性能结构列为结构工程学科重大项目研究方向。

　　基础理论的进步导致 20 世纪 90 年代初新水泥基复合材料的重大突破。美国密西根大学 Victor Li 和麻省理工学院的 Christopher K Y Leung 以断裂力学和微观力学原理对材料微观结构进行有意识的设计调整而率先研制了经过设计的水泥基复合材料（ECC），在我国已被正式称为超高韧性水泥基复合材料（UHTCC）。该材料宏观抗拉极限应变可达到 2%～3%。其抗拉应力应变关系呈现出随应变的增大应力不降低，即通常讲的应变硬化现象。拉伸过程中多条微细裂纹的形成使材料的宏观拉应变增大 100～300 倍，断裂能提高近千倍，使水泥基材料由传统的脆性材料转变为类似金属的韧性材料。由于其优良的应力-应变性能，该材料在未来土木工程中的应用已引起国内外学者的广泛关注，并被认为是水泥基结构材料高韧性化的主要途径之一。日本应用该材料对广岛三鹰大坝大面积老化和开裂进行了成功修复。同时日本、美国、欧洲、韩国在许多实际工程包括隧道、铁道、桥梁、高层建筑、车站的新建与修复加固中进行了广泛应用。

　　有趣的是，国际上许多研究高性能材料和高性能结构的学者大多同时从事混凝土断裂力学的研究。如国际混凝土与混凝土结构断裂力学协会前主席 Victor Li 教授在美国麻省理工学院任教授的时候就提出了高性能材料 ECC 的设计理念，后转任密西根大学教授进一步发展了该材料。国际混凝土与混凝土结构断裂力学协会国际科学委员会委员、美国工程院院士、西北大学 Surendra P Shah 教授长期研究纤维混凝土，最近开始了碳纳米增强水泥基复合材料研究。国际混凝土与混凝土结构断裂力学协会国际科学委员会委员、英国 Cardiff 大学的 Kariha-loo 教授最近研究开发了一种抗拉强度为 10～15 MPa、抗压强度为 207 MPa、命名并注册为"Cardifrc"的高性能混凝土。俄罗斯科学院院士、原瑞士洛桑联邦工学院 Wittmann F H 教授也曾担任过国际混凝土断裂力学大会主席，近年主要研究 SHCC 高性能材料。国际混凝土与混凝土结构断裂力学协会顾问委员会委员、日本岐阜大学 Rokugo 教授在从事混凝土断裂力学研究的同时，也主要从事超高性能纤维增强水泥基复合材料（UHPFRCC）研究。

　　从 2000 年开始，笔者的课题组开始了采用国产胶凝材料研制高韧性水泥基复合材料的工作，并于 2003 年和 2006 年先后获得了国家自然科学基金重点项目和南水北调工程建设重大关键技术研究及应用项目的支持，目前已成功研制出极限拉应变稳定达到 3%～6%、具有多重微细裂缝和显著应变硬化特性的超高韧性水泥基复合材料（UHTCC），同时对该材料的拉伸、压缩、弯曲、抗冻性能、抗渗性能、干缩性能、传热性能、热膨胀性能、与普通混凝土粘结性能、和普通混凝土和钢筋混凝土结构构件共同作用的力学性能及对裂缝抑制从而带来的耐久性提高开展了较为广泛的研究，同时在我国一座在建的高碾压混凝土坝围堰的迎水面进行了现场工程施工和应用示范性研究。此外，笔者课题组从 2004 年开始研究碳纳米管增强水泥基复合材料，目前其抗压强度可达 170MPa。简言之，围绕超高性能土木工程材料和高性能结构研究领域，笔者课题组从超高韧性水泥基复合材料、纤维编织网增强混凝土、碳纳米管增强超高强砂浆的研制、材料基本力学性能、耐久性能以及高性能结构弯曲梁构件的基本计算理论等方面进行了较为系统和深入的研究工作取得了较为丰富的研究成果。

　　高性能结构是一个非常大的研究课题，有着广泛的研究内容。笔者课题组目前主要根据自己研制的超高韧性水泥基复合材料为基础，制备出具有优良耐久性和抗震防裂能力的高性能复合梁弯曲构件，进行了初步性探索研究。

　　本书以超高韧性水泥基复合材料（UHTCC）这一新型土木工程材料为出发点，首先回顾总结了自提出该材料的微观设计原理以来，国内外研究人员在其基本力学性能、耐久性、结构应用等方面的研究成果。接下来着重介绍了本书作者以南水北调工程重大关键技术研究及应用项目为背景的部分研究成果——使用我国国产胶凝材料成功配制出的超高韧性水泥基复合材料在高性能结构中的基本应用（以弯曲构件为例），主要包括三部分内容：其一，针对水工混凝土大跨薄壳结构的开裂问题、腐蚀环境下的钢筋混凝土结构维修和加固问题，结合纤维编织网与 UHTCC 二者的优势，开展了非金属筋（碳纤维编织网）增强超高韧性水泥基复合材料的力学性能研究，提出了改善碳纤维编织网与 UHTCC 之间粘结性能的实用方法；其二，针对 UHTCC 在抗震限裂要求严格的大跨度结构或结构变形关键部位使用时遇到的构件设计问题，开展了钢筋增强超高韧性水泥基复合材料受弯构件（即 RUHTCC 长梁）的弯曲性能研究，论述了其基本力学性能及影响因素分析，对实验成果进行了较为详细的解释与分析，阐述了相应的计算理论、设计方法以及实验研究方法，提出了相关配筋计算公式以供工程使用参考；其三，根据功能梯度的概念对钢筋混凝土结构进行功能梯度优化设计，利用 UHTCC 优异的非线性变形能力和裂缝控制能力，制备了控裂功能梯度复合梁（UHTCC-FGC）以提高钢筋混凝土结构的耐久性，论述了其基本力学性能和计算理论，并提出了 UHTCC 控裂功能层厚度的确定方法。最后阐述了 UHTCC 材料在高性能建筑结构中的发展前景。

　　本书研究成果是在国家自然科学基金重点项目（50438010）"混凝土结构裂缝形成与发展机理及控制技术"和南水北调工程重大关键技术研究及应用项目（JGZXJJ2006-13）"超高韧性绿色 ECC 新型材料研究及应用"的资助下取得的，特此致谢。

徐世烺
2010 年 5 月 8 日于杭州

目　　录

第1章 绪 论

1.1 研究背景与意义

南水北调工程是我国在建的大规模跨流域调水工程，涉及领域广，工程技术难题极具挑战性，对社会和国民经济具有重大的影响。仅以中线工程为例，全长1267km，跨越大小河流160余条，需新建各类交叉建筑物如长距离输水隧洞、大型输水渡槽、涵洞、倒虹吸、桥梁等1800多座（陈厚群，2003）。任一重要环节的安全性对整个输水工程的安全运行都至关重要。

混凝土材料是目前应用最广泛的结构工程材料之一，直接影响着工程安全、经济和耐久性能。混凝土使用的水泥、沙、石等基本原料是不可再生自然资源，超量使用会严重污染环境，破坏国土资源及植被，对环境和生态有着深远的影响。根据以往工程实例，混凝土开裂现象比较普遍，由于其自身缺乏高延性导致极端荷载下的脆性破坏、因耐久性不足引起的正常荷载下破坏以及缺乏可持续性等方面的不足限制了该材料的应用（Li，2007）。而工程结构性能随时间退化及其对使用寿命的影响这一重要问题也引起了国内外工程界的广泛关注（陈肇元等，2002）。特别是我国大量使用的低质量混凝土材料所导致的结构普遍开裂、进而钢筋锈蚀的现象，使得结构的耐久性进一步严重降低，由于远远达不到其设计寿命要求，这些结构的重建又会造成新一轮资源耗费。

南水北调是超长距离输水工程，关键交叉建筑物如输水渡槽长度可达几公里，结构形式复杂，采用壳槽、薄壁结构日益增多，失效后的修复代价高。以抗裂作为控制条件进行设计是水工建筑物特别是渡槽建筑物有别其他类型建筑的重要特征（唐纯喜，2007）。因为裂缝问题不仅会影响输水工程各类建筑物的输水效率和结构的使用寿命，而且会造成输水损失，还有可能引起水体交叉污染，对输水安全产生不利影响，严重的甚至会影响到结构的安全运行。但以目前建筑材料性能、施工技术水平和经济水平，要保证混凝土结构不开裂几乎是不可能的。因此，对于裂缝问题最有效的解决办法就是把材料的抗裂性能和延性作为结构设计选材的重点，将裂缝宽度和形式控制在无害或可以接受的范围内。20世纪60年代纤维混凝土问世以来，通过加入钢纤维、聚丙烯纤维、聚合物等提高了水泥基复合材料延性，其抗裂性能和断裂韧性指标与普通混凝土相比得到了较大改善，但由于这些纤维本身的延性不高，其极限拉伸应变只能达到0.02%～0.03%，对水泥基复合材料延性的提高有限，同时其直接拉伸强度提高幅度也不是很大。产生单一裂纹的宏观开裂模式仍然是结构破坏的主要形式，裂缝的宽度并没有从本质上得到有效控制。同时，由于实际工程施工条件多样性和复杂性，以现有的混凝土、纤维混凝土材料的基本性能及其相应的施工技术，进行裂缝控制是很难达到预期目的的。与其他结构工程类似，抗震安全也是输水工程关键交叉建筑物设计时需要重点考虑的。南水北调工程 3 条线路大部分都穿过地震区，不少大型渡槽结构的抗震问题十分突出。陈厚群（2003）指出，中线工程沿线缺乏调蓄工程，所经地区是我国人口稠密、经济较发达地区，邻近京九、京广铁路干线，可能导致严重的地震次生灾害，因此，确保南水北调工程的抗震安全性意义十分重大。但普通钢筋混凝土结构由于延性、损伤容限和能量吸收能力较低，在地震荷载引发的大变形作用下，即使在变形关键部位设置较密箍筋，也未能改变混凝土自身的脆性以及钢筋/混凝土之间的变形不协调性，界面的劈拉破坏、混凝土保护层剥落现象时常发生，从而破坏了结构的整体性，还导致了钢筋用量的增加从而给混凝土施工带来很多不便。在与水、土壤直接接触的暴露环境下钢筋加速锈蚀或者混凝土剥落导致的结构抗震性能降低都可能会引发结构性破坏。

　　由此可知，为了保证像南水北调工程这样的超大型国家重大基础设施的安全运行，需要从材料选择到结构设计两个方面确保既能满足重大工程结构本身的抗裂防震要求，又能最大限度降低甚至免去长期运行和服役过程中的维护和加固费用。超高韧性水泥基复合材料（UHTCC）在性能上比普通高性能混凝土有本质意义上的重大突破。更值得一提的是，使用国产胶凝材料研制出的 UHTCC 使用了大量的工业废弃物，在节约资源、节约能源、保护环境等方面有着重要意义，是一种可持续发展的高效防裂绿色结构材料。它具有超高的拉伸韧性和优异的裂缝控制能力、损伤容限高、能量吸收能力强、与钢筋变形协调性好等突出优点。基于 UHTCC 自身出色的性能，预测将 UHTCC 材料应用于南水北调长大渡槽和长大渠道等关键交叉建筑物中，将会提高建筑物的防裂防渗性，改善结构的耐久性和抗震性，确保工程质量；使大型基础设施钢筋混凝土结构使用寿命在原设计能力基础上显著提高，产生可观的长期经济价值；利用其优良的环保作用，以保证广大居民用水安全。在国家自然科学基金重点项目（50438010）"混凝土结构裂缝形成与发展机理及控制技术"和南水北调工程重大关键技术研究及应用项目（JGZXJJ2006-13）"超高韧性绿色 ECC 新型材料研究及应用"的资助下，本书以超高韧性水泥基复合材料（UHTCC）这一新型绿色结构材料为基础，开展了向新材料结构方向迈进的探索性工作，旨在建立配筋超高韧性水泥基复合材料受弯构件计算新理论，提出一种具有防裂抗震和优异耐久性能的高性能复合结构。

1.2　超高韧性水泥基复合材料基本性能

为改善混凝土的脆性缺陷，自 20 世纪 60 年代以来，研究人员（Romualdi et al.，1964；Majumdar et al.，1968；Romualdi，1969）开始采用向混凝土中添加纤维的方式来提高混凝土的韧性。Naaman（Naaman，1972；Naaman et al.，1973；Naaman et al.，1974）首次对纤维增强混凝土的拉伸应力-形变曲线进行了较为深入的分析，虽然当时他使用了 1.5%～3% 体积掺量的钢纤维，但没有多缝开裂的现象发生。在 20 世纪 70 年代，已有学者开始进行纤维增强水泥和纤维增强混凝土复合材料的研究工作（Shah et al.，1971；Kelly，1972；Neville，1975；Hannant，1978；Swamy，1978），Kasperkiewickz 观测到了钢纤维混凝土的多缝开裂和应变硬化现象，并首次明确提出了"应变硬化"这一术语（Naaman，2007）。20 世纪 80 年代早期，Lankard 等首次提出了砂浆渗浇钢纤维混凝土 SIFCON（Lankard et al.，1984；Lankard，1985），而后 Naaman与其合作者对 SIFCON 的拉伸、压缩性能进行了大量的研究工作（Homrich et al.，1987；Naaman，1987a、b；Naaman et al.，1989）。由于 SIFCON 与其他纤维混凝土相比拉伸强度和延性都有十分明显的提高，属于应变硬化材料，为与其他纤维混凝土有所区分，Naaman 建议使用 HPFRCC 描述这种同时具有高强度和延性的水泥基复合材料。虽然 SIFCON 在纤维高掺量下具备了应变硬化特征，但同时也存在不易搅拌的困难。在 20 世纪 90 年代，ECCs、Ductal（Chanvillard et al.，2003）、UHPFRC（Rossi et al.，2000）等材料又相继出现；至 1995～1996 年，"假应变硬化"、"准应变硬化"、"应变硬化"等词汇被大量使用着；在 1999 年、2003 年、2005 年、2007 年的四次 HPFRCCs 国际研讨会上，"应变硬化"一词已被普遍接受使用（Naaman，2007）。其中在 2003 年的研讨会后，Naaman 和 Reinhardt 建议将纤维混凝土材料重新进行划分，HPFRCC 专指拉伸应变硬化材料，而超高韧性水泥基复合材料就是 HP-FRCC 的典型实例。

超高韧性水泥基复合材料最早由美国密歇根大学 Li V C 教授率领密歇根大学先进土木工程材料研究实验室（advanced civil engineering materials research laboratory，简称 ACE-MRL）进行研制开发。针对实际结构性能对所需材料特性的要求，采用基于微观力学的性能驱动设计方法（performance driven design approach，简称 PDDA）（Li，1992a）对材料微观结构进行调整。以乱向短纤维增强水泥基复合材料（random short fiber reinforced cementitious composite，简称 RSFRCC）的纤维桥联法（Li et al.，1992）作为研究的理论基础，考虑了纤维特性、基体特性和纤维/基体的界面特性及其之间的相互影响，在获得材料应变-硬化特性的两个设计准则即第一起裂应力准则和裂缝稳态扩展准则（Marshall et al.，1988；Li，1993）的基础上，提出了通过改进纤维理论体积掺量条件从而能够以最小的纤维含量实现复合材料的应变硬化效应。这样通过利用对材料体系进行系统设计、调整和优化（Li，1998），最终在实验室得到了具有拉应变硬化特征和高韧性的 ECCs（engineered cementitious composites）材料。名称中的"engineered"则用以表明其在材料设计方面的特别之处。Li 等在文献中给出了"engineered cementitious composites"这一名称的定义（Li et al.，1994），认为利用断裂力学和微观力学相关原理对微观结构进行有意识设计调整的短纤维乱向增强水泥基材料，若其硬化后具有准应变硬化特征便可称之为 ECCs，由极限拉应变和断裂能两个参数来表征。随后该材料的研究在日本、欧洲获得了飞速的发展，依据 ECCs 在拉伸荷载作用下的优异性能，日本将其称为 UHPFRCC（ultra high performance fiber reinforced cementitious composites）；欧洲则根据该材料应变硬化这一典型特征而将其命名为 SHCC（strain hardening cement-based composites）。然而，随着这一材料的理论研究、实验研究及工程应用实践的发展，发现 ECCs 材料的性能只有当其拉应变能力稳定地达到 3% 以上时其应变硬化性能才具有材料性能的稳定性（徐世烺等，2008）。因此，徐世烺（2007）对这一材料定义了新的标准，即，使用短纤维增强，且纤维掺量不超过复合材料总体积的 2.5%，硬化后的复合材料应具有显著的应变硬化特征，在拉伸荷载作用下可产生多条细密裂缝，极限拉应变可稳定地达到 3% 以上。考虑到这种材料优异的韧性，同时也为了便于工程应用和结构设计人员对此材料的理解和应用，将符合这一标准的材料称为"超高韧性水泥基复合材料"（ultra high toughness cementitious composite，缩写为 UHTCC）。鉴于该材料名称的多样性，本书在介绍其研究进展时将统一称之为 UHTCC。就目前研究现状来看，一般使用 PE 纤维和 PVA 纤维的 UHTCC 研制技术相对成熟，极限拉应变能力可以稳定地达到 3% 以上；最近，Ahmed 和 Maalej 使用混杂纤维也研制出了拉应变能力可达 3.5% 的超高韧性材料（Ahmed et al.，2009）。

自 1992 年 Li 和 Leung 提出超高韧性水泥基复合材料的设计理论基础后，研究人员对该材料基本力学性能和耐久性开展了大量的研究工作，如直接拉伸性能（Li et al.，2001；Li et al.，1992；高淑玲，2006；Kunieda et al.，2007；李贺东，2008；Kamal et al.，2008；徐世烺等，2009）、压缩性能（Li，1992b；Fisher et al.，2002a；Fischer，2002；徐世烺等，2009）、弯曲性能（Maalej et al.，1994；Naaman et al.，1996；Lepech et al.，2003；李贺东等，2010）、抗剪性能（Kanda et al.，Li 1998；Vasillaq，2003）、抗冲击性能（徐世烺，2007；Zhang et al.，2007）、断裂特性（Kabele et al.，1998；Wang et al.，2006；高淑玲等，2007；徐世烺等，2009；Spagnoli，2009）、导热性（王巍，2009）、收

缩（Lim et al.，Li 1999；Weimann et al.，2003a、b；Li，2004；Li et al.，2006；刘志凤，2009）与徐变（Billington et al.，2003；Boshoff et al.，2004；Boshoff et al.，2007）性能、长期应变能力（Li et al.，2004）、抗剥落性（Kanda et al.，2003；Li et al.，2004）、抗疲劳性能（Suthiwarapirak et al.，2002）、耐磨性（Li et al.，2004）、自愈合能力（Yang，2008；Yang et al.，2009）、抗渗透性能（Wang et al.，1997；Maalej et al.，2002；Lepech et al.，2005a；Miyazato et al.，2005；徐世烺，2007）、抗冻融循环能力（Li et al.，2004；Ahmed et al.，2007；Sahmaran et al.，2007；徐世烺等，2009）、耐腐蚀能力（徐世烺，2007；Şahmaran et al.，2008a、b）、耐湿热老化性能（Li et al.，2004；Horikoshi et al.，2005）等方面。为满足不同工程需要，还开发了具有特殊性能和制备工艺的超高韧性水泥基复合材料，如喷射 UHTCC（Kanda et al.，2002；Kim et al.，2003a、b；Kim et al.，2004）、自密实 UHTCC（Li et al.，1998；Kong et al.，2003a、b；Kong et al.，Li 2006a、b；田艳华，2008）、挤压成型 UHTCC（Stang et al.，1999；Takashima et al.，2002；Takashima et al.，2003；De Koker et al.，2004a、b；Li，2002）、轻质 UHTCC（Wang et al.，2003）、绿色 UHTCC（Li et al.，2004；Wang et al.，2007；Yang et al.，2007；Lepech et al.，2008）、防水 UHTCC（Martinola et al.，2004；Şahmaran et al.，2009）、早高强 UHTCC（Wang et al.，2006）、被动智能自愈合 UHTCC（Li et al.，1998）等。具有各种不同功能特点的超高韧性水泥基复合材料更易满足不同工程的需要，硬化状态下的高延性、施工的方便灵活性使其具有广泛的应用前景。近几年，研究人员已针对 UHTCC 在结构中的应用开展了一系列研究工作，包括新型结构形式、建筑物的耐久性修复、提高结构的抗震性能等。与此同时，建立了该材料的本构关系模型来实现结构性能的有限元数值模拟（Kabele et al.，1996；Kanda et al.，2000；Kabele，2003；Boshoff et al.，2004；Suwada et al.，2006；Yang et al.，2007；Kabele，2007；Yang et al.，2008），便于在结构中的关键部位有选择性的使用，省去了大量不必要的实验研究。鉴于 UHTCC 优越的性能，该材料在美国、欧洲和日本的工程应用方面进展很快，先后成功应用到了许多实际工程。近几年，国内许多学者如徐世烺、张君、梁坚凝、孙伟、赵铁军等、陈婷、詹炳根，杨英姿等也相继开展了 UHTCC 的相关研究工作。

1.2.1 超高韧性水泥基复合材料基本力学性能和材料特性

1. 直接拉伸基本特性

直接拉伸试验是验证水泥基材料是否具有应变硬化特征的有效方法。国内徐世炀科研团队（徐世炀，2007）采用国产胶凝材料和日本产 PVA 纤维成功配制出具有拉伸应变硬化特征的 UHTCC。李贺东（2008）使用改进的直接拉伸试验装置（见图 1.1）对 350mm×50mm×15mm 的矩形平板式试件进行测试，在试件端部外贴纤维布增强并粘贴铝板，以避免夹具所造成的应力集中而导致试件端部过早破坏。试验结果显示多组 UHTCC 试件极限拉应变稳定达到 3.6%～4.5%（大约是混凝土的 230～450 倍，是钢筋屈服应变的 17～22 倍），极限抗拉强度 4.5～6.0MPa，拉伸弹性模量约为 18MPa，极限破坏时裂缝平均间距在 0.8～2.5mm 之间，对应裂缝宽度可以控制在 100μm 以内甚至可以控制在 40μm 以下（见图 1.2）。

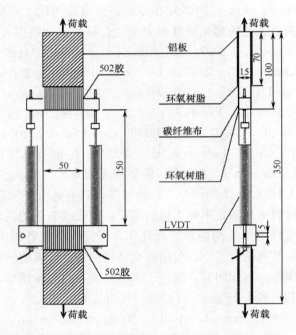

图 1.1　改进的直接拉伸试验装置示意图（单位：mm）（李贺东，2008）

　　UHTCC 直接拉伸荷载作用下的裂缝开展过程可以划分为五个阶段［见图 1.2（a）］：第Ⅰ阶段（OA 段）为线弹性阶段，从加载直至第一条裂缝出现；第Ⅱ阶段（AB 段）和第Ⅲ阶段（BC 段）为裂缝的开展阶段，其中 AB 段抖动明显且成非线性关系，BC 段呈现近似线性硬化关系，也将此段称为稳态开裂阶段；第Ⅳ阶段（CD 段）为裂缝扩展阶段，再一次出现了应变硬化且直线近似光滑，但在此阶段没有新的裂缝产生，只是原有裂缝的扩展；至某条裂缝开始局部化扩展时，就进入了第Ⅴ阶段，即裂缝局部化扩展阶段，呈现应变软化关系，直至试件最终断裂。

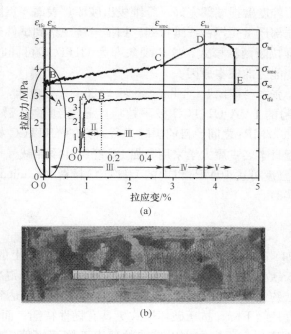

图 1.2 UHTCC 拉伸应力应变曲线和开裂模式（李贺东，2008）

　　通过对 28d 龄期的拉伸试件进行扫描电镜（SEM）观测发现（李贺东，2008），直接拉伸荷载作用下 PVA 纤维破坏模式分为四种（见图 1.3）：纤维从

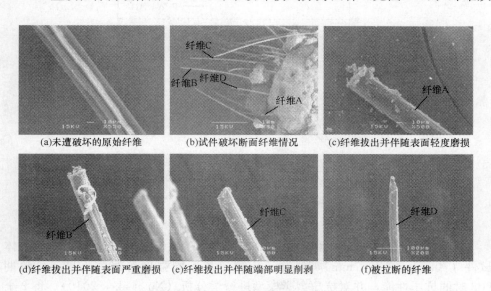

图 1.3 直接拉伸前后 PVA 纤维扫描电镜照片（李贺东，2008）

基体中拔出，表面轻度磨损端部完好；纤维拔出破坏，表面严重磨损端部基本完好；纤维拔出但端部严重受损；纤维拉断。扫描电镜观察到试件破坏断面同时存在纤维拔出和纤维拉断两种模式，这一现象即为 UHTCC 可同时获得适当的抗拉强度和较高应变能力的根本原因。

　　国内清华大学张君科研团队（Zhang et al.，2008；公成旭，2008；Zhang et al.，2009）所研制的 PVA-UHTCC 极限拉应变也达到了 1.5%～2.6% 之间，抗拉强度在 4.3～6.7MPa 之间。目前国际上所研究的 UHTCC 材料极限抗拉强度普遍较低，最近日本名古屋大学采用高强 PE 纤维并添加减气剂的方法，研制出 14 天极限拉伸强度可达 10MPa 以上的 UHTCC 材料（Kunieda et al.，2007；Kamal et al.，2008）。

2. 单轴压缩特性

　　Fischer（1994）对 PVA-UHTCC、PE-UHTCC 和混凝土的抗压性能进行了比较。发现由于缺少粗骨料，UHTCC 的弹性模量明显低于混凝土，而其峰值压应变能力较高，约为 0.5%（见图 1.4）。PVA-UHTCC 在达到其峰值抗压强度后，压应力缓慢持续下降，抗压破坏模式更具有韧性特征；而 PE-UHTCC 在达到其峰值抗压强度后，压应力先以较快的速率下降至峰值应力的 50% 左右，而后缓慢降低。

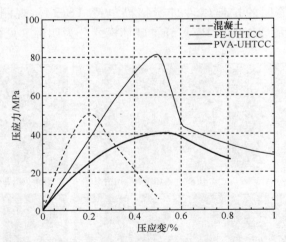

图 1.4　UHTCC 与混凝土压应力-应变比较（Fischer，1994）

　　徐世烺等（2009）采用棱柱体试件（40mm×40mm×160mm）和立方体试件（70.7mm×70.7mm×70.7mm）测定了不同强度等级的 UHTCC 龄期90d 时的抗压性能，并对抗压力学模型进行了分析（Xu et al.，2010）。将 2 个 LVDT 固定在试件两侧对称位置测量压缩变形；在棱柱体试件的两个对应侧面分别粘贴相互垂直的电阻应变片，用以测量试件压缩应变和横向应变，最终得到泊松比。

试验得到抗压全曲线如图 1.5 和图 1.6 所示，UHTCC 应力达到峰值时对应的极限压应变约为 0.005，峰值点以后的下降段与普通混凝土明显不同，没有出现荷载的陡然降低，而是表现出了较为缓慢的下降过程。测得棱柱体试件的抗压强度为 42.0MPa，立方体试件的抗压强度为 50.0MPa，UHTCC 材料的泊松比是 0.23，弹性模量是 19.3GPa。与普通混凝土相比，UHTCC 的弹性模量偏低，但受压变形能力比普通混凝土大很多。这主要是由于纤维的增韧作用和 UHTCC 材料内部不含粗骨料而导致。观察试件的破坏形态发现，棱柱体试件产生类似于混凝土和钢纤维混凝土的斜向剪切破坏；而立方体试件并没有出现明显的棱锥体破坏，仅在试件表面能观测到一些破坏裂缝。所有试件在峰值荷载时均能保持良好的整体完整性，不会出现类似混凝土的坍塌破碎。UHTCC 与混凝土抗压性能之间的区别将对配筋构件的弯曲性能有着重要的影响。

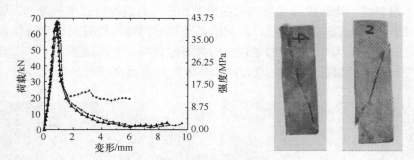

图 1.5 棱柱体试件荷载-变形曲线及破坏形态（徐世烺等，2009）

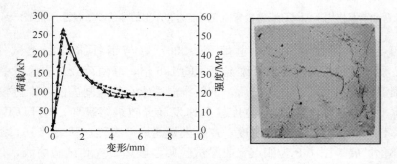

图 1.6 立方体试件荷载-变形曲线及破坏形态（徐世烺等，2009）

参照钢纤维混凝土弯曲韧性的测定与评价标准，分别计算棱柱体抗压强度在 33～52MPa 之间的 6 组 UHTCC 的等效抗压强度和变形能、韧性等级和相对韧性指标。随着棱柱体抗压强度的提高，UHTCC 开裂后所吸收的变形能和等效抗压强度增加；PVA 纤维的使用使得 UHTCC 的韧性达到基体韧性的 2.6～3.8 倍；UHTCC 峰值后的韧性性能达到峰值前的 1.7～2.2 倍，纤维的作用主要体现在基体开裂后的韧性提高上。这些韧性指标均证明了 UHTCC 具有较高的受压韧性和塑性变形性能以及开裂后的荷载承受能力。

3. 弯曲性能试验

薄板四点弯曲试验（李贺东等，2010）表明 UHTCC 具有超高的弯曲变形能力和优异的裂缝无害化分散能力（见图 1.7）。在弯曲荷载作用下，UHTCC 中的 PVA 纤维能够提供足够的桥联应力，开裂后抑制了裂缝宽度的进一步扩展，同时承担了基体释放的应力，并依靠界面粘结将应力传递给周围未开裂的基体进而产生新的裂缝，最终在试件纯弯段表面出现了大量近似平行的细密裂缝。试验测得 14d 极限抗弯强度 14.93MPa，受拉初裂强度 2.86MPa；28d 极限抗弯强度 16.03MPa，受拉初裂强度 3.10MPa。Maalej 和 Li（1994）研究表明准脆性水泥基材料的抗弯强度与受拉初裂强度的比值与材料脆性比率相关，当脆性比率趋于无穷大时，这一比值为 1，对应的是理想的弹性脆性材料；当脆性比率趋于 0 时，这一比值为 3，对应的是理想的弹塑性材料。本次试验 14d 和 28d 极限抗弯强度与受拉初裂强度比值分别为 5.22 和 5.17，远高于 3。

图 1.7　弯曲荷载作用下 UHTCC 薄板弯曲变形能力和产生的多条细密裂缝（李贺东等，2010）

在四点弯曲梁试验中（徐世烺等，2007），与钢纤维混凝土试件相比，UHTCC 梁极限抗弯强度是钢纤维混凝土的 1.6 倍，峰值荷载对应的跨中挠度值是钢纤维混凝土的 9 倍。在开裂后，钢纤维混凝土在短时间内能够维持较细的裂缝宽度水平，开裂后 137s 裂缝宽度就迅速发展导致最终破坏；UHTCC 在起裂后，能够长时间保持较低裂缝宽度，产生大量的扁平裂缝，开裂后 1613s 才发生裂缝局部化扩展。图 1.8 为四点弯曲梁试验典型破坏模式和试验曲线，UHTCC 在峰值荷载时消耗能量为 201.7kN·mm，是钢纤维混凝土的 13 倍。四点弯曲梁试验测得抗弯强度 13.1MPa，与其相对应的薄板试件抗弯强度 14.2MPa，验证了 Lepech 和 Li（2003）的结论，即当 PVA-UHTCC 的拉应变能力超过一定值（大于 3%）后，其弯曲强度就几乎不存在尺寸效应。葵向荣和徐世烺（2010）

还对薄板弯曲与单轴拉伸曲线的对应关系进行了研究，从而可根据薄板的弯曲应力-应变关系估算出 UHTCC 的极限拉应变值，方法简便易操作。

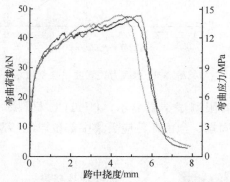

图 1.8　四点弯曲梁试验典型破坏模式和试验曲线（徐世烺等，2007）

4. 损伤容限测试

脆性材料中的初始缺陷是影响结构安全性的重要因素，初始缺陷的逐步扩展可能会引发快速脆性破坏。李贺东（2008）通过双边对称开口薄板直接拉伸试验来评定 UHTCC 的损伤容限。浇筑矩形平板试件时预制缺口，初始缝高比为 0.2、0.3、0.4、0.5。采用归一化裂缝宽度-极限承载力曲线来衡量拉伸试验结果（见图 1.9），可以看到，对于各种初始缺陷情况，试件的极限承载力均落在理想化塑性材料归一化裂缝宽度-极限承载力曲线的上方，这意味着 UHTCC 对初始缺陷不敏感，初始缺陷的存在并不会影响 UHTCC 的抗拉强度，材料的损伤容限能力高。这与 Maalei 等（1995）以及 Li 和 Hashida（1993）利用双悬臂梁测定断裂能时 UHTCC 表现出的对凹槽不敏感性的结论是一致的。即使在有明显初始缺陷的情况下，预制缺口连线两侧部分范围内仍产生细密裂缝（见图 1.10），随着初始缝高比降低，这一范围增大。UHTCC 具有与无缺口情况相当的裂缝控制能力，二者的极限裂缝宽度水平无明显差别。但初始缝高比较大时，多缝开裂仅限于切口附近，并且裂缝不再近似平行，而是围绕切口呈弧形曲线。并且在初始缺陷较小情况下试件最终破坏不一定发生在预制缺口附近。

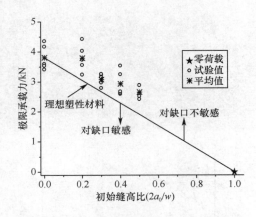

图 1.9　初始缝高比-承载力关系曲线（李贺东，2008）

　　UHTCC 的损伤容限测试结果显示，UHTCC 材料本身具有可靠性和安全性，可以用在锚杆锚固端、预留孔等应力集中部位，能够避免传统水泥基材料脆性破坏的发生。

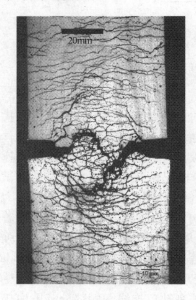

图 1.10　双边开口 UHTCC 薄板破坏形态（Maalej et al.，1995）

5. 断裂特性研究

　　Wang 等（2006）对 UHTCC 断裂能的测试方法进行了研究。通过对直接拉伸、三点弯曲梁试验、四点弯曲试验、楔入劈拉试验几种测试方法的结果对比发现，楔入劈拉方法对普通混凝土来说非常有效，但限制了 UHTCC 多缝开裂，使得 UHTCC 无法充分产生塑性变形，因此得到的断裂能较小。直接拉伸测试得到的断裂能较大。而三点弯曲梁和四点弯曲梁测试得到的断裂能更高，在这种情况下，韧带附近应力分布抑制了主裂缝的局部化扩展。Wang 等认为对于主要承受直接拉伸荷载的构件，其断裂能应该由直接拉伸方法来测定；但对于受弯构件的设计，四点弯曲梁试验则更加可靠。徐世烺等（2007）通过三点弯曲梁试验（试件尺寸 515mm × 100mm ×

100mm）对比了 UHTCC 及混凝土、钢纤维混凝土的断裂性能。试验发现初始缝高比为 0.2、0.3、0.4、0.5、0.6 的所有 UHTCC 试件都发生了多裂缝开裂，而相同尺寸的混凝土和纤维体积掺率为 1% 的钢纤维混凝土试件破坏时裂缝形态为单一裂缝破坏。比较 P-δ 曲线和 P-CMOD 曲线（见图 1.11）发现，具有不同初始缝高比的 UHTCC 梁都有明显的变形硬化特征，对应消耗的能量远大于混凝土和钢纤维混凝土试件；随着初始缝高比的增大，UHTCC 的承载力逐渐降低。最近，Spagnoli（2009）通过微观力学二维格构模型很好的描述了 UHTCC 在拉伸荷载作用下的断裂行为。

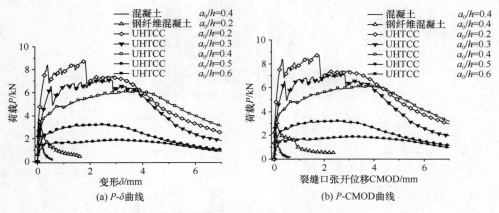

图 1.11　三点弯曲梁断裂试验曲线（徐世烺等，2007）

6. 抗冲击性能试验

Zhang 等（2007）进行了经高速射弹冲击混杂纤维 UHTCC 板（试件尺寸 2m×1m×0.05～0.1 m）的试验研究，试验装置如图 1.12 所示。通过破坏程度、能量吸收能力、抵抗多次冲击结果的残余抗力等指标来衡量 UHTCC 板的抗冲击能力。结果显示与钢筋混凝土和钢纤维混凝土对比试件相比，UHTCC 板在冲击荷载作用下损伤小，整体性好，能量耗散力强。从图 1.13 中可以看出，100mm 厚的 UHTCC 板冲击至破坏所需次数最多，抵抗冲击能力最强；75mm 厚和 50mm 厚的 UHTCC 板虽然比钢筋混凝土板和 FRC 板的刚度要小，但吸收能量及破坏所需次数都明显高于后两者。钢筋混凝土板在第二次冲击后就严重剥落，经历第三次冲击后板被完全穿孔。类似地，FRC 板经历三次冲击后就开始剥落，第七次冲击后完全穿孔。而 100mm 厚的 UHTCC 板在经历十次冲击后仅在冲击表面形成了较浅的坑洞，UHTCC 板冲击坑洞的深度很小，冲击表面弹坑尺寸小，弹坑周围存在着大量的微细裂缝；破坏时只是在落锤位置穿孔，仍能保持很好的整体性。

图 1.12　冲击试验装置（Zhang et al.，2007）

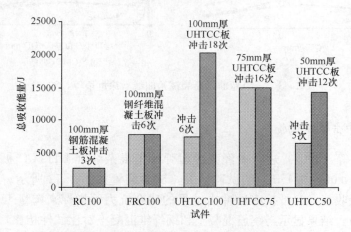

图 1.13　冲击试验吸收动能比较（Zhang et al.，2007）

7. 热膨胀性能及导热性试验研究

热膨胀性能及导热性能的研究是保证 UHTCC 与混凝土、钢筋协调工作的基础。徐世烺科研团队的王巍硕士（2009）采用光纤光栅传感器法、差式热膨胀法、应变片法测量了在 25~70℃ 温度区间内 UHTCC 的热膨胀系数为 $7.0 \sim 9.0 \times 10^{-6} ℃^{-1}$，略低于所测混凝土的热膨胀系数（$9.1 \times 10^{-6} ℃^{-1}$）。分析其原因为 UHTCC 中掺入较多的粉煤灰，它与水泥水化过程产生的 $Ca(OH)_2$ 作用发生火山灰反应，消耗掉部分热膨胀系数较高的 Ca（OH）$_2$，生成 CSH 等热膨胀系数较低的产物。由于 UHTCC 与混凝土、钢筋（$12 \times 10^{-6} ℃^{-1}$）的热膨胀系数相差不大，因此在热环境下，UHTCC 能够与混凝土和钢筋协调变形、共同工作。采用防护热板法测量 UHTCC 导热系数 λ 为 0.529W/（m·K），明显低于混凝土和砂浆的导热系数［分别为 1.74W/（m·K）和 0.93W/（m·K）］，因此 UHTCC 在保温方面远优于混凝土和砂浆。

8. 与钢筋的粘结性能和变形协调性试验研究

混凝土与钢筋之间的粘结性能是保证二者协调变形、共同受力的基础，是影响钢筋混凝土结构使用性能的重要因素。徐世烺和王洪昌（2008）通过直接拔出试验和梁式粘结试验对 UHTCC 与钢筋之间的粘结锚固特性和粘结本构关系进行了研究，发现 UHTCC 可以改善以往钢筋与混凝土（或钢纤维混凝土）之间因粘结力过大而导致脆性劈裂破坏的缺陷，UHTCC 在钢筋拔出时发生剪切破坏，同时试件表面出现多条放射状细裂纹，具有延性破坏特征（见图 1.14）。Mihashi 等（2005）也发现钢筋和 UHTCC 之间的粘结表现出了延性特征，减少了应变集中的形成；Otsuka 和 Mihashi 又采用 X 射线技术仔细观察了拉伸荷载作用下变形钢筋周围 UHTCC 粘结裂缝形成过程（Otsuka et al.，2003），发现在试件中部凹槽处起裂，其后这一裂纹宽度并没有继续扩展而是继续产生了大量的粘结裂纹，甚至在钢筋屈服后也是如此（见图 1.15）。

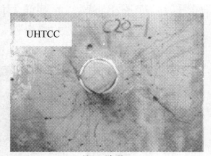
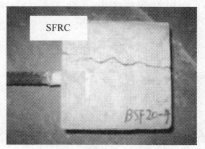

剪切-劈裂　　　　　　　　　　　　劈裂

图 1.14　粘结破坏形态（徐世烺等，2008）

Fischer 和 Li（2002）研究了基体韧性对钢筋 UHTCC（PE-UHTCC）受拉硬化特性的影响。发现用 UHTCC 替代混凝土，构件的荷载变形特征如拉伸强度、变形模式、能量吸收方面都得到了改善。通过变形机理分析认为（Fischer et al.，2007），UHTCC 与钢筋一样具有拉伸弹塑性特性，它良好的拉伸延性使得钢筋达到塑性屈服时二者也能保持很好的变形协调性。由于 UHTCC 自身可

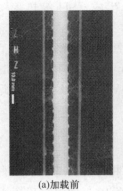 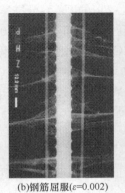 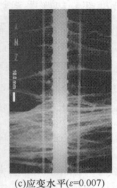 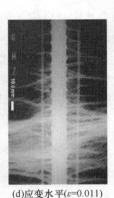

(a)加载前 (b)钢筋屈服($\varepsilon=0.002$) (c)应变水平($\varepsilon=0.007$) (d)应变水平($\varepsilon=0.011$)

图 1.15 X 射线观察粘结裂缝（Otsuka et al.，2003）

承担部分荷载，开裂后，UHTCC 基体中的拉应力通过桥联作用直接传递给未开裂的部分，而这种传递也无需 UHTCC/钢筋之间的粘结应力来帮助完成。UHTCC 的多缝开裂变形特性能够消除钢筋与 UHTCC 之间的应变差异，整个构件内部应变分布均匀（见图 1.16），避免了二者间产生剪滞效应，界面剪应力水平非常低。而钢筋混凝土中开裂后应变要通过界面粘结来传递，并且开裂位置处的荷载要全部由钢筋来承担，导致钢筋与混凝土变形不协调，界面剪应力较高，常常引起粘结劈裂破坏和混凝土剥落的发生。观察在经历较大非弹性变形后钢筋与基体之间界面发现（见图 1.17），在钢筋混凝土构件中，横向裂缝附近界面脱粘即将开裂，因此混凝土无法与钢筋屈服后的变形相协调；而钢筋 UHTCC 在经历大变形之后界面仍保持完好，这一优点可以极大提高结构的安全性。

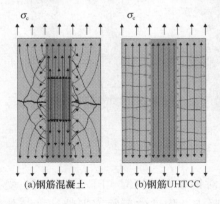

(a)钢筋混凝土 (b)钢筋UHTCC

图 1.16 RC 和 RUHTCC 裂缝形成与
内力分布（Fischer et al.，2002）

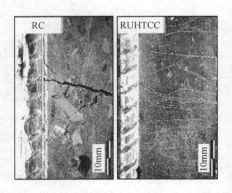

图 1.17 屈服后 RC 和 RUHTCC 的界
面情况（Fischer et al.，2007）

1.2.2 超高韧性水泥基复合材料的耐久性

1. 干燥收缩性能试验

材料的收缩和抗裂性与结构的耐久性能密切相关,徐世烺科研团队的刘志凤硕士开展了 UHTCC 自由干燥收缩试验和早期约束收缩试验研究(刘志凤,2009),选用了两种配比的 UHTCC(UHTCC1 和 UHTCC2)和与之相对应的基体(NC1 和 NC2),并使用聚丙烯纤维混凝土(PFRC)、钢纤维混凝土(SFRC)和二者基体(NC3)作为对比试件。

试验结果如图 1.18 所示。比较发现,UHTCC 的干缩主要发生在早期;以 90d 时的干缩值为标准,未经养护的 UHTCC 在 14d 时干缩变形已完成了 80% 左右,养护 7d 的在 28d 时干缩变形完成 80%,这意味着早期的湿养护能够明显

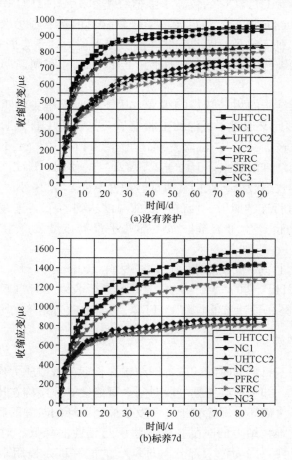

图 1.18 干燥收缩应变-龄期曲线(刘志凤,2009)

延缓 UHTCC 干缩的速度。虽未经养护的 UHTCC 长期收缩应变值要低于养护7d 的，但因为水泥基材料大部分干缩发生在早期，而材料早期强度也较低，很小的收缩产生的应力就可能导致结构开裂甚至破坏，因此仍要加强水泥基材料的早期湿养护。Weimann 和 Li（2003a）的研究结果也显示，当相对湿度大于65％时，UHTCC 湿度扩散系数较高，产生的湿度梯度较小，引起材料内部的特征应力也比较低，这一点对耐久性是非常有利的。在相对湿度低于50％时，水泥中的碱含量对 UHTCC 的自由干燥收缩有很大的影响，为提高 UHTCC 在这种环境下的耐久性，使用低碱水泥是一种有效的办法。

　　比较 UHTCC 和聚丙烯纤维混凝土、钢纤维混凝土，纤维的加入对各自干缩的影响都不大。但在湿养护条件下，UHTCC 的 90d 干缩值要比这两种纤维混凝土以及混凝土试件高得多，这一结果与 Li 和 Li（2006）、Lim 等（1999）研究结果相吻合。针对 UHTCC 的较高干缩值分析了对 UHTCC 作为修复材料的影响，采用 Li（2004）提出的约束条件下修复材料的抗裂能力公式进行判定。结果显示 UHTCC 的干缩值远远小于其非线性变形能力，不会影响它的抗裂能力。干燥收缩产生的裂缝宽度是材料的属性，与结构尺寸和配筋率无关（Billington et al.，2003）。

　　裂缝宽度对结构的耐久性影响很大，比干燥收缩率更加重要（Weimann et al.，2003b）。因此又通过平板法约束收缩试验来评价 UHTCC 抵抗早期收缩开裂的性能（刘志凤，2009）。试验发现，虽然 UHTCC 在 24 小时内水分蒸发量要远高于聚丙烯纤维混凝土，但由于 PVA 纤维的使用，UHTCC 在 0～24 小时内没有产生塑性收缩裂缝。保持其他试验条件不变，在 24 小时后用 1000W 的钨灯对 UHTCC 进行连续照射，使试件表面温度达到 40℃，连续照射 24 小时后，在平板角部和边部产生了裂缝，而中部几乎没有，量测产生的最大裂缝宽度仅 $40\mu m$。

　　张君等开发了一种低收缩的 UHTCC 材料（Zhang et al.，2009），28d 干燥收缩值为传统 UHTCC 的 12％～20％，并且该低收缩 UHTCC 的极限拉伸应变值也可达到 2.6％。预计该低收缩 UHTCC 可有效改善结构的耐久性能。

　2. 徐变性能测试

　　徐变是水泥基材料的时随效应，即结构在长期荷载或应力作用下一段时间后应变增长的现象。如果荷载持续一段时间，可能会导致结构在比预期承载能力低的荷载作用下发生破坏，即徐变破坏。发生徐变破坏的时间既可能是几分钟也可能是上百年。纤维粘结力的时随损失也将引起延性的降低。对于 UHTCC 材料来说徐变非常重要，因为绝大部分 UHTCC 的配制都是使用水泥浆，有着明显的徐变和收缩趋势。Boshoff 和 van Zijl（2004）将 UHTCC 假定为一种均质材料，提出了 UHTCC 徐变模型。随后，两人又开展了 UHTCC 拉伸和弯曲的速率效应测试和单轴拉伸徐变试验（Boshoff et al.，2007）。结果发现，UHTCC 拉伸和弯曲初裂强度随着加载速率的提高而增大，提高的程度与普通水泥基材料相近；而极限强度没有明显提高，这一点与普通混凝土有所区别；测试发现 UHTCC 拉伸延性与加载速率无关，弯曲延性却随着加载速率的提高而降低，这是由于弯曲加载速率提高引起初裂强度提高，但却导致多缝开裂的范围减小；施加静态强度一半大小的长期荷载 8 个月后，拉伸徐变柔量为 0.68×10^{-3}/MPa，由于 8 个月内产生的徐变柔量约是 30 年的 70%（Kong et al.，1987），因此推测 UHTCC 受该长期荷载 30 年后的拉伸徐变柔量为 0.98×10^{-3}/MPa。研究还发现，长期拉伸荷载作用下时随开裂的发生也会产生时随拉伸应变。起裂后 UHTCC 在拉伸作用下徐变速率增长，这一现象可能是由纤维蠕变或纤维时随拔出而引起。

Billington 和 Rouse（2003）对两种不同配比的 UHTCC 开展了压缩徐变测试，这两种 UHTCC 的唯一区别为是否含有细砂，同时也对这两种 UHTCC 的基体进行了测试。对各组试件施加约 40% 28d 抗压强度的荷载（25MPa），125d 后卸载，在加载过程中和卸载后至少 45d 都进行测量。试验发现，UHTCC 的徐变明显高于对应的基体试件，细砂的使用对 UHTCC 徐变影响较大。

3. 长期应变能力

真正的耐久型材料应该能够长时期恒定保持其力学性能。为评定 UHTCC 长期有效性，Lepech 和 Li（2004）开展了一系列拉伸试验来确定 UHTCC 的长期应变能力。试验发现（见图 1.19），随着龄期的增长，UHTCC 的应变能力逐渐变化。在大约 10d 龄期时，应变能力达到峰值，此时基体、纤维和界面性能达到最佳平衡状态。随着基体和界面性能逐渐趋于稳定，UHTCC 长期应变能力趋于 3%，与前期 5% 的应变能力相比明显降低，但仍能满足大部分工程应用的需求。

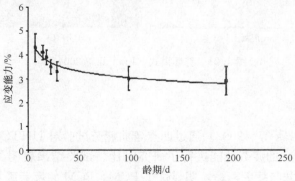

图 1.19　UHTCC 长期应变能力（Li et al.，2004）

4. 抗剥落性能

钢筋锈蚀膨胀会引起环向应力，进而导致混凝土保护层的剥落，严重影响了结构的使用寿命。Li 和 Stang（2004）研究了 UHTCC 的抗剥落性能。预制了中间预留孔洞的 UHTCC 和混凝土矩形厚板，孔洞边缘至板边缘的距离根据 ACI 建议的混凝土保护层厚度要求来选定。试验中选用了两种 UHTCC 材料，一种与所用混凝土抗压强度相同，另一种抗压强度略高。施加荷载将锥形钢棒压入预留孔洞中来模拟钢筋锈蚀产生膨胀应力的过程，直至试件断裂或软化。从施加荷载-径向位移关系曲线上来看（见图 1.20），两种 UHTCC 板的承载力和变形能力都是混凝土板的三倍以上，UHTCC 通过塑性屈服过程来克服膨胀应力，产生了大量呈放射状的微细裂纹（见图 1.21）。混凝土板破坏时呈单一裂纹的脆性断裂。这就说明抗剥落能力主要取决于材料的拉伸延性，而非材料强度。得到的试验结果与 Kanda 等（2002）对喷射 UHTCC 的抗剥落性能研究结果相一致。

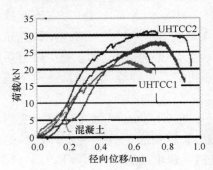

图 1.20　抗剥落试验荷载-位移曲线
（Li et al.，2004）

(a)混凝土　　　　　　　(b) UHTCC

图 1.21　破坏模式（Li et al.，2004）

5. 抗疲劳性能

Suthiwarapirak 等（2002）通过四点弯曲疲劳试验对 UHTCC 与两种聚合物水泥砂浆（PCM）的疲劳性能进行了研究对比。试验结果表明 UHTCC 抗疲劳性能（抗疲劳荷载与疲劳寿命）明显优于 PCM。PCM 的疲劳破坏取决于一条裂缝的产生，开裂后 PCM 无法抵抗拉应力，从而发生突然破坏；PCM 的整个生命周期近似等于至起裂发生时的循环次数。而 UHTCC 的疲劳破坏过程既包含起裂也包含裂缝发展；UHTCC 试件在高疲劳应力水平下的损伤变形和裂缝数量要高于低疲劳应力水平下的损伤变形和裂缝数量；UHTCC 的应变硬化特征延长了它的弯曲疲劳寿命。在高疲劳应力水平下，UHTCC 的生命周期要比 PCM 高很多，UHTCC 试件在 200 万次循环时还未发生破坏；但在低应力水平下二者疲劳寿命接近（见图 1.22）。从疲劳应力水平-生命周期的半对数坐标图中看到，UHTCC 表现出类似金属的双线性关系（见图 1.23）。

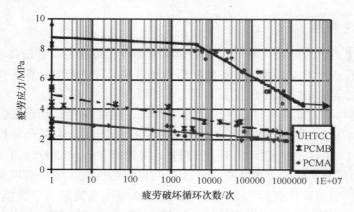

图 1.22　弯曲疲劳荷载-生命周期关系（Suthiwarapirak et al.，2002）

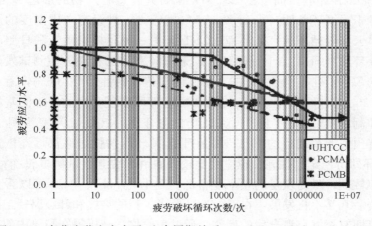

图 1.23　弯曲疲劳应力水平-生命周期关系（Suthiwarapirak et al.，2002）

6. 耐磨性能测定

作为路面修复材料，UHTCC 除了要能够承受车辆磨损，还要能够提供合适的摩擦力以便车辆正常行驶和刹车。根据 MTM-111 测试方法，美国密歇根大学与密歇根州交通局联合开展了表面摩擦和磨耗测试（Li et al.，2004）。车轮初始摩擦力在轮速 65km/h 的情况下测得，先使用 MDOT 静力摩擦测试仪测定了 UHTCC 试件的初始摩擦力，然后使 UHTCC 试件经受 4 百万次轮胎通过来模拟长期磨耗。磨耗后再次测定摩擦力，这一最终摩擦力称为骨料磨损指数（AWI）。测试 UHTCC 的 AWI 指数为 1.6～2.3kN，远高于密歇根主干线路面的最小 AWI 指数（1.2kN）。因此 UHTCC 材料耐磨性能良好，可以作为路面修复材料。

7. 自愈合性能

裂缝宽度对自愈合行为有着重要的影响。始终将裂缝宽度维持在较低水平是 UHTCC 材料自身的固有属性，不受配筋率和试件尺寸的影响，在某些环境条件下，即使张拉至百分之几个应变后 UHTCC 仍有可能自愈合。

Yang 等对不同环境条件下（包括干湿循环、温度变化、水渗透、氯化物浸渍）预开裂 UHTCC 力学性能（动弹性模量、抗拉刚度、强度和延性）和传输性（水渗透、氯离子扩散）的恢复进行了探讨（Yang，2008；Yang et al.，2009）。采用四种不同的方法评测 UHTCC 的自愈合性能：使用谐振频率测试仪作为自愈合行为快速评估的方法，使用单轴拉伸测试来确定力学性能的自愈合，使用水渗透和盐浸渍方法来评测传输性能的自愈合，使用表面化学分析（X 射线能谱分析 EDX 和环境扫描电镜 ESEM）来研究自愈合产物的形态和化学成分。模拟了两种干湿循环条件（Yang et al.，2009），一种没有考虑温度的影响即模拟雨天和多云天气循环的室外环境（CR1）；另一种是模拟雨天和日照高温天气循环的室外环境（CR2）。干湿循环后的谐振频率测试和渗透性测试发现，当裂缝宽度低于 $50\mu m$ 时，UHTCC 的力学性能和传输特性都可 100％恢复；当裂缝宽度高于 $150\mu m$ 时，力学性能和传输特性将不可恢复。为此，水泥基材料的裂缝宽度应控制在 $150\mu m$ 以下才可保证其自愈合性。以 CR2 环境为例［图 1.24 (a)］，所有预施加荷载后的 UHTCC 在干湿循环后谐振频率都逐渐恢复，一般 4～5 次循环即可稳定。预施加拉应变值较大的由于裂缝数量稍多裂缝宽度略大，其初始频率较低，最终恢复的频率也略低。图 1.24（b）、（c）可以看到原有裂缝在自愈合后几乎不再发展，在其附近又形成了新的裂缝和开裂路径，图中白色痕迹显示了原有裂缝自愈合后的产物，通过表面化学分析得知裂缝内部有晶体形成，正是这些晶体的形成减缓了渗透速率从而降低了渗透系数。在自愈合时外界温度对极限强度和拉应变能力有一定的影响。即使预施加拉应变达到 2％或 3％时，自愈合后 UHTCC 材料仍能维持 1.8％～3.1％应变能力。无论是在早龄期还是长龄期，在外界环境变化条件下，预裂 UHTCC 材料都显示了力学性能和传输特性的可恢复性，UHTCC 这一特性无疑对结构的耐久性有着重要的正面作用和影响。Qian 等（2009）最近对使用当地废料（炉渣和石灰）取代粉煤灰的应变硬化水泥基材料也进行了自愈合测试，证明这种材料的使用可以减少甚至无需对基础设施进行维护。

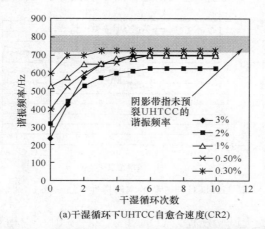

(a)干湿循环下UHTCC自愈合速度(CR2)

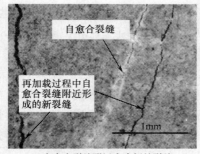

(b)自愈合裂缝附近产生新的裂缝

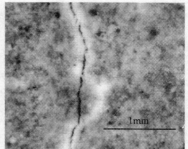

(c)新的开裂路径

图 1.24 UHTCC 在干湿循环条件下裂缝自愈合（Yang et al.，2009）

8. 抗渗透性

水泥基材料的多孔结构或开裂将会提高材料的渗透性，水、氯离子和其他有害物质更易进入材料内部。如果这些物质进入结构内部到达钢筋位置就会引发钢筋锈蚀，从而严重危及结构的承载能力，还将引发耐久性破坏。因此渗透性是衡量开裂 UHTCC 耐久性的一个重要指标。

Lepech 和 Li（2005a）对已开裂 UHTCC 和不同配筋率的钢丝网增强砂浆（试件尺寸 300mm×75mm×12mm）进行了水的渗透性试验。先通过直接拉伸试验使二者拉应变达到 1.5%，此时 UHTCC 试件产生了大量的微细裂纹，裂缝宽度约 60μm；不同配筋率的钢丝网增强砂浆裂缝宽在 150μm～2.5mm 之间变化。

已有研究认为开裂后混凝土的渗透性是裂缝宽度的 3 次幂，裂缝宽度控制在 $100\mu m$ 以内时渗透性不易增长（Wang et al.，1997）。渗透性试验结果显示（见图 1.25），预张拉至 1.5% 应变的 UHTCC 在单轴拉伸作用下，其渗透性与未开裂砂浆或未开裂 UHTCC 的渗透性相近；而砂浆在开裂后渗透性却急剧增长。

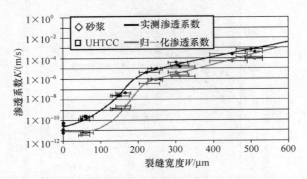

图 1.25　开裂 UHTCC 与砂浆的水渗透性（Lepech et al.，2005a）

　　参照《水工混凝土试验规程》（DL/T 5150—2001）中相对抗渗性试验方法进行了未开裂 UHTCC 和同强度等级普通混凝土的渗透性试验（徐世烺等，2007）。从图 1.26 中结果中可以看出，UHTCC 和混凝土在养护龄期到 28d 时渗透系数分别为 2.36×10^{-6} cm²/h 和 12.11×10^{-6} cm²/h；到 56d 龄期时，UHTCC 和普通混凝土渗透系数分别为 1.6×10^{-6} cm²/h 和 10.88×10^{-6} cm²/h，UHTCC 的渗透系数约为普通混凝土的 1/5。随着龄期的增长，UHTCC 的渗透系数越来越低，即抗渗性越来越强，分析其主要原因是 UHTCC 中的活性掺料随着龄期发展发生了"二次反应"，所生成的产物填充基体中的孔隙，增加了材料的密实性，从而提高了 UHTCC 的抗渗性。

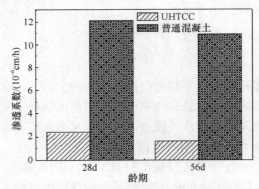

图 1.26　未开裂 UHTCC 和混凝土水渗透性（徐世烺等，2007）

氯离子的渗透是导致钢筋锈蚀、钢筋混凝土结构耐久性降低的重要因素。Maalej 等（2002）、Miyazato 和 Hiraishi（2005）分别对使用 UHTCC 替代钢筋周围混凝土的 FGC 梁和钢筋混凝土/砂浆梁进行了氯离子渗透试验。Maalej 等（2002）将所有梁的下半部浸入 3‰氯化钠溶液中，并施加干湿循环 83d，最终收集开裂混凝土或 FGC 梁钢筋位置处的粉末来测量内部氯离子含量和 pH。试验结果显示，UHTCC 梁氯离子含量仅是钢筋混凝土梁的 1/4。Miyazato 和 Hiraishi（2005）对 100mm×100mm×400mm 的小尺寸试件进行了快速氯离子渗透试验（使用 3.1‰氯化钠溶液），施加干湿循环 28d。试验发现（见图 1.27），钢筋增强砂浆试件氯离子渗透高度达到 83.2mm（水灰比 0.3）和 100mm（水灰比 0.6），而钢筋 UHTCC 试件氯离子渗透发生在多处位置，即在预施加弯曲荷载产生的多条裂纹处均有发生，氯离子渗透高度极低，仅为 0mm（水灰比 0.3）和 22.8mm（水灰比 0.6）。

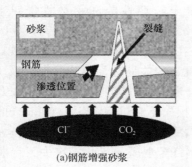
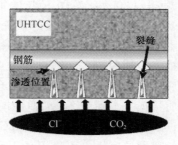

(a)钢筋增强砂浆　　　　　　(a)钢筋增强UHTCC

图 1.27　氯离子渗透位置（Miyazato et al.，2005）

徐世烺等（2007）对 UHTCC 试件（100mm×100mm×400mm）进行了快速氯离子渗透试验，采用了中国土木工程学会标准《混凝土结构耐久性设计与施工指南》（CCES01—2004）中推荐的 NEL 法。从标准养护室中取出试样切割成 100mm×100mm×50mm 的薄片，然后将切片表面磨平，放入真空泵内将试样抽真空，再注入 4mol/LNaCl 溶液浸没试样，试样饱和后将切片置入两端电压为 1.8V 的夹具中，测试通过试样的电流值并根据 Nernst- Einstein 方程计算出氯离子扩散系数。从图 1.28 中看到，在早龄期时 UHTCC 与普通混凝土的氯离子渗透系数相差不大。随着龄期的增长，二者均有下降趋势，UHTCC 下降的幅度更为明显；

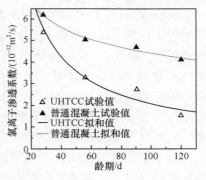

图 1.28　UHTCC 快速氯离子渗透系数与龄期的关系（徐世烺等，2007）

120d 龄期时，UHTCC 的氯离子渗透系数仅为只有 28d 龄期时的 1/3，是同龄期混凝土的 1/2。分析认为粉煤灰等矿物掺合料对 UHTCC 后期抵抗氯离子渗透能力具有不可忽视的贡献。

9. 抗冻融循环能力试验测定

在寒冷地区，冻融循环是导致混凝土结构裂化的主要环境因素。混凝土气孔中的水在冰冻时体积膨胀也会导致 RC 结构开裂，继而除冰盐的使用将会引起钢筋快速锈蚀（Ahmed et al.，2007）。Lepech 和 Li（2004）根据 ASTM C666A 对 UHTCC 和混凝土（都没有加入引气剂）进行了冻融循环试验研究。研究发现在 110 次循环后混凝土已经严重破损，而 UHTCC 在经历 300 次冻融循环后动弹性模量仍没有降低，直接拉伸试验也表明 UHTCC 应变能力也没有明显降低。在没有使用引气剂的情况下 UHTCC 就已经具有如此优异的耐久性能。

徐世烺等（2009）参照《普通混凝土长期性能和耐久性能试验方法》（GBJ82—85）中抗冻性能试验的快冻法，系统研究了同强度等级的 UHTCC、普通混凝土、引气混凝土和钢纤维混凝土在相同冻融循环条件下的表现，包括动弹性模量损失、质量损失、弯曲抗拉强度、弯曲韧性、裂缝状态以及 UHTCC 薄板冻融后的弯曲抗拉强度。试验发现，未掺加引气剂的 UHTCC 在 300 次冻融循环后质量损失不到 1%，动弹性模量损失不超过 5% 与引气 4.7% 的引气混凝土接近；300 次冻融循环后，UHTCC 梁的弯曲抗拉强度降低了 27%，但是同强度等级的普通混凝土、引气混凝土和钢纤维混凝土梁几乎丧失了弯曲承载能力，相比较而言 UHTCC 梁弯曲抗拉强度损失幅度较小；随着冻融循环次数的增加，UHTCC 薄板的极限弯曲抗拉应力略有下降，但即使在经历 150 次冻融循环后，仍然具有明显的应变硬化特征，应变能力损失很小，具有较高的弯曲韧性。因此，不掺加引气剂的 UHTCC 可以满足寒冷地区耐久性的要求。

Şahmaran 和 Li（2007）还针对承受机械荷载和冻融循环后使用除冰盐的情况进行了探讨。收集试件表面剥落的残渣，若经历 50 次冻融循环后表面剥落的残渣低于 $1kg/m^2$，就认为该水泥基材料抗盐冻能力好（Pigeon et al.，1995），此次试验中 UHTCC 剥落的残渣低于 $0.40kg/m^2$。对于预开裂 UHTCC 试件来说，即使在预加挠度 2mm（最大拉应变达到 1.5%）的情况下，冻融循环后使用除冰盐对其变形能力几乎没有影响。直接拉伸试验结果显示，预施加 2.0% 拉应变的 UHTCC 试件经历 50 次冻融循环并使用除冰盐后，其抗拉刚度几乎没有损失。对于完整的 UHTCC 和预开裂 UHTCC 来说，虽然它们再次加载的极限抗拉强度略有降低，裂缝宽度有所增大（小于 0.1mm），但极限应变能力与在空气中养护的完好 UHTCC 相比没有任何降低。预开裂 UHTCC 在冻融循环和除冰盐条件下，微细裂缝充分自愈合，致使刚度几乎完全恢复。因此，无论是完好的

UHTCC 或是带有微细裂缝的 UHTCC，在冻融循环使用除冰盐的情况都具有很高的耐久性。

10. 耐腐蚀能力

近海结构经常受到海水的侵蚀，海水中尤其是氯离子等成分对混凝土有较强的腐蚀作用。在海岸飞溅区，受到干湿的物理作用，也有利于氯离子渗透，极易造成钢筋锈蚀。

Şahmaran 等（2008a）采用电化学方法进行了 UHTCC 和砂浆氯离子加速腐蚀测试。试件尺寸 255mm×75mm×50mm，中间设置直径 13mm、长度 300mm 的螺纹钢筋，在试件表面与钢筋接缝处涂上环氧胶。养护 28d 后，将试件部分浸入 5％氯化钠溶液中，外部钢筋与直流电源的正极相连，负极与溶液中试件附近的不锈钢板相连。连续施加 30V 电压，监测裂缝开展情况和电流的变化发现，当试件开裂时电流相应会出现突增。随着施加腐蚀的时间增长，砂浆中锈蚀开裂裂缝宽度增大，甚至达到 2.0mm；砂浆中钢筋附近会产生于钢筋长度方向平行的纵向裂缝，在 95 小时加速腐蚀测试后发生保护层剥落［见图 1.29（a）］。而在这一过程中，UHTCC 裂缝宽度始终低于 0.1mm，裂缝的数量不断增加［图 1.29（b）］，这意味着在钢筋严重腐蚀情况下 UHTCC 仍能够抵抗剥落。施加不同程度加速腐蚀后，进行残余抗弯强度测试。如图 1.30 所示，钢筋增强砂浆的抗弯承载力和刚度明显降低，25 小时加速腐蚀后仅保留了 34％的抗弯强度；而钢筋 UHTCC 试件在 50 小时加速腐蚀后几乎完全保留了原有抗弯强度，50 小时后有所降低，但即使 300 小时后仍保留了 45％。UHTCC 出色的耐腐蚀性能将对提高基础设施的可持续性有着巨大贡献，可降低其服役期间的维修加固次数。

　　　(a) 95小时加速腐蚀后砂浆　　　　　　　　(b) 350小时加速腐蚀后UHTCC

图 1.29　加速腐蚀测试后的圆柱体试件形态（Şahmaran et al.，2008a）

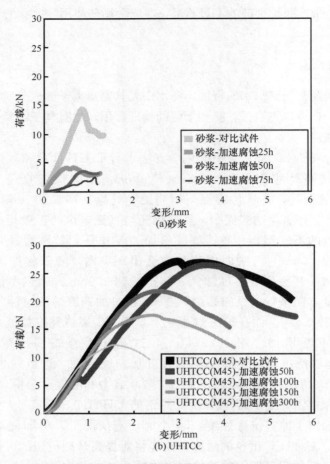

图 1.30　加速腐蚀对荷载-变形曲线的影响（Şahmaran et al.，2008a）

　　Miyazato 和 Hiraishi（2005）还分别测定了宏电池和微电池的腐蚀速率（见图 1.31）。对于钢筋增强砂浆来说，氯离子和二氧化碳仅在预裂位置一处渗透，腐蚀主要集中在这里，宏电池电流导致的腐蚀要高于微电池电流导致的腐蚀，总体腐蚀速率达到 0.008mm/a。钢筋增强 UHTCC 腐蚀位置比较分散，以微电池电流导致的腐蚀为主导，总体腐蚀速率低于 0.0004mm/a。

　　混凝土抗碳化能力是衡量混凝土结构耐久性的另一重要指标。大气中的二氧化碳和其他物质如 SO_2、H_2S 与混凝土中的碱性物质发生反应，将会导致混凝土 pH 降低，引起混凝土碳化。当混凝土保护层被碳化到钢筋表面时，钢筋表面的氧化膜会被破坏继而引发钢筋的锈蚀，甚至可能引起横向裂纹和混凝土崩裂。徐世烺等（2007）采用室内快速碳化试验方法对未开裂立方体 UHTCC 试件（边长 100mm）和预开裂的棱柱体钢筋 UHTCC 试件（100mm×100mm×400mm）

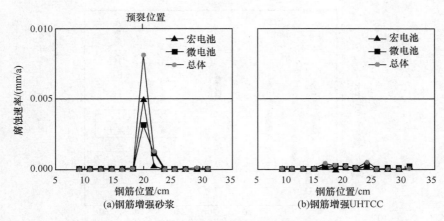

图 1.31 沿钢筋长度方向宏电池和微电池腐蚀速率 (Miyazato et al., 2005)

的抗碳化性能进行了测试。未开裂立方体 UHTCC 试件碳化时间分别为 3d、7d、14d、28d 和 56d；施加弯曲荷载预裂后的钢筋 UHTCC 的碳化时间分别为 28d 和 56d。与同强度等级的混凝土相比，UHTCC 碳化速率随着碳化时间增长而降低，58d 时 UHTCC 的碳化深度约为混凝土的 85%（如图 1.32 所示）。这一现象归因于 UHTCC 中活性掺合料的火山灰反应，使得 UHTCC 逐渐趋于密实，从而降低碳化速率。与混凝土碳化后抗压强度变化（金伟良等，2002）相似，UHTCC 的抗压强度也随着碳化时间的增长而提高。试验还针对碳化对 UHTCC 拉伸应变硬化特性的影响进行了测试，碳化试验的时间分别为 28d 和 56d。碳化 28d 后 UHTCC 薄板的碳化深度和弯曲抗拉强度-挠度曲线如图 1.33 所示。可以看到 28d 碳化后 UHTCC 薄板几乎完全碳化，而碳化未影响薄板的变形能力，与碳化前相比弯曲抗拉强度略有增长。碳化后将预开裂试件沿钢筋长度方向劈开，喷涂酚酞酒精溶液后观测裂缝处和非裂缝处的碳化深度。发现在裂缝面处 UHTCC 的碳化深度仅为混凝土的 1/3，非裂缝面处二者碳化深度相差不大。经预施加荷载后，钢筋混凝土中仅产生 1～3 条裂缝，裂缝宽度在 40kN 荷载水平下接近 0.5mm，而 UHTCC 中出现了多条裂缝，宽度小于 0.1mm。裂缝宽度和开裂深度的差异，以及 PVA 纤维乱向分布的作用，均导致 UHTCC 较低的碳化深度。

已有研究表明（Horikoshi et al., 2005），PVA 纤维在快速耐碱测试后能够很大程度地维持原有的力学性能。但 UHTCC 构件处于高碱性环境时，碱金属会通过微裂纹进入 UHTCC 内部，甚至能够直接渗透进入未开裂的基体，从而会导致材料微观结构的变化进而改变复合材料的特性。Şahmaran 和 Li（2008b）研究了预加荷载条件下 UHTCC 在高碱性环境中的耐久性。试验先根据 ASTM

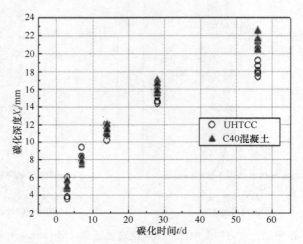

图 1.32　碳化深度与碳化时间关系（徐世烺等，2007）

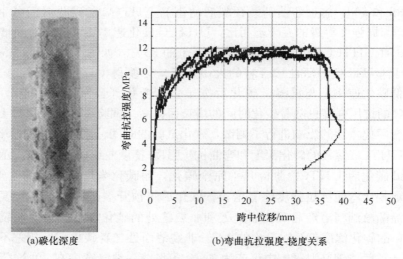

(a)碳化深度　　　　　　　　　(b)弯曲抗拉强度-挠度关系

图 1.33　碳化 28d 后 UHTCC 薄板（徐世烺等，2007）

C1260 测试 4 个 UHTCC 棒材在高碱性环境下（80℃，1mol/L 氢氧化钠溶液）的膨胀性。如图 1.34 所示，30d 内 UHTCC 棒材没有膨胀甚至负膨胀（自收缩引起）。UHTCC 低膨胀性的主要原因是非活性硅砂的使用、高掺量粉煤灰和纤维的使用。试样（152.4mm×76.2mm×12.7mm）在浇注后 24h 拆模，然后放置在相对湿度 95±5％，23±2℃环境中养护 7d，再在实验室环境中养护至 28d。预施加轴向拉力至应变分别达到 1％和 2％来模拟结构在服役期间承受的不同应变水平。预施加应变可以是车辆荷载、预应力、收缩、热应力等的组合作用而产生。然后将试件放置在高碱性环境中至 3 个月再重新加载直至破坏。在重新加载时，UHTCC 的弹性模量几乎全部恢复至原来水平，UHTCC 的微裂缝在氢氧化钠溶液中可以自愈合，这一特性在使用环境扫描电镜观察中可明显看到。无论是否预施加荷载，在 38℃碱性环境至第 90d 时，UHTCC 拉伸应变降低 20%（图1.35），拉伸强度降低 4%，裂缝宽度也从 40μm 增至 100μm，产生此现象的可能原因是纤维/基体界面粘结性能变化。即便如此，该研究也证实了 UHTCC 在高碱性环境下良好的耐久性。

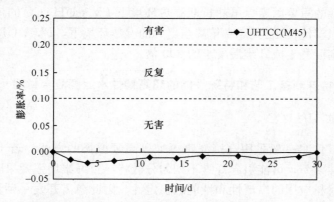

图 1.34 高碱性环境下 UHTCC 棒材长度变化（Şahmaran et al.，2008b）

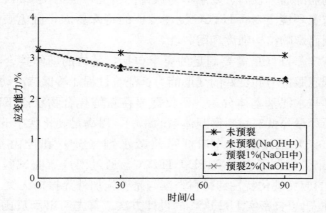

图 1.35 38℃ NaOH 溶液和施加荷载对 UHTCC 拉应变的
影响（Şahmaran et al.，2008b）

11. 耐湿热老化的特性研究

Li 等（2004）通过对 PVA 纤维、埋入 UHTCC 中的单根纤维和 UHTCC 的热水浸渍测试来评估 UHTCC 长期处于湿热环境下的性能。将材料分别放置于 60℃水中 4 星期、13 星期、26 星期和 52 星期，PVA-UHTCC 在经历这一加速试验 7.7d 时的弯曲韧性等同于放置在日本室外 3 年的性能。26 周时，纤维自身性能变化不大，如纤维强度、弹性模量和伸长率，这与 Horikoshi 等（2005）的研究结论是相同的。但纤维/基体界面性能却明显变化，尤其是在 13～26 周时，纤维/基体界面化学粘结提高，纤维表观强度明显降低。纤维/基体界面的这一变化导致在 26 周后，荷载作用下单根纤维不再完整的从 UHTCC 基体拔出而是剥离分层和拔断。纤维/基体界面的这一变化是影响 PVA-UHTCC 在湿热条件下其耐久性的重要因素。虽然长期湿热环境下 PVA-UHTCC 的拉伸应变能力有所降低，但即使在相当于 70 年甚至更久的湿热环境下，PVA-UHTCC 的拉伸延性仍可达到混凝土或纤维混凝土的 200 倍。

1.2.3 具有特殊制备工艺和特殊性能的超高韧性水泥基复合材料

1. 自密实 UHTCC

传统 UHTCC 一般采用直接浇筑再加以高频振捣的方法。若 UHTCC 新鲜拌合物流动性太差，可能引起纤维不均匀分散将导致纤维增强效果明显降低，直接影响到该材料应用的广泛性和性能的稳定性。因此急需开发一种具有高工作性能的自密实 UHTCC，不经振捣即可凭借自身重力填充复杂模具。对于实际施工中还存在着钢筋配筋率较高、复杂不易振捣的情况，自密实 UHTCC 尤为重要，以应对复杂施工环境下对 UHTCC 浇注性能的特殊要求，避免硬化后内部形成大量蜂窝孔洞而影响结构强度和耐久性。

配制自密实 UHTCC 需要满足的要求包括：基体的新鲜拌合物要具有理想的黏度、较低屈服应力和良好的变形能力；浇筑过程能够保持流动性，经时损失小；防止纤维与水泥基基体分离。不仅需要在新鲜拌合物状态下满足工作性要求，同时还要尽量降低对材料微观体系的影响，以满足硬化状态下的应变硬化特性。Li 等（1998）采用优化外加剂高效减水剂（SP）和羟丙基甲基纤维素（HPMC）的用量配制了自密实 PE-UHTCC，通过四点弯曲试验证实，自密实 PE-UHTCC 的应变硬化特性和材料强度与是否施加外界振捣无关。随后，Kong 等（2003a）提出了自密实 UHTCC 的设计方法：首先给出水灰比和砂灰比的范围，保证在此范围内材料可以达到应变硬化效果；然后在此范围内调整其他参数以满足自密实的条件。在此基础上，通过基本流变性能控制方法产生微粒间排斥力和成分间的黏聚力，Kong 等（2006b）成功配制了直接拉伸应变 3% 以上的 PVA-UHTCC。

徐世烺研究团队的田艳华（2008）近年来也开展了一系列自密实 PVA-UHTCC 的试验研究，采用仅添加高效减水剂的方法测试了 PVA-UHTCC 砂浆基体的工作性能，通过与 Kong 等（2006b）和 Li 等（1998）研究成果的对比，找出了适于配制自密实 PVA-UHTCC 砂浆基体的最佳减水剂用量；然后采用该减水剂掺量配制 PVA-UHTCC 浆体，通过图 1.36 所示几种试验方法测试了 PVA-UHTCC 浆体的工作性能，发现此 UHTCC 工作性能满足自密实要求（见表 1.1）。对此种自密实 UHTCC 力学性能测试还发现，与普通 UHTCC 相比，减水剂的加入并未影响其抗压强度，而且具有更优异的弯曲性能；在浇筑过程中施加外部振捣对抗压强度、弯曲韧性基本无影响。

图 1.36　新拌状态下 PVA-UHTCC 工作性能试验图片（田艳华，2008）

表 1.1　新拌 PVA-UHTCC 各项工作性能参数及与国外自密实试验比较（田艳华，2008）

试验方法	参数	自密实 PE-UHTCC (Li et al.，1998)	自密实 PVA-UHTCC (Kong et al.，2006b)	自密实 PVA-UHTCC (田艳华，2008)	自密实能力期望值 砂浆	自密实能力期望值 混凝土
流动度筒	$\overline{d_1}$/cm	18(26)	32.7	24(34)	—	—
	Γ_1	2.24(5.8)	9.7	4.76 (10.56)	5	—
坍落度筒	$\overline{d_2}$/cm	60	72.9	68.5	—	60～70
	Γ_2	8	12.3	10.73	—	8～12
坍落流动度筒	$\overline{d_2'}$/cm	—	—	73*	—	60～70
	Γ_2'	—	—	11.32*	—	8～12

续表

试验方法	参数	自密实 PE-UHTCC (Li et al. ,1998)	自密实 PVA-UHTCC (Kong et al. ,2006b)	自密实 PVA-UHTCC (田艳华,2008)	自密实能力期望值	
					砂浆	混凝土
V 型漏斗	$\bar{t}/s$	12.5	—	8.78	—	—
	R	0.8	—	1.14	1	0.8~1.22
箱型容器	$\bar{h}/cm$	11.7	12.3	13.7	—	—
	L	0.78	0.82	0.913	1	≥0.73
J-环	h/cm			≈2		≤2.5

注：括号内数值对应于砂浆测试结果

2. 喷射 UHTCC

喷射过程中要求新鲜拌合物在搅拌和泵送过程中要有足够的变形能力，而一旦喷射到混凝土底层上就要能够迅速黏稠硬化。做到这一点就要通过优化减水剂、增稠剂的用量来控制泥浆的流变性能。Kanda 等（2002）首次采用不同类型搅拌机（全向搅拌机和普通混凝土搅拌机）配制了不同种类水泥、不同含气量的喷射 UHTCC，并对喷射制成的试件进行了直接拉伸和弯曲基本力学性能试验。Kim 等（2003a、b）基于微观力学和流变学原理配制了喷射 UHTCC，既满足在湿拌状态下可喷射，而且在硬化状态下还具有应变硬化特征。在这种材料的设计中，微观力学原理用来指导选择合适的纤维、基体和界面性能以期达到应变硬化和多缝开裂的效果；在预先确定的微观力学约束条件下，通过流变学工艺方法使水泥基微粒之间以合适的速率发生絮凝。在基体新鲜拌合物流变性能得以调整、纤维可以均匀分散的条件下，可以实现 UHTCC 的泵送能力和可喷射能力。通过对竖直面和顶面（图 1.37）的喷射试验发现，UHTCC 层喷射厚度可分别达到 45mm 和 25mm。比较相同配比的喷射 UHTCC 和浇筑后振捣 UHTCC 的直接拉伸性能发现二者差别很小（图 1.38）。在接下来的力学性能研究中发现（Kim et al. , 2004），喷射 UHTCC 立方体的密度为 $2093\pm5(kg/m^3)$，与普通浇筑再经外部振捣的 UHTCC ［密度为 2067 ± 3 （kg/m^3）］相近；喷射制成的 UHTCC 试件在正、反两向加载的弯曲性能是一致的，因此可以判定喷射 UHTCC 在需修复构件任何部位都会展现出良好的延性。在 UHTCC 抗剥落能力测试中，将锥形钢棒压入 UHTCC 板来模拟钢筋锈蚀产生膨胀应力的过程。结果显示，UHTCC 通过塑性屈服来克服膨胀应力，其最终产生的微裂纹呈放射状；而普通混凝土则碎裂（Kanda et al. , 2003）。与普通水泥基材料相比，UHTCC 具有显著的抗裂和抗剥落特性，可以预见，喷射 UHTCC 在延长 R/C

结构使用寿命方面具有巨大的潜能。

   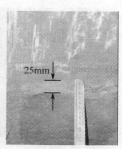

(a)向垂直面喷射 (b)喷射UHTCC厚度 (c)向顶面喷射UHTCC (d)喷射UHTCC厚度
UHTCC 45mm(垂直面)   25mm(顶面)

图 1.37 喷射试验 (Kim et al., 2003a)

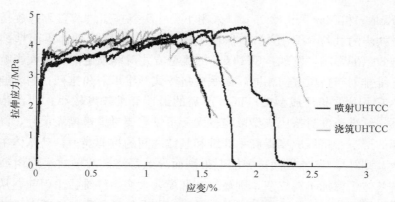

图 1.38 喷射 UHTCC 和浇筑 UHTCC 的直接拉伸性能 (相同配比)(Kim et al., 2003a)

3. 挤压成型 UHTCC

挤压成型有两大优点: ①孔隙率低, 可提高复合材料的强度和基体的韧性。②纤维定向排列, 从而挤压方向复合材料力学性能得到提高 (Takashima et al., 2003)。丹麦科技大学针对纤维增强水泥基材料设计了一种新的挤压成型方法, 采用多余的水分与材料搅拌混合, 在后面挤压过程中将该多余水分挤出。采用此挤压成型方法制作了直径 100mm 厚度 10mm 的 PE-UHTCC 管 [图 1.39 (a)], 发现固结后的材料完全稳定并无需支撑。采用 SEM 观察此 UHTCC 管横截面发现大多纤维均沿圆周方向分布, 并且没有较大气孔产生。图 1.39 (b) 给出了环向荷载作用下 PE-UHTCC 管的荷载-位移曲线, 与 7% 纤维掺量的 PP-FRC 管准脆性破坏形态相比, PE-UHTCC 展现出塑性屈服特点和优异的延性 (Li, 2002)。

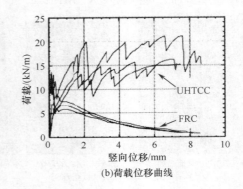

(a) PE-UHTCC管挤压成型　　　　　　　　　　(b)荷载位移曲线

图 1.39　UHTCC 管挤压成型（Li，2002）

　　De Koker 和 Van Zijl（2004a）采用小尺寸活塞挤压式装置和螺旋挤压式装置进行了初步的试验（图 1.40），探讨了纤维定向和纤维/基体界面粘结性能对挤压成型效果的影响，发现：UHTCC 的成型方式对纤维定向有很大影响，活塞挤压使纤维排列与挤压方向相同，而螺旋挤压式纤维呈对角排列；与普通浇筑成型 UHTCC 相比，挤压成型 UHTCC 所需的最佳纤维长度较小；而在相同体积率情况下，纤维长度对挤压成型影响较大，不仅需要考虑模槽的尺寸，同时还要考虑破坏的形态；挤压成型提高了纤维和基体之间的抗剪能力，若基体中没有掺加粉煤灰，则纤维/基体界面抗剪能力很高而导致最终破坏模式大多由纤维断裂引起，若基体中掺加了粉煤灰，则最终破坏模式大多由纤维拔出引起，从而得到应变硬化效果。Takashima 等（2002）通过改变水灰比和浆灰比研究了基体韧性对挤压成型 PVA-UHTCC 试件断裂性能的影响；直接拉伸试验结果显示，极限

(a)活塞挤压式(De Koker et al., 2004b)　　　　(b)螺旋挤压式(Takashima et al., 2003)

图 1.40　挤压成型制作工艺

抗拉强度达到 6.4~10.2MPa，极限拉伸应变达到 0.75%，密度仅1.25g/cm³；存在一个水灰比和浆灰比最优化的组合，可以使挤压成型试件成型稳定，从而达到高强、高韧性和轻质的目的。鉴于 UHTCC 良好的力学性能和耐久性能，挤压成型 UHTCC 管在某些地方可用来取代钢管，以期解决钢材耐腐蚀性差和成本高等问题。

4. 绿色 UHTCC

考虑到基础设施的可持续性，美国密歇根大学可持续性体系研究中心与 ACE-MRL 合作构建了综合生命周期评估及成本的框架模型，诣在促进在材料和基础设施设计时将可持续性作为首先考虑的要素，既要考虑到材料的环境友好性，也要考虑基础设施生命周期不同阶段的经济、社会及环境成本（Li，2007；Li et al.，2004；Keoleian et al.，2005）。为实现这一目标，新材料设计时将综合考虑传统的设计性能、环境、社会、经济各种要素。应用绿色材料发展体系（见图 1.41）预计可实现这一设计理念。绿色材料发展体系综合了初步分析方法、结构应用要求和微观力学材料调整方法。为提高 UHTCC 材料的可持续性，采用工业废料［未加工的铸造用砂（Lepech et al.，2008）］、粉煤灰（Wang et al.，2007；Yang et al.，2007）和水泥窑粉尘）置换 UHTCC 原材料。这些绿色 UHTCC 可降低二氧化碳和化学污染水的生成，分别为 55% 和 60%。特别是较大量的粉煤灰的使用还可减小裂缝宽度和自由干燥收缩，有利于绿色 UHTCC 结构的耐久性能（Yang et al.，2007），经微观力学分析可知在一定掺量粉煤灰 UHTCC 中纤维/基体界面的粘结性能是产生微细裂缝的主要原因（Yang，2008）。对所掺定量粉煤灰的 UHTCC 进行力学测试，材料抗拉强度可达 4.5MPa，拉伸应变可达 3%~4%（Wang et al.，2007）。

5. 防水 UHTCC

当采用 UHTCC 作为混凝土结构保护层时，若构件表面直接与水或其他液体接触，溶解的有害化学物质如氯化钠、硫酸盐将会移动进入 UHTCC 的多孔结构中。为防止有害物质进入钢筋混凝土结构内部，在服役时间内 UHTCC 保护层的裂缝宽度必须非常小，还要具有低渗透性和毛细吸附力。Martinola 等（2004）通过在湿拌状态下添加防水剂的方法来改变 UHTCC 的性能，并用粉煤灰取代了部分水泥用量（标号 JH），试验发现这种方法能够使毛细孔和开裂表面都具有憎水性（见图 1.42），图中 J5 未使用粉煤灰和防水剂，J0 使用粉煤灰取代部分水泥，JH 使用粉煤灰取代相同部分水泥并添加防水剂。Şahmaran 和 Li（2009）也对添加水溶性硅树脂基防水剂的 UHTCC 进行了研究，发现微观裂纹的出现和数量对防水 UHTCC 的吸附性几乎没有影响。这种防水剂对降低已开

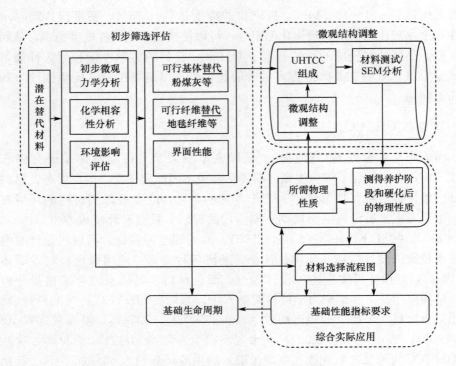

图 1.41　绿色 UHTCC 发展体系示意图 (Lepech et al. , 2008)

裂 UHTCC 的吸附性和吸水性非常有效，可以降低至未开裂混凝土的程度（见图 1.43）。

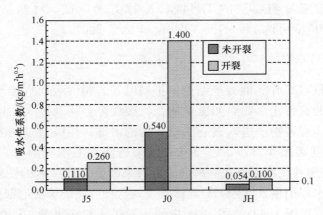

图 1.42　开裂和未开裂试件的吸水性系数 (Martinola et al. , 2004)

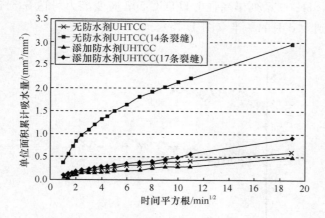

图 1.43　吸水性随时间平方根的变化函数（Şahmaran et al.，2009）

6. 早高强 UHTCC

Wang 和 Li（2006）分别采用快硬水泥和 Type-III 波特兰水泥研制了早高强 UHTCC，研究内容包括三个主要方面：首先针对早高强特点进行基体的设计；然后为改善早高强成分对基体和界面微观力学性能的影响，进行微观结构的调整使之达到应变硬化要求；最后进行力学性能的测试。如图 1.44 所示，使用快硬水泥的高早强 UHTCC 和使用 Type-III 波特兰水泥的高早强 UHTCC 在放置3～4h 抗压强度均可达 21MPa，而普通 UHTCC OP08 要将近 24h 才可达到类似的抗压强度。研究发现对于早高强 UHTCC，需要通过缺陷尺寸分布的控制来调整基体的微观结构，才能获得多缝开裂的特性。引入体积率 5.0% 的聚苯乙烯微粒

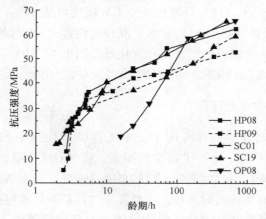

图 1.44　早高强 UHTCC 抗压强度发展（Wang et al.，2006）

作为人为缺陷，HP09 系列早高强 UHTCC 50d 应变能力可达 3.5%，5h 时刻的开裂强度可达到 50d 时的一半（图 1.45）。

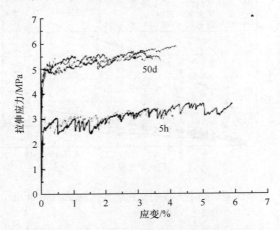

图 1.45　早高强 UHTCC 拉伸应力应变关系（Wang et al.，2006）

7. 轻质 UHTCC

Wang 和 Li（2003）采用四种不同方法成功配制了轻质 PVA-UHTCC，包括使用引气剂、聚合物微空心球（polymeric micro-hollow-bubble）、轻骨料珍珠岩和玻璃微珠。对 15 种复合材料的密度、直接拉伸性能和抗压性能进行了测试，结果显示，采用上述方法得到的轻质 UHTCC 均具有多缝开裂和应变硬化特征；但拉压强度和变形能力随着填充物的含量和类型不同而有很大变化。其中加入玻璃微珠的混合物比其他组具有更好的力学性能 ［图 1.46（a）］，纤维掺量 2% 情况下密度为 1450 kg/m³，抗拉强度达到 4MPa 应变可达 4%，抗压强度 41MPa。其横截面的 SEM 照片（图 1.47）显示了混合物内部 PVA 纤维分布均匀并形成了微孔结构。还有一组混合物的密度比水还低 ［图 1.46（b）］，仅为 930 kg/m³，其抗拉强度也可达到 2.85MPa，抗压强度 21.8MPa，仍能满足一些结构的要求。

8. 被动智能自愈合 UHTCC

Li 等（1998）对开发一种可用于土木工程基础设施中的被动智能自愈合 UHTCC（PSS-UHTCC）进行了初步的探索。PSS-UHTCC 的主要功能是封闭和愈合过载（如地震）引起的裂缝。目的是通过恢复混凝土结构的不渗水性和力学性能来维持材料和结构的耐久性。这种智能材料基本构成包括：有控制的微观开裂作为传感器，载有空气固化化学物质的空心玻璃纤维作为激励器。在 PSS-UHTCC 体系中，对过载的感应依靠 UHTCC 的脆性水泥基体来实现，同时通

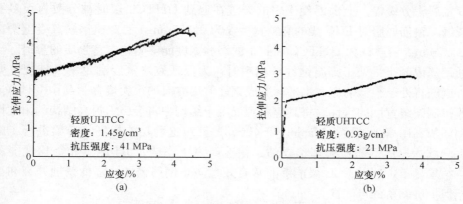

图 1.46　两种轻质 UHTCC 抗拉性能（Wang et al.，2003）

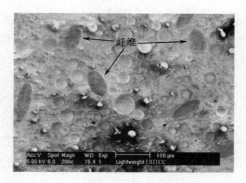

图 1.47　轻质 UHTCC 微观结构 SEM 照片（Wang et al.，2003）

过 UHTCC 中的空心玻璃纤维断裂来激励化学物质的释放，然后释放的化学物质在空气中固化并愈合裂缝，从而恢复到未开裂的状态。通过测量弹性模量证实了自愈合有效性，第一次加载周期引起破损后再次加载，弹性模量恢复到了原有水平。

1.3　超高韧性水泥基复合材料在高性能建筑结构中的应用研究简介

1.3.1　作为混凝土保护层提高耐久性

通过对裂缝宽度的控制可以明显提高混凝土结构的耐久性。Maalej 和 Li（1995）依据 UHTCC 对自身裂缝宽度的控制特性，将受拉纵筋两侧各一倍保护层厚度的混凝土替换为 PE-UHTCC，对一根这样的功能梯度复合梁（FGC）进行了初步研究。试验发现不仅梁的承载略有提高，更为重要的是，FGC 梁裂缝宽度发展十分缓慢，上部混凝土中的裂缝在遇到 UHTCC 层时被分散为很多细小裂缝。钢筋屈服时 FGC 梁的裂缝宽度仅为 0.025mm，而对比钢筋混凝土梁达到 0.24mm。可以认为 UHTCC 如此小的裂缝宽度能够阻止有害物质的渗透。当普通钢筋混凝土梁处于高腐蚀性环境中时，为保证裂缝宽度满足耐久性规范要求，钢筋将处于很低的应力水平，造成钢筋使用方面的很大浪费。利用 UHTCC 自我控制裂缝宽度的特性，将其应用到混凝土结构中将会极大提高结构的耐久性和钢筋的利用率。随后，Maalej 等（2002）针对这种功能梯度复合梁进行了耐久性测试，包括钢筋损失理论评估、快速氯离子渗透、pH 测定和结构性能测试。结果显示，这种 FGC 梁能够非常有效地防止钢筋锈蚀，降低锈蚀开裂和混凝土保护层剥落的可能性。

1.3.2　用于无伸缩缝桥面板的连接板等承受大变形构件

由于具有应变硬化特征和超高的抗拉应变能力，UHTCC 可以承受非常大的变形，而不会产生局部破坏。利用这一特点 UHTCC 可以应用于结构中变形较大位置，比如无伸缩缝桥面板的连接板。相邻两跨桥面板因收缩、温度变化、徐变等引起的变形都可以通过具有高变形能力的 UHTCC 连接板来调节。使用这种 UHTCC 连接板作为柔性过渡与以往使用高配筋率钢筋混凝土连接板的刚性连接有明显的不同，UHTCC 就如同在混凝土板之间设置铰连接一样，可以最小程度改变原有的内力分布，提高结构的耐久性。而且 UHTCC 对裂缝宽度的控制能力能够防止以往设置伸缩缝或刚性连接板可能发生的渗漏侵蚀问题。针对这一设想，Zhang 等（2002）对 PE-UHTCC 与混凝土复合小尺寸试件进行了拉伸测试来模仿约束收缩。为保证开裂发生在 UHTCC 内部而不是混凝土或者界面位置，对材料的选取（混凝土拉伸强度高于 UHTCC 拉伸强度）和 UHTCC-混凝土界面与水平面夹角（30°）进行了设计，测试发现经设计后的试件养护 28d 后，在拉伸荷载作用下起裂发生在 UHTCC 柔性带中，并在 UHTCC 柔性带中产生了多缝开裂现象（图 1.48），至峰值荷载时试件应变达到 1.4%，混凝土部分仍没有开裂现象发生。因此桥面板由约束收缩和温度变化产生的应变能都可以通过 UHTCC 连接板的高应变能力得到释放，避免了在混凝土中产生开裂。密歇根州交通局对 1/6 比例桥的模型试验初步证实 UHTCC 连接板是可行的（Zhang et al.，2002）。

Kim 等（2004）又进行了足尺 UHTCC 连接板的静力和疲劳试验，装置如图 1.49 所示。静力测试结果显示，连接板中 UHTCC 与钢筋变形协调。与同配筋率的钢筋混凝土连接板相比，UHTCC 连接板中钢筋屈服得到了延迟，钢筋应力水平较低，因此可以降低钢筋的使用量从而降低连接板的刚度。在经历 10 万次循环荷载作用后（图 1.50），UHTCC 连接板的刚度并没有降低，裂缝宽度只有 0.05mm，比对比混凝土连接板的裂缝宽度（0.64mm）低了一个数量级。如此低的裂缝宽度对 UHTCC 连接板的耐久性十分有益。与以往钢筋混凝土连接板需要依靠提高配筋率来控制裂缝宽度不同，UHTCC 连接板可以利用 UHTCC 自身控制裂缝宽度的属性降低钢筋的使用量，这一样来，就可同时满足结构需求（连接板刚度低接近铰）和耐久性（裂缝宽度控制）要求。2005 年，美国密歇根州已完成了 UHTCC 连接板示范工程，这一技术将推动对现有简支桥梁的改造。2009 年，Qian 等（2009）对桥面板连接板的柔性过渡区设计方法进行了系统的介绍。

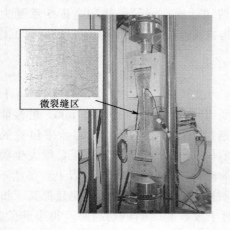

图 1.48 UHTCC 作为混凝土板柔性连接板承受 模仿约束收缩的拉伸荷载（Zhang et al.，2002）

图 1.49 UHTCC 连接板的静力和 疲劳试验装置（Kim et al.，2004）

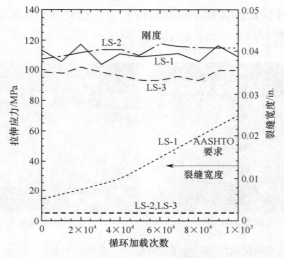

图 1.50 UHTCC 连接板疲劳试验刚度变化和裂缝 宽度发展（Kim et al.，2004）

　　Keoleian 等（2005）通过生命周期评价（LCA）方法对使用 UHTCC 连接板的桥面板进行了评价。LCA 方法是衡量结构材料和体系对环境的影响，包括材料的生产和分配、建筑和维修工艺、建筑带来的交通堵塞和生命周期管理。研究结果显示，与传统的连接板相比，UHTCC 桥面板体系节约了 40％生命周期能量消耗、少产生 50％固体垃圾、降低了 38％原材料消费。

1.3.3　作为耗能材料提高结构抗震性

　　鉴于 UHTCC 具有超高的韧性、剪切延性、能量损耗和高损伤承受力的特性，研究人员针对 UHTCC 在提高结构抗震性能方面开展了大量的研究工作。

1. 钢筋 UHTCC 短梁往复周期加载试验

　　Kanda 等（1998）利用 Ohno 剪力梁对周期荷载作用下钢筋 UHTCC（UHTCC 拉应变能力 1‰以上）短梁（150mm×200mm×1500mm）的性能做了研究，以期将 UHTCC 用于连梁中。通过改变支撑点和加载点水平位置的方式来施加反复周期荷载。剪跨比为 1 时，不配横向钢筋的 RUHTCC 梁发生剪拉破坏，比相同情况的混凝土梁承载力提高 50％，变形提高 200％以上。虽然不配横向钢筋的 RUHTCC 破坏时具有延性特征，但横向钢筋的使用明显提高了抗剪承载力。比较不同剪跨比情况还发现，对于没有配横向钢筋的跨度很小的梁来说，UHTCC 的使用能够有效避免脆性剪切破坏。与钢筋混凝土短梁相比，RUHTCC 梁生成了 4 倍以上数量的裂缝，裂缝张开口位移很小（图 1.51）。如此小的裂缝宽度使得 UHTCC 短梁即使在经历地震荷载作用后也便于修复，没有剥落现象发生。UHTCC 的使用不仅对抗剪和防止粘结劈裂有贡献，还抑制了构件屈服后混凝土膨胀（Fukuyama et al.，2000）。

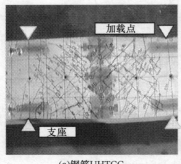
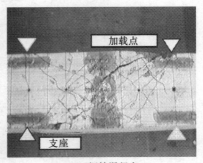

(a)钢筋UHTCC　　　　　　　　　　　　　(b)钢筋混凝土

图 1.51　反复周期荷载作用后短梁裂缝形态（有横向钢筋）（Kanda et al.，1998）

在往复周期荷载用下小尺寸弯曲构件的测试（Fisher et al.，2002a）中，没有配箍筋的 RUHTCC 构件的能力耗散能力和承载能力超过了配有箍筋的 RC 构件，并且 UHTCC 对纵向钢筋起到了约束作用防止了钢筋弯曲而导致的过早破坏。

2. 钢筋 UHTCC 柱反复周期加载试验

无论在弹性和非弹性变形内 UHTCC 与钢筋都能保持变形的协调性，这一独特的变形机制与钢筋 UHTCC 构件在反复周期荷载作用下的性能有着重要的关系。Fischer 等（2002）对反复周期荷载作用下钢筋 UHTCC 柱（1400mm 高，截面 240mm×240mm）的性能进行了测试。假设 UHTCC 抗剪强度等于抗拉强度（2.0MPa），超过了对柱构件抗剪能力的需求，因此没有设置横向钢筋。轴向力始终保持在截面抗压能力的 15%，对柱施加反复周期横向荷载至位移角达到 6%，此后施加静力荷载直至破坏。在柱基础形成塑性铰后，柱的响应主要由纵向受拉钢筋和受压基体的非弹性变形能力决定。屈服后，粘结劈裂和保护层剥落导致钢筋混凝土柱的抗弯能力突然降低，进一步剪切裂缝扩展和混凝土压溃又导致塑性铰区退化。而钢筋 UHTCC 柱保持了构件的整体性和弯曲变形模式。UHTCC 与钢筋的非弹性变形协调性降低了截面粘结应力，没有粘结劈裂和保护层剥落发生。由于 UHTCC 能够提供抗剪能力，并对柱核心和纵向钢筋有约束，因此能够承受较大非弹性变形。从图 1.52 中看到，钢筋 UHTCC 达到 10% 位移角时仍然保持很好的整体性，保持弯曲变形模式没有发生剪切破坏；而 RC 构件粘结劈裂导致混凝土保护层剥落。钢筋混凝土柱位移延性指数为 4，而钢筋 UHTCC 位移延性指数大于 10，显示了很高的能量耗散能力。钢筋 UHTCC 柱

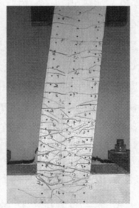

(a)带箍筋RC   (b)没有箍筋的RUHTCC

图 1.52 反复周期荷载作用后 10% 位移角时破坏形态（Fischer et al.，2002）

在反复周期荷载作用下表现出了极为明显的延性特征，同时降低了横向钢筋的需求、减少了经历较大侧向位移后的结构损坏。

3. 钢梁-钢筋混凝土柱（RCS）节点的抗震性能

UHTCC 高耐损伤能力使其可以应用于存在高应力集中的结构构件中。Parra-Montesinos 和 Wight（2000）开展了 3/4 比例外部 RCS 节点在周期横向荷载作用下的抗震性能研究。通过抗剪强度和变形、刚度退化、节点箍筋的应力应变、柱内钢筋粘结强度的退化来评定外部 RCS 节点的抗震性能。设计时保证节点位置最薄弱，这样一来，大部分非弹性行为都会集中在节点区域，可用于评价严重地震荷载作用下 RCS 节点的非弹性响应。考虑到 UHTCC 的拉伸特性，节点使用 UHTCC 材料的试件没有使用任何节点横向钢筋，意在使用 UHTCC 来抵抗高循环斜向拉应力。这种做法使节点变得简单，方便建造，但柱内钢筋无支撑长度超过了 ACI1999 规定的上限。试验中发现，混凝土节点在 1.0% 层间位移角时就出现了斜向裂缝，同时柱上出现部分弯曲裂缝；2.0% 层间位移角时出现一些交叉的斜向裂缝，但还没有严重破损；3.0% 层间位移角后，斜向裂缝沿着柱内纵向钢筋向节点上下发展，这就引起柱内纵向钢筋粘结损失，柱角部混凝土剥落。柱前后表面出现四条始于梁翼缘角部的宽大裂缝，梁翼缘与周围混凝土的缝隙张开，致使钢梁向节点内部发生刚性转动，构件软化。试验最终混凝土节点部分破坏严重 ［见图 1.53（a）］。UHTCC 节点虽然没有使用横向钢筋，但荷载-位移滞回响应非常稳定，与混凝土节点相比强度提高了 50%，能量消耗也高（见图 1.54）。在 1.0% 层间位移角时 UHTCC 节点之出现了几条非常细小的斜向裂缝；随着试验继续进行，节点位置不断形成大量斜向裂缝；至试验结束时（5.0% 层间位移角），节点上分布了几十条细微斜向裂缝。梁翼缘与周围 UHTCC 之间也有缝隙产生，但没有发现明显的开裂 ［见图 1.53（b）］。剪切变形可以衡量节点遭受破坏的水平，剪切变形过大将引起严重的层间位移。混凝土节点剪切变形约 0.0075rad，刚度严重退化；一般来说，超过 0.01rad 将会引起节点严重破坏，即出现大的斜向裂缝和混凝土剥落。但 UHTCC 节点由于材料的拉伸延性，剪切变形达到 0.022rad 却只有轻微的损伤。实验还发现，在没有使用横向钢筋的条件下，UHTCC 有效控制了柱内钢筋的滑移。UHTCC 在节点中的使用，降低甚至可以消除箍筋的用量，使节点得到了简化。

4. UHTCC 预制板填充墙体系的抗震性能

填充体系是为提高关键设施的抗震能力而发展起来的。Kesner 和 Billington（2005）研究了如何将 UHTCC 预制板用于钢框架结构填充墙体系。这种填充墙体系的独特之处在于面板之间可以使用螺栓连接，再使用螺栓或者焊接方式与框

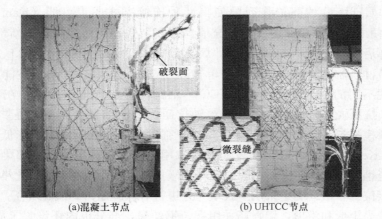

(a)混凝土节点 (b) UHTCC节点

图 1.53 钢梁-钢筋混凝土柱节点周期荷载作用下破坏形态

(Parra-Montesinos et al., 2000)

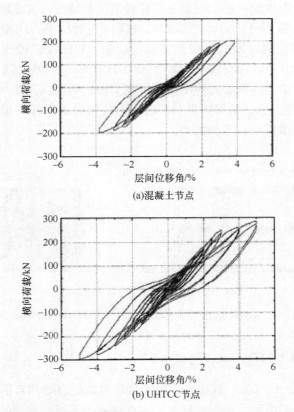

(a)混凝土节点

(b) UHTCC节点

图 1.54 荷载-位移响应 (Parra-Montesinos et al., 2000)

架连接。UHTCC 的高损伤容限使得此种连接方式成为可能（Kanda et al.，1998）。使用 UHTCC 预制板的填充墙体系安装快速简洁、面板重新部署方便、地震破坏后替换容易。为开发这种填充墙体系，Kesner 等（2003）首先针对 UHTCC 材料在单轴拉、压荷载和单轴周期拉、压荷载作用下的性能进行了研究。发现不同的几何形状对 UHTCC 单轴拉伸响应有重要影响；在没有超过 UHTCC 抗压强度的情况下，静力单轴拉压测试的结果可以用来提供 UHTCC 周期材料模型参数；若超过 UHTCC 抗压强度，拉伸响应就有所降低。根据这些结论，Kesner 和 Billington（2005）对采用传统的整体填充和局部梁式填充的单层单跨钢框架开展了一系列有限元分析（见图 1.55），确定面板大小、几何形状及连接位置，最终确定采用梁式填充并进行对称周期荷载试验研究。试验中面板形式分为矩形和锥形，增强筋采用铜包钢丝网，部分板内还设置了周向钢筋。UHTCC 板荷载-侧向位移角曲线呈非线性，这是由于 UHTCC 多缝开裂和钢筋屈服所导致。带有周向钢筋的 UHTCC 板能量消耗最高，而未设置周向钢筋的 UHTCC 板与带有周向钢筋的混凝土板能量消耗都较低，这就说明了高能量消耗能力（和强度）是 UHTCC 与增强钢筋共同作用的结果，应变片测试结果也证实试验中所有铜包钢丝网和周向钢筋都已屈服。UHTCC 板比混凝土板强度高（见图 1.56）是由 UHTCC 高抗拉能力和 UHTCC 与钢筋之间的粘结特性而引起。UHTCC 板中周向钢筋的使用明显提高了板的刚度、强度（峰值强度和残余强度）、能量消耗。测试结果还显示，锥形面板可以提供与矩形面板相近水平的强度、刚度和能量耗散，节约材料。

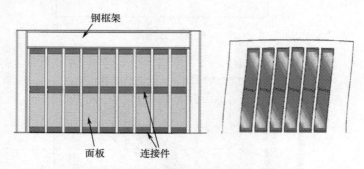

图 1.55　单层单跨框架填充墙体有限元分析（Billington，2004）

5. 钢筋增强 UHTCC 抗震框架体系

Fischer 和 Li（2003a）提出了一种能抵抗弯矩的自动调节框架体系。这一框架体系能够适应梁中较大非弹性挠曲，而在柱基础不形成塑性铰。对于这种框架体系，在位移小于 Δ_{crit} 没有形成塑性铰之前，梁的刚度比柱的刚度大，梁中产生

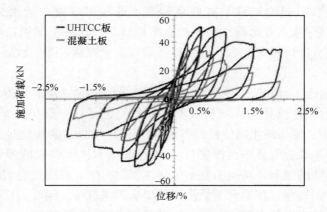

图 1.56　单独面板测试结果 (Billington, 2004)

较小弹性变形，而相对柔的弹性柱以双曲变形方式主要承受了施加的位移 [见图 1.57 (a)]。在这一变形阶段，框架具有较大刚度，损伤主要表现在柱中裂缝的产生，卸载后框架恢复无变形变状态。当位移超过 Δ_{crit} 时框架改变了变形方式 [见图 1.57 (b)]，转换成为强的刚性柱/弱的柔性梁机构来适应增大的荷载，引发略低的二次框架刚度。由于梁柱之间弯曲强度的差异，梁内产生塑性铰，能量通过钢筋塑性变形得以耗散。这一阶段柱仍然处于弹性状态，能够抵抗结构的坍塌破坏，需要提高荷载来增大框架位移 [见图 1.57 (c)]。卸载后，由于梁中塑

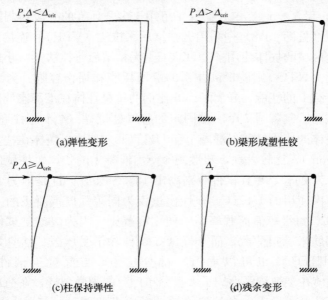

图 1.57　自动调节框架体系变形顺序 (Fischer et al., 2003a)

性铰非弹性变形引起的梁柱节点残余转角，框架出现较小的永久变形［见图1.57（d）］。除了永久变形较小和不产生坍塌破坏，这种框架构造通过调节自身刚度而表现出自适应控制能力，有效提高结构生命周期，降低地震作用下产生的基础剪力。

由 FRP 增强 UHTCC 柱和钢筋 UHTCC 梁构成的复合框架体系在往复周期荷载作用下的荷载-位移响应试验及理论模型验证了这一框架体系的变形机制。UHTCC 与 FRP 的共同作用使柱拥有相对较高的弯曲强度和充足的弹性挠曲能力，并且柱中弯曲变形分布范围更广；FRP 增强 UHTCC 柱的弹性挠曲能力允许框架产生足够的倾斜，从而引发梁中塑性铰的产生，并通过它们的非弹性变形能力消散能量，避免了在横向荷载作用下形成倒塌机构。同时，UHTCC 受拉状态下容许损伤的变形特点也引起了稳定的滞回荷载-变形响应，防止构件过早破坏。并且考虑到 UHTCC 自身的约束作用和抗剪能力，此次研究中整个结构都没有使用箍筋。具有弹性和弹/塑性荷载-变形特性的复合构件相互作用，引发了具有初始刚度和二次刚度、较小残余变形和能量耗散能力的双线性框架响应。初始响应和二次响应之间的转换是结构的内在属性，可以用来满足特殊的性能要求。这一研究成果改善了地震荷载作用下结构的动力响应、残余变形、损伤容限和复原需求等方面的性能，为抗震结构设计提供了新的选择。

6. 具有 UHTCC 塑性铰区桥墩的抗震性能

Billington 和 Yoon（2004）研究了可用于多震地区的分段预制混凝土桥墩体系。这一体系（见图 1.58）中采用无粘结后张拉法（UBPT）连接预制块体，其中处于塑性铰区域的块体使用了 UHTCC。无粘结后张拉法能减小残余变形，滞回耗能低；而 UHTCC 则能提高体系的滞回耗能和损伤容限。为考察这种桥墩体系在周期荷载下的性能，开展了 1/6 比例的桥梁柱体在准静态周期横向荷载作用下的模型试验。制备了 7 个一端固定的悬臂柱试件（4 个短柱 3 个长柱），改变塑性铰区块体的使用材料（混凝土和 UHTCC）与这一块体在柱基础中的埋深（76mm 和 38mm）。比较发现，塑性铰区使用混凝土的长、短柱试件初始刚度要比使用 UHTCC 的长、短柱试件分别高出 18%～49%，这是因为 UHTCC 中不含粗骨料，本次使用的 UHTCC 弹性模量仅为同等强度混凝土的一半；塑性铰区使用 UHTCC 每级峰值荷载略高于使用混凝土，因为混凝土试件仅依靠受压区和预应力钢筋来承担荷载，而 UHTCC 试件除了受压区、预应力钢筋可以承担，开裂的 UHTCC 也可以承担小部分拉力；与混凝土试件相比，使用 UHTCC 的柱体在塑性铰区形成了大量分布广泛的细微裂缝，在荷载局部化扩展之前，UHTCC 通过形成大量的裂缝耗散了更多的能量；使用 UHTCC 的长柱在塑性铰区出现的裂缝数目比起对应的短柱要多；块体在基础中的埋深对开裂程度和能量消散有影响，在基础中埋深较多的 UHTCC 块体表现出了更高的能量消散能力和延缓基础裂缝局部化扩展，其使用的钢筋已接近甚至超过了屈服强度，而在埋深少的块体中钢筋没有屈服；UHTCC 的使用使柱体保持了很好的整体性。研究结果显示，所提出的结构体系在地震地区有着广泛的应用前景。

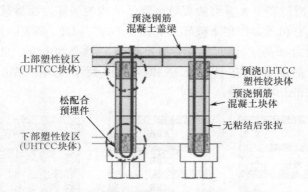

图 1.58 分段预制混凝土桥墩体系（Billington et al.，2004）

7. UHTCC 短柱抗震阻尼器

以往抗震设计思想是要建筑物在大地震发生时能够保证生命安全，但即使这样，由于受灾严重，建筑物无法继续使用而不得不修复重建。因此需要一项新的技术能够延长建筑物的使用寿命，同时减少重建费用。希望能够控制甚至防止建筑物在使用寿命期间因外部荷载如地震作用而导致的破坏或退化，保证结构经过简单修复甚至不需修复就可继续使用。

Fukuyama 等（2003）提出了作为抗震阻尼器的 UHTCC 短柱构件在结构中的应用（见图 1.59），通过它的强度、能量吸收和周期变化特性，来减小整个结构的变形从而降低结构各构件的破坏。混凝土端头可以调节阻尼器的净高、锚定阻尼器中的纵筋、连接阻尼器与框架。UHTCC 短柱构件和墙体构件刚度、强度和延性都较高，能够通过小变形来有效地吸收能量。因此它们适合用于高刚度的钢筋混凝土结构。通过改变构造、钢筋布置和使用的材料能够轻松改变 UHTCC 阻尼器的强度和刚度，并且这些由水泥基材料组成的构件很容易浇筑成型。与传统的能量吸收装置相比，这些构件更具有经济性。能量吸收是依靠钢筋自身屈服来实现的，UHTCC 的使用能够保证钢筋与基体保持很好的整体性，阻尼器能够更加有效吸收更多能量，同时也能够承受较大变形。以往研究还显示，UHTCC 即使在钢筋屈服后仍能够防止脆性破坏，如剪切破坏、粘结劈裂破坏、锚固失效。很多情况下，UHTCC 阻尼器要承受框架中的转角位移，引起的轴向伸长被限制导致阻尼器中产生很大压力，而 UHTCC 的使用还可以防止脆性抗压破坏。

UHTCC 阻尼器还可以与邻近的钢筋混凝土柱一起承受轴向力，这是传统阻尼器所不具备的特征，柱内轴向压力降低和阻尼器延性提高将会提高钢筋混凝土柱的结构性能。短跨 UHTCC 阻尼器的周期加载测试证明，UHTCC 阻尼器抗剪能力达到 $6N/mm^2$，位移角可达 10％以上，能够有效防止剪切破坏和压坏；UHTCC 阻尼器通过产生大量细微裂缝来降低结构的破坏，而砂浆阻尼器破坏严重，最后在高剪力和压力作用下破碎（见图 1.60）。因此，采用 UHTCC 制作具有高能量吸收能力和高抗压能力的小型抗震阻尼器是可行的。2004 年和 2005 年，UHTCC 阻尼器分别在日本东京和横滨得到了应用（Mitamura et al.，2005；Kunieda et al.，2006）。

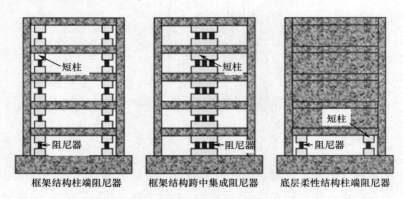

图 1.59　结构中 UHTCC 阻尼器（Fukuyama et al.，2003）

8. UHTCC 连梁的抗震性能

由于设计规范要求抗震结构中钢筋混凝土连梁要有足够的配筋以保证稳定的抗震性，导致钢筋密集混凝土浇筑困难。为简化连梁中的配筋构造，Canbolat 等（2005）开展了预制 UHTCC 连梁抗震性能试验。使用的钢筋构造分为以下几种：混凝土对比试件 1 按照 ACI318 设计，使用对角钢筋；试件 2 使用 PE-UHTCC 浇注连梁，只使用分布式水平和竖向钢筋；试件 3、4 分别使用 PE-UHTCC 和钢纤维 UHTCC 浇注连梁，并配有不带箍筋的对角钢筋。这些预制 UHTCC 连梁在往复周期荷载作用下的响应说明，连梁中可以使用更为便利的钢筋构造并保持足够的抗震能力。使用对角钢筋可以提高变形能力，而 UHTCC 的使用可以免去对角钢筋中所配箍筋，简化了梁的建造过程。使用简化对角钢筋的 UHTCC 连梁显示出了更高的抗剪强度和刚度保持能力，在位移角达到 4％时仍具有其 80％抗剪能力。鉴于 UHTCC 连梁中的多缝开裂形态，可以判定 UHTCC 材料在大的往复变形下具有超高的耐损伤能力。2007 年 UHTCC 连梁在日本横滨一座 41 层建筑中得到了应用（见图 1.61）（Li，2006）。

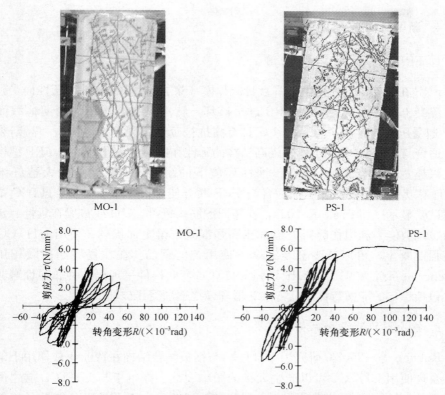

图 1.60 UHTCC 阻尼器（PS-1）和砂浆阻尼器（MO-1）加载测试结果（Fukuyama et al.，2003）

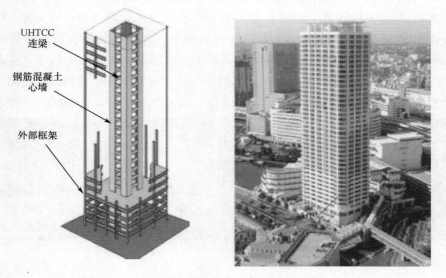

图 1.61 使用 UHTCC 连梁的日本横滨大厦（Li，2006）

1.3.4 新型结构形式

1. FRP 与 UHTCC 联合使用

FRP 在结构中的使用由于其自身低弹模（除了 CFRP）和缺少延性而受到限制，混凝土开裂常常会导致 FRP 过早破坏，特别是在结构遭遇周期荷载而使 FRP 遭受压力的时候。而 UHTCC 具有高抗拉延性、裂缝控制能力和高断裂韧性，适合与 FRP 筋共同工作来提高结构的延性和适用性。此外，对 FRP 结构的研究兴趣主要源于 FRP 筋在侵蚀性环境下的耐久性，因此使用人造纤维的 UHTCC 比钢纤维混凝土更加适合与 FRP 联合使用。GFRP 增强 UHTCC 梁的弯曲试验显示（Li et al.，2002），在相同配筋构造时，UHTCC 梁在延性、承载能力、抗剪能力和损伤容限方面都比高强混凝土梁更加优越；使用 UHTCC 替代高强混凝土，可以减少甚至完全不使用抗剪钢筋。在往复周期荷载作用下（Fischer et al.，2003b），FRP 增强 UHTCC 弯曲构件呈现出一种非弹性弯曲响应，包括稳定的滞回特性、低残余变形和最终逐渐受压破坏形态。

2. 钢-UHTCC 复合结构

Rokugo 等（2002）研究了 UHTCC 与钢板复合结构在弯曲荷载作用下的性能，发现使用 UHTCC 可以产生大量的微细裂缝；在钢板与 UHTCC 层之间要有很好的粘结才能得到较高承载力和分散的裂缝。由于 UHTCC 能够承担部分拉力，因此 UHTCC 与钢板联合使用可以提供更高的抗弯能力，并且截面尺寸比普通钢-混凝土构件要小。图 1.62 中所示为位于日本北海道的美原大桥，桥长972m，主桥跨度为 340m。2004 年，钢桥面板上一半厚度的沥青覆层被替换为40mm 厚的 UHTCC，以提高桥面板的承载能力和刚度，减小应力集中，提高桥面板的抗疲劳能力；UHTCC 总用量大约 800m³。在 UHTCC 和钢面板之间使用了销栓来保证二者之间的粘结（Kunieda et al.，2006；Fukuda et al.，2004）。

(a) UHTCC 抹面完成后　　　　　　　　　　　　(b) 建成后

图 1.62　位于日本北海道的美原大桥（Rokogo et al.，2005）

该桥于 2005 年建成通车，UHTCC 超高的拉伸韧性和良好的裂缝控制能力，满足桥面板对适用性和耐久性的要求，使得桥面板自重降低 40%（Rokogo et al.，2005）。

1.3.5 结构物的修复

罩面层是对受损基础设施（道路、桥面板等）修复的常用方法。罩面层材料可以是沥青、混凝土、聚合物混凝土或者纤维混凝土。罩面层常常会因分层、剥落、约束收缩开裂及随后引起的钢筋锈蚀而不得不重新维护，因此罩面层的耐久性逐渐引起人们的关注。理想的修复材料应该满足以下几个要求（Li，2004）：开裂可能性小、弹模小、裂缝宽度小、开裂状态下渗透性低，高的抵抗分层能力，可调节的流变能力，在环境荷载和机械荷载作用下耐久性能好。柔性的 UHTCC 罩面层可能会满足这些性能要求从而解决以往存在的问题（Li，2003a）。Wittman 和 Martinola（2003）也指出使用具有非线性变形能力的修复材料非常有益于修复体系的耐久性。

Lim 和 Li（1997）于 1997 年开始了 UHTCC 罩面层的研究。试件形式及加载方式如图 1.63 所示，下部混凝土块间有接缝，接缝上部设置 50.8mm 初始无粘结区，来模拟修复材料和底部混凝土界面的缺陷。修复材料分别使用普通混凝土 PC、钢纤维混凝土 SFRC、PVA-UHTCC、PE-UHTCC。在 PC/PC 中界面缺陷沿着界面发展了很小距离，折曲并很快贯穿 PC 覆层。在 SFRC/PC 中，折曲裂缝由于钢纤维的桥联作用，仍能继续承载（有所降低）；这两种情况都形成了剥离层贯穿整个覆层厚度。在 PE-UHTCC/PC 中，破坏方式比较复杂（见图 1.64），初始水平缺陷沿界面发展一小段距离，然后偏离但很快在 UHTCC 中被抑制，需要额外的荷载来促使界面裂缝再次沿界面发展。偏离-抑制现象不断重复很多次，形成了偏离-抑制的开裂模式，这一过程最终由于 UHTCC 罩面层达到弯曲强度而停止，试件最终在接缝顶部的附近位置发生弯曲破坏。偏离-抑制的开裂模式只在 UHTCC 罩面层体系中产生，基于裂缝沿界面扩展、折曲进入修复材料以及这两种路径中裂缝扩展阻力的力学机理，Lim 和 Li 提出了断裂力学原理来解释折曲-抑制的现象。若修复材料起裂韧度较低，裂缝尖端的能量释放率能够满足裂缝扩展所需驱动力，满足方程 $\dfrac{G}{G'_{\max}} < \dfrac{\Gamma(\hat{\Psi})}{\Gamma_c}$，界面裂缝就会以一定的相位角偏离界面而进入修复材料；根据修复材料的 R-曲线特征，裂纹扩展阻力迅速提高，方程右边减小因此不再成立；由于已开裂的修复材料断裂韧度远高于未开裂部分，于是裂缝被抑制在修复材料中，因不能满足能量准则，裂缝缺乏足够的驱动力而无法再继续扩展。继续加载将会引起界面原有裂缝再次沿着界面扩展，当裂缝尖端摆脱上一开裂区域的影响后，方程又得以满足，扩展的界面

裂缝将再一次偏离界面，而后随着荷载的继续增加，重复上述偏离、开裂、抑制、界面扩展的过程直至破坏。UHTCC 覆层消除了分层和剥落，能够提供更高的承载力和能量吸收能力，也能将顶面水的渗透减小到最低程度，从而提高了UHTCC 罩面层体系的耐久性。

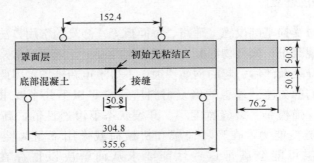

图 1.63　模拟覆层体系尺寸与加载方式（单位：mm）(Lim et al.，1997)

图 1.64　UHTCC 覆层破坏模式（Lim et al.，1997)

继而，Kamada 和 Li（2000）研究了界面粗糙度对 UHTCC 罩面层体系偏离-抑制开裂模式的影响。底部混凝土表面分为两种方式：一种是由金刚锯切割出来的平滑表面，另一种是粗糙表面。试验结果显示，UHTCC 修复材料与底部混凝土之间的界面特性对于整个修复体系的性能非常重要。光滑表面的试件显示出更好的应变硬化效果，可以观测到多次裂缝偏离-抑制的现象。而在粗糙表面试件中看不到界面裂缝的发展，这是由于界面断裂韧度高难以产生界面裂缝；折曲的裂缝不能返回至界面，形成了扇形塑性区。峰值荷载时，光滑表面试件的裂缝宽度也比粗糙表面试件要小得多。因此，使用光滑表面的修复系统更具耐久性。Kunieda 等（2004）也研究了底部混凝土既有裂缝可能的延伸形态。对于脆性修复材料，延长部分只包含一条裂缝；而在 UHTCC 的一小片区域中产生了分布裂缝，这说明粘结的 UHTCC 在裂缝附近产生局部形变然后开裂；当界面形成一段无粘结区域时，UHTCC 中裂缝分布范围更广。评估既有裂缝在 UHTCC 中的延伸非常重要，因为 UHTCC 的延性在有无约束的条件下是不一样的（Kunieda et al.，2006）。此外，徐世烺科研团队的代平（2009）还针对不同初始无粘结区长度的 UHTCC 罩面层体系进行了大量试验研究。

　　虽然 UHTCC 干燥收缩变形较大，但 UHTCC 的干燥收缩变形通过大量的微细裂缝开展得到了有效调节。从前面渗透性分析来看，产生的裂缝宽度对渗透性没有影响。Kabele（2001）对干缩应力作用下 UHTCC 罩面层的破坏模式进行了数值模拟，数值模拟结果显示拉应力可以通过 UHTCC 的非弹性变形得到释放，并且即使在接缝区界面剪切应力也非常小；即使在长时间干燥后，UHTCC 罩面层系统也没有产生宽裂纹和分层现象。Li 等（2006）通过实验证实，当粘结强度合适，UHTCC 的高延性可以在 UHTCC 修复层和 UHTCC/混凝土界面释放收缩应力，从而抑制了大的表面裂缝和界面分层。以 Zhou、Ye 和 Schlangen 等（2008）提出的混凝土罩面层理论模型为基础，Zhou、Li 和 Ye 等（2008）又提出了 UHTCC 修复体系在不同容积变化情况下的应力应变计算模型。并经试验证实，UHTCC 可以降低修复材料受拉破坏和界面分层的可能性，从而提高修复体系的耐久性。

　　作为路面罩面层要经常承受反复荷载，因此它的疲劳耐久性也是很重要的。Zhang 等（2002）对 UHTCC 罩面层修复系统的弯曲疲劳性能测试结果显示（见图 1.65 标准 S-N 曲线），UHTCC/混凝土修复系统的疲劳寿命比混凝土/混凝土修复系统寿命高出几个数量级；界面平滑或是粗糙对疲劳性能影响不大。Qian 等（2008）通过疲劳试验验证 UHTCC/混凝土罩面层结构的抗裂能力和疲

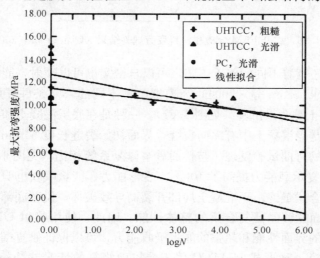

图 1.65　弯曲疲劳荷载作用下罩面层系统的 S-N 曲线（Zhang et al.，2002）

劳荷载作用下的弯曲性能（σ-N 曲线），然后通过有限元分析来揭示罩面层厚度对结构性能的影响（σ-h 曲线）。然后综合试验和 FEM 分析所得到的综合疲劳应力-疲劳寿命和最大拉应力-罩面层厚度之间的关系得到罩面层厚度与疲劳寿命的关系（h-N 曲线）（见图 1.66）。分析发现，UHTCC 仅使用 40％混凝土罩面层厚度时使用寿命就可达两倍。生命周期分析（Qian et al.，2008）也显示，与混凝土和 HMA（热拌沥青材料）罩面层相比，使用 UHTCC 罩面层总成本可以分别降低 39.2％和 55.7％，温室效应分别降低 30％和 37％；与 HMA 罩面层相比，UHTCC 罩面层降低能源耗费 75％。无论从经济方面还是从环境方面考虑，UHTCC 都是理想的罩面层材料。

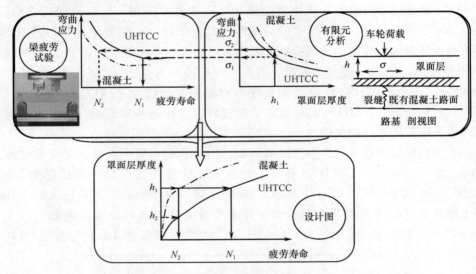

图 1.66　综合 FEM 分析和材料疲劳试验结果（Qian et al.，2008）

UHTCC 还有着不同的施工工艺，可以自密实也可以喷射，能够满足不同的修复环境和需求。Kim 等（2004）为模拟两种不同的修复条件开展了两组喷射 UHTCC/混凝土复合梁试验（见图 1.67），一种是在底层混凝土和界面没有初始裂缝；另一种是老混凝土中有纵向裂缝，界面初始裂缝长度 51mm。通过这两组不同修复体系的弯曲试验发现，与普通砂浆修复系统相比（见图 1.67），使用喷射 UHTCC 修复承载能力提高了 100％，变形能力、能量吸收也明显提高。没有初始裂缝的复合梁最终由于混凝土局部开裂而导致破坏，说明底部混凝土与喷射 UHTCC 的界面能够保证复合梁的整体性能。因此，使用喷射 UHTCC 的修复系统具有良好的界面性能和超强的能量吸收能力，可以保证修复结构的整体性和耐久性。对于第一种形式 UHTCC 用于受拉面修复的情况，Zhang 等（2006）、Shin 等（2007）、徐世烺等（2010）分析发现，UHTCC 罩面层可以提高弯曲强度，而 UHTCC 层的厚度对变形能力和强度的影响很大；数值分析结果（Shin et al.，2007）说明，UHTCC 的起裂强度对峰值荷载大小有着重要影响，而峰值后期的表现则主要取决于 UHTCC 的极限抗拉强度和应变硬化斜率。Leung 等（2007）对此情况的疲劳特性研究结果显示，UHTCC 罩面层不仅可以提高静力强度，对疲劳特性的提高更加令人震撼。

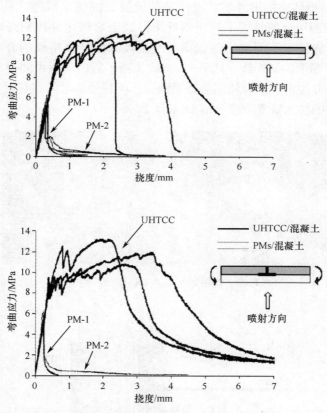

图 1.67　喷射 PVA-UHTCC 罩面层系统荷载-挠度曲线
(Kim et al.，2004)

　　前面讲述的 UHTCC 冻融循环测试显示 UHTCC 可以满足寒冷环境下对修复材料的要求。作为路面修复材料，UHTCC 除了够承受车辆磨损，还能够提供合适的摩擦力以便车辆正常行驶和刹车。结合上述研究成果，UHTCC 可以作为耐久性的修复材料（Li，2003b）。UHTCC 的应用不只限于既有结构中，也可用于对高能量吸收、高抗冲击性、裂缝宽度控制、损伤容限方面有要求的新建结构中（Li et al.，2000）。

　　UHTCC 已经开始用于结构物的修复中，如桥面板（Li et al.，2004）、大坝

（Kojima et al.，2004）、铁路高架桥（Inaguma et al.，2005；Rokogo et al.，2005）、输水渡槽（Rokogo et al.，2005；Li et al.，2009）、公路隧道（Uchida et al.，2008；Li et al.，2009）、挡土墙（Rokogo et al.，2005；Li et al.，2009；Rokugo et al.，2005）、桥台（JSCE，2007）等。在日本新近建造的长达10.7km 的 Hida 公路隧道中，在 20 多个紧急停车区域采用喷射 UHTCC 作为多层 FRC 隧道衬砌体系的最外层，取代了传统浇筑混凝土衬砌（见图 1.68）。使用 UHTCC 罩面层目的是为了防止钢纤维混凝土层碳化导致钢纤维锈蚀，同时也用来防止火灾情况下混凝土层剥落。通过埋入碳纤维格栅的方法将 UHTCC 罩面层添加到 SFRC 层外部（见图 1.69），提高了表面质量也同时提高了衬砌的防水性。这种方法由于没有使用模板而减少了工程建造时间和费用，是火灾或地震灾害后理想的快速修复方法（Li et al.，2009）。

图 1.68　UHTCC 在公路隧道紧急停车区域的应用（Li et al.，2009）

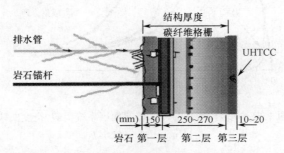

图 1.69　使用 UHTCC 罩面层防止碳化和剥落的隧
道衬砌截面图（Uchida et al.，2008）

1.4　本书主要内容和目的

　　混凝土开裂问题是个难以攻克的难题，混凝土结构裂缝对结构本身的耐久性和使用寿命造成直接的影响。但普通钢筋混凝土结构由于裂缝的出现将会导致耐久性不足、长期使用条件下安全性下降、服役时间达不到设计寿命，这是土木水利工程界长期来一直没能有效攻克的重大难题。本书以超高韧性水泥基复合材料（UHTCC）这一新型结构材料为基础，开展了向新材料结构方向迈进的探索性工作，旨在建立配筋超高韧性水泥基复合材料受弯构件计算新理论，提出一种具有防裂抗震和优异耐久性能的高性能复合结构。

本书的内容主要包括：

（1）回顾超高韧性水泥基复合材料的研究进展，包括材料的基本力学性能和材料特性、耐久性、制备工艺，并重点讲述了超高韧性水泥基复合材料在结构应用方面的研究现状。

（2）针对非金属筋（纤维编织网）增强超高韧性水泥基复合材料的力学性能展开研究，结合纤维编织网与 UHTCC 二者的优势，开发一种轻质、高强、不腐蚀、高韧性、防磁化的新材料结构，以期解决水工混凝土大跨薄壳结构的开裂问题、腐蚀环境下的钢筋混凝土结构维修和加固问题，还可以克服传统钢筋混凝土壳体自重过大问题。开展了非金属筋（纤维编织网）增强 UHTCC 四点弯曲试验和拔出试验研究，并探索提高纤维编织网与基体材料之间粘结性能的实用方法。

（3）考虑到我国现有施工技术水平和传统钢筋混凝土结构的广泛应用现状，采用钢筋替代纤维编织网，研究钢筋增强 UHTCC 新材料结构受弯性能。针对 UHTCC 在一些对抗震、限裂要求比较严格的大跨度结构使用时遇到的构件设计问题，开展钢筋增强超高韧性水泥基复合材料受弯构件即 RUHTCC 长梁的性能研究。在材料的力学模型和基本假定的基础上，对钢筋增强超高韧性水泥基复合材料正截面受弯各阶段进行了分析，建立了配筋 UHTCC 受弯构件的设计理论和计算模型，提出了相关配筋计算公式以供工程使用参考。

（4）进行了无腹筋大跨度配筋 UHTCC 梁四点弯曲试验研究，验证了计算模型中基本假定和理论公式的正确性；使用电阻应变片法和裂缝观测仪观察了梁的起裂和裂缝扩展；通过与普通钢筋混凝土梁的对比，证实了 UHTCC 用于受弯构件中的优越性。

（5）提出钢筋 UHTCC 的简便计算方法以便于实际工程设计使用；确定了钢筋 UHTCC 的界限配筋率和最小配筋率的取值以及截面曲率延性系数的计算方法；分析讨论截面几何尺寸、材料性能参数和纵筋配筋率对钢筋 UHTCC 受弯梁的承载力、变形和延性的影响。

（6）为了达到既能大幅降低成本，同时又可从根本上有效解决传统钢筋混凝土结构在使用荷载下容易开裂导致耐久性降低、远远达不到设计寿命这一长期存在的工程难题，根据功能梯度这一概念，利用 UHTCC 优秀的裂缝控制能力，使用 UHTCC 材料代替部分混凝土作为钢筋保护层制备了控裂功能梯度复合梁，以提高钢筋混凝土结构的耐久性。对整个加载过程中复合梁的内力变化和裂缝开展进行了探讨，给出了正截面受弯各阶段内力分析、加载至破坏整个过程的弯矩-曲率关系的确定，以及跨中挠度、截面延性指标的计算。

（7）通过不同 UHTCC 层厚度的 UHTCC 控裂功能梯度复合梁四点弯曲试验结果验证了理论计算公式，并与钢筋混凝土梁的裂缝开展情况进行对比；最后通过理论与试验相结合的方法确定了 UHTCC 层的最佳厚度。

第 2 章　纤维编织网增强超高韧性水泥基复合材料试验研究

2.1　引　言

UHTCC 无论在拉伸还是弯曲荷载作用下都表现出明显的应变硬化特征，可以将传统水泥基材料在抗拉荷载下单一裂纹的宏观开裂模式转化为多条细密裂纹的微观开裂模式，具有非常显著的韧性和优良的耐久性。

由于短切纤维的乱向分布，纤维增强效率较低。为提高纤维的有效性和利用率，近年来出现的纤维编织网（textile）利用纺织技术将连续纤维粗纱编织成平面或立体的网状纺织物（Curbach et al.，2005），使用时可以将粗纱沿应力主向布置从而明显提高纤维的增强效果。常用的纤维编织网有碳纤维编织网、玻璃纤维编织网和 Aramid 纤维编织网。其中碳纤维质轻、化学性能稳定、抗拉强度高、弹性模量高、温度膨胀低、耐酸碱腐蚀并且具有防磁性，因而广泛用于航天、军工、医院中。20 世纪 80 年代初期，就有将纤维织物用于增强水泥基材料方面的研究（Naaman et al.，1984），但此方面的研究直至 20 世纪 90 年代末才开始逐渐发展起来（Triantafillou et al.，2005），制造出多种粗纱和纤维编织网结构可用于混凝土结构中。与单根粗纱相比，纤维编织网与水泥基基体之间的粘结性能更加优越（Peled et al.，1998）。由于碳纤维本身的耐腐蚀性，其保护层厚度仅需满足传递粘结应力即可，因而碳纤维编织网增强混凝土（TRC）在轻质大跨结构方面有着明显的优势，也是结构修复的理想材料。

目前，纤维编织网增强混凝土（TRC）主要应用于外墙建筑，也逐渐采用浇注、喷射或层压方法应用于承受较低垂直荷载的承重结构中（Hegger et al.，2008）。近期，尉文婷（2010）对混杂纤维编织网的电热性能开展了研究，发现其在融雪滑冰方面具有很好的应用前景。徐世烺和尹世平（2010）对纤维编织网与钢筋联合增强混凝土梁的整个受弯过程进行了较为详尽的分析；Jesse 等（2008）系统研究了 TRC 承载力的影响因素，包括配筋率、生产过程中的纤维丝破损、增强方向以及纤维编织网与基体之间的粘结。但是，TRC 结构中存在的主要问题是当基体开裂瞬间承载力突然下降，开裂处基体不再传递荷载，裂缝附近的纤维编织网与基体界面因应力集中易出现脱粘现象，不利于发挥纤维编织网的极限承载能力，对应构件刚度明显降低，且到一定阶段后，有多条裂缝开展的宽度较大。具有良好协调性和耐久性的水泥基基体对 TRC 结构至关重要。一些研究人员（Atcheson et al.，1978；EI Debs et al.，1995；Swamy et al.，1985；Wang et al.，2001）使用短切纤维与金属网共同增强薄壁砂浆构件，与以往的设计理念不同，他们对连续和非连续筋共同增强薄壁混凝土构件进行了研究，研究的初衷在于提高性能的同时降低费用。本章希望结合纤维编织网与UHTCC 二者的优势，来获得更为优良的抗裂和控制裂缝的能力，在实现对混凝土裂缝的无害化分散的同时，获得更高的承载能力，从而为高层和大跨度结构的建筑材料提供更多的选择，还可用于解决高腐蚀性环境下钢筋混凝土结构的维修和加固等工程问题，特别是对水工混凝土大坝、面板坝、水工隧洞的防裂问题带来一种全新的选择。本文将通过四点弯曲试验和拔出试验，研究纤维编织网表面处理方法、水胶比、PVA 纤维掺量对纤维编织网增强超高韧性水泥基复合材料（CTRUHTCC）裂缝控制能力和承载能力的影响，并与 TRC 的性能进行比较。

2.2　试验过程

2.2.1　试验材料

试验采用 PI 42.5R 波特兰水泥、石英砂、水。使用硅粉来提高强度，特别是早期强度；添加 I 级粉煤灰和减水剂来获得较好的工作性。短切 PVA 纤维型号为 KURALON K-II REC15，参数见表 2.1，其中 dtex 表示长度为 10000m 的纤维丝的重量（g）。

表 2.1　PVA 纤维参数表

类型	纤度 /dtex	长度 /mm	直径 /mm	拉伸强度 /MPa	伸长率 /%	拉伸模量 /GPa	密度 /(g/cm³)
KURALON K-II REC15	15	12	0.039	1620	7	42.8	1.3

试验所用的碳纤维编织网采用经纬纤维束平织结构，网格尺寸为 20mm×20mm。经向粗纱特性如表 2.2 所示。其中纤维型号 12k 表示每根纤维束包括 1 万 2 千根纤维原丝，拉伸强度、弹性模量和断裂伸长率都是指纤维原丝的性能。

表 2.2　碳纤维材料参数表

纤维类型	纤维型号	拉伸强度 /MPa	拉伸模量 /GPa	断裂伸长 /%	单位长度质量 /Tex	密度 /(g/cm³)
T700S （碳纤维）	12k	4900	230	2.1	800	1.80

本次试验所制备试件为单向板，根据以往研究结果，纤维编织网的纬向束没有发挥出预期的作用（Reinhardt et al.，2001），极限承载力主要由经向碳纤维束承担，经测试其力学性能如表 2.3 所示。由于纤维粗纱缺陷的存在导致其拉伸强度（3518MPa）要远低于碳纤维丝的拉伸强度（4900MPa）。由于纤维编织网在水泥基基体中截面形状不确定，粗纱截面面积可由下式来计算：

$$A_f = \frac{Tex}{D_f} = \frac{800 \times 10^{-5}}{1.8} = 0.44 \text{mm}^2 \tag{2.1}$$

式中，A_f 为粗纱的理论截面面积；Tex 为单根碳纤维粗纱的单位长度质量；D_f 为密度。通过测试还得到粗纱埋入混凝土基体中的拉伸强度为 5116MPa。

表 2.3　经向碳纤维束力学性能

纤维类型	拉伸强度 /MPa	拉伸模量 /GPa	断裂伸长 /%	理论面积 /mm²	单位长度质量 /Tex	密度 /(g/cm³)
T700S （碳纤维）	3518	193.3	1.82	0.44	800	1.80

2.2.2　试验方案

本次试验分别改变了基体水胶比、纤维编织网表面处理方法、PVA 纤维掺量（见表 2.4），通过四点弯曲试验和拔出试验，考察了这些因素对 CTRU-HTCC 裂缝控制、承载能力和粘结性能的影响，并与 TRC 性能作了比较。表 2.4 中，{8} 列代表每组试件所用碳纤维编织网的体积率；{9} 列代表经向纤维束的体积率，即弯曲荷载作用下主拉应力方向的等效配筋率。PVA 纤维体积率和每组试件中增强筋的总体积率也分别列于 {10}、{11} 中。

2.2.3　试件制作和试验方法

构成纤维网的经、纬向纤维束包含大量纤维单丝，混凝土不能完全浸入纤维束内部，只有最外面的纤维单丝能与混凝土形成较好粘结并通过摩擦传力于里面的纤维单丝，内部单丝只能与空隙或其他单丝接触，这就使得纤维束内部纤维丝与混凝土的粘结状况远比外部纤维丝差，导致 TRC 的实际承载能力大大低于预期值（Dilthey et al.，2005）。为转变这种状况，研究人员尝试一些方法试图来改善纤维单丝与混凝土之间的粘结以及 TRC 的承载力（Raupach et al.，2006；Raupach et al.，2007）。本次研究中，将纤维编织网在埋入水泥基基体前用环氧树脂浸渍，来保证纤维束与基体之间的粘结（Konrad，2003；Xu et al.，2004）。其原因是环氧树脂能够渗透到纤维束内部粗纱之间，凝固以后将把粗纱结成一体，并且纤维束表面的环氧树脂具有更好的粘结性和摩擦力，因此能够明

表 2.4 试验方案

基体类型 {1}	编号 {2}	碳纤维网表面处理方法 {3}	水胶比 {4}	基体抗压强度/MPa {5}	基体抗弯强度/MPa {6}	最大骨料粒径/mm {7}	纤维网体积率 V_t/% {8}	经向纤维束体积率 $V_{t\text{-warp}}$/% {9}	PVA纤维体积率 V_f/% {10}	$V_t + V_f$ /% {11}
砂浆	1-M	无纤维编织网	0.38	88	12.6	1.2	0	0	0	0
砂浆	1-CTRMS0	环氧树脂浸渍	0.38	88	12.6	1.2	0.44	0.22	0	0.44
砂浆	2-CTRMS30	环氧树脂浸渍+0.15~0.3mm 砂	0.38	88	12.6	1.2	0.44	0.22	0	0.44
砂浆	3-CTRMS60	环氧树脂浸渍+0.3~0.6mm 砂	0.38	88	12.6	1.2	0.44	0.22	0	0.44
砂浆	4-CTRMS120	环氧树脂浸渍+0.6~1.2mm 砂	0.38	88	12.6	1.2	0.44	0.22	0	0.44
UHTCC	6-UHTCC	无纤维编织网	0.38	51.2	16.8	0.15	0	0	2	2
UHTCC	6-CTRUHTCCS0	环氧树脂浸渍	0.38	51.2	16.8	0.15	0.44	0.22	2	2.44
UHTCC	7-CTRUHTCCS30	环氧树脂浸渍+0.15~0.3mm 砂	0.38	51.2	16.8	0.15	0.44	0.22	2	2.44
UHTCC	8-CTRUHTCCS60	环氧树脂浸渍+0.3~0.6mm 砂	0.38	51.2	16.8	0.15	0.44	0.22	2	2.44
UHTCC	9-CTRUHTCCS120	环氧树脂浸渍+0.6~1.2mm 砂	0.38	51.2	16.8	0.15	0.44	0.22	2	2.44
UHTCC	12-UHTCC	无纤维编织网	0.45	50.2	15.9	0.15	0	0	2	2
UHTCC	12-CTRUHTCCS0	环氧树脂浸渍	0.45	50.2	15.9	0.15	0.44	0.22	2	2.44
UHTCC*	10-UHTCC*	无纤维编织网	0.38	49.2	13.2	0.425	0	0	1.5	1.5

续表

基体类型 {1}	编号 {2}	碳纤维网网表面处理方法 {3}	水胶比 {4}	基体抗压强度/MPa {5}	基体抗弯强度/MPa {6}	最大骨料粒径/mm {7}	纤维网体积率 V_t/% {8}	经向纤维束体积率 $V_{t\text{-warp}}$/% {9}	PVA纤维体积率 V_f/% {10}	V_t+V_f /% {11}
UHTCC*	10-CTRUHTCC*S0	环氧树脂浸渍	0.38	49.2	13.2	0.425	0.44	0.22	1.5	1.94
UHTCC*	11-UHTCC*	无纤维编织网	0.38	52.6	7.8	0.425	0	0	1.0	1.0
UHTCC*	11-CTRUHTCC*S0	环氧树脂浸渍	0.38	52.6	7.8	0.425	0.44	0.22	1.0	1.44

注：① 1-M 是 1-CTRMS0, 2-CTRMS30, 3-CTRMS60 和 4-CTRMS120 的基体试件；
② 6-UHTCC 是 6-CTRUHTCCS0, 7-CTRUHTCCS30, 8-CTRUHTCCS60 和 9-CTRUHTCCS120 的基体试件；
③ 12-UHTCC 是 12-CTRUHTCCS0 的基体试件；
④ 10-UHTCC* 是 10-CTRUHTCC*S0 的基体试件；
⑤ 11-UHTCC* 是 11-CTRUHTCC*S0 的基体试件。

显改善纤维束和混凝土之间的粘结（Krüger et al.，2002；Xu et al.，2002；Reinhardt et al.，2003）。此外，通过对内部纤维丝的摩擦粘结应力参数进行分析，发现摩擦粘结应力提高很小就可明显提高结构的极限应力和应变。为了提高纤维编织网与基体的粘结性能，在环氧树脂凝固之前对纤维编织网进行粘砂处理，所用砂粒径分别为 0.15～0.3mm、0.3～0.6mm、0.6～1.2mm（见图 2.1），凝固后和粗纱凝结成为一体，共同受力。

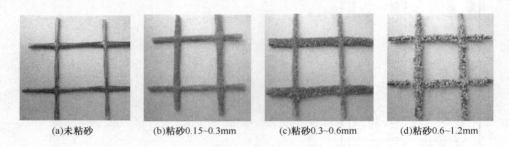

(a)未粘砂　　　　(b)粘砂0.15~0.3mm　　　(c)粘砂0.3~0.6mm　　　(d)粘砂0.6~1.2mm

图 2.1　纤维网表面粘砂示意图

制作试件之前要先对纤维编织网进行环氧浸渍处理，在环氧树脂未干之前洒上不同粒径的细砂，待环氧树脂彻底干透且砂与纤维网凝结成一体后方可使用。先按设计好的配比在 Hobart A200 型搅拌机内放入水泥、粉煤灰、砂、硅粉，搅拌 3～5min，然后加水、减水剂继续搅拌，最后加入 PVA 短纤维搅拌几分钟，直至手捏拌合物无纤维结团现象，此时纤维分散均匀得到 UHTCC 拌合物。每组试件均只用一层碳纤维编织网增强，先将厚度为 5mm 的新鲜基体拌合物置于 540mm×430mm×10mm 模具中，抹平，然后把经表面处理的碳纤维编织网放于其上。保护层厚度的微小不同就会导致弯曲试验结果的差异，为保证纤维编织网的位置和平整度，再使用模具将其固定，最后浇筑 5mm 厚的 UHTCC 并用表面振捣器轻微振捣、摸平（见图 2.2）。24h 后拆模，继续湿养护27d 后锯出试验所用试件，每组均含 4 个弯曲试件（400mm×100mm×10mm）和 4 个拔出试件（140mm×60mm×10mm）。切割时注意保证经向纤维束与试件边缘平行，且不受损坏。

四点弯曲试验采用 100 吨万能试验机进行加载，按照图 2.3 所示布置试验装置。其中试件尺寸示意图中内部网格代表纤维编织网。荷载 P 由荷载传感器测定，跨中挠度由两个 LVDT 测定。荷载传感器和 LVDT 经过采集设备连接在电脑上，直接输出荷载-位移曲线。加载由位移控制，速率为 2mm/min。

本次试验共制作 44 个尺寸为 140mm×60mm×10mm 的拔出试件。拉拔试件颈部要保留一根完整的纤维束，切割时不能受到破坏，而且该纤维束要处于试

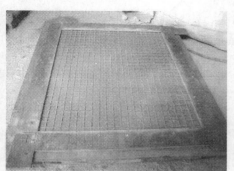

图 2.2　试件制作过程

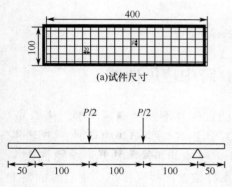

(a)试件尺寸

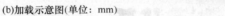

(b)加载示意图(单位: mm)

(c)试验设备

图 2.3　四点弯曲试验加载装置图及试件尺寸

件的正中间；纤维埋长部分也要保留一根纬向纤维束，尽量使其处于埋长部分的中部。纤维埋长 20mm，试件下部长度 120mm，试件由环氧树脂粘到带有锯齿的铁板上，然后用两个螺栓固定在加载设备上（见图 2.4）。采用 30 吨万能试验机进行加载，加载速率为 1mm/min，测试荷载与切割断面处滑移量的关系。使用图 2.4 中加载装置可以测定整个脱粘区的位移，而不仅是 20mm 埋长长度范围内，更类似于双边拔出试验（Krüger et al.，2002）。

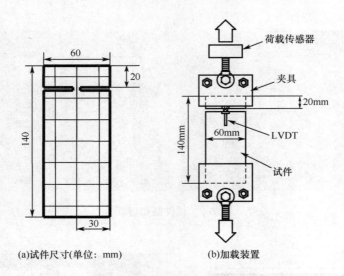

(a)试件尺寸(单位：mm)　　　　　(b)加载装置

图 2.4　拔出试验加载装置图及试件尺寸

2.3　等效弯曲应力-跨中挠度曲线

　　试验过程中，采用 UHTCC 作为基体的试件并不发生突然断裂。当弯矩达到截面初裂弯矩大小时，即受拉区 UHTCC 达到其拉伸初裂应变时，起裂将会发生在试件纯弯段最薄弱位置。起裂后裂缝宽度仍然可以维持较低水平，UHTCC 仍然可以继续承担拉伸荷载。PVA 纤维发挥桥联作用约束裂缝的发展，并将桥联应力返递给未开裂的水泥基材，当水泥基材达到开裂强度后又出现新的裂缝。当裂缝扩展至碳纤维编织网高度时，荷载立即传递给碳纤维编织网，但由于应变硬化效应，UHTCC 仍可继续承担部分拉伸荷载。如此往复试件表面出现多缝开裂现象。最终因裂缝局部化扩展或纤维束的断裂，导致最终破坏。本次试验在荷载-跨中挠度曲线经过峰值后出现明显下降时就停止加载。

　　以 UHTCC 作为基体，在加载过程中很少听到纤维束拉断的声音。PVA 纤维作为次要受力筋，在基体内乱向随机分布，提高了基体的抗裂能力，由于其桥联作用裂缝在试件受拉区持续扩展，乃至弯剪区也出现类似纯弯段的裂缝。在CTRUHTCC 中由于长的连续纤维与乱向分布的短切纤维联合作用，大量的微细裂缝持续出现并稳定地扩展，从而较大程度的吸收能量，在某种程度上可以避免基体与碳纤维束脱粘。

　　所测试验结果绘制成等效弯曲应力-跨中挠度曲线，并确定了名义抗弯比例极限（LOP）和名义抗弯强度（MOR）。等效弯曲应力通常作为比较不同材料的简单方法，是假定截面始终保持理想线弹性状态而计算得到（Peled et al.，1999）。这种方法可以自动调整不同尺寸和测试条件，利于比较（Wang et al.，2001）。每组选取三个试件的结果绘于图 2.5 中，还通过计算软件得到每组的平均曲线以方便后面进行比较。各组试件的平均 LOP、MOR 和对应的挠度值见表 2.5。

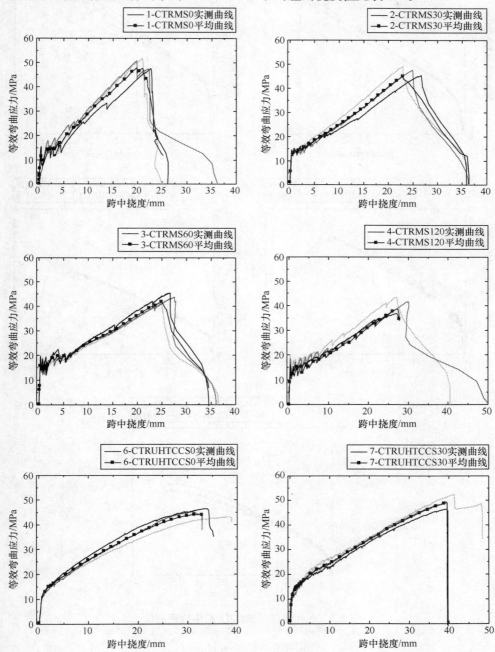

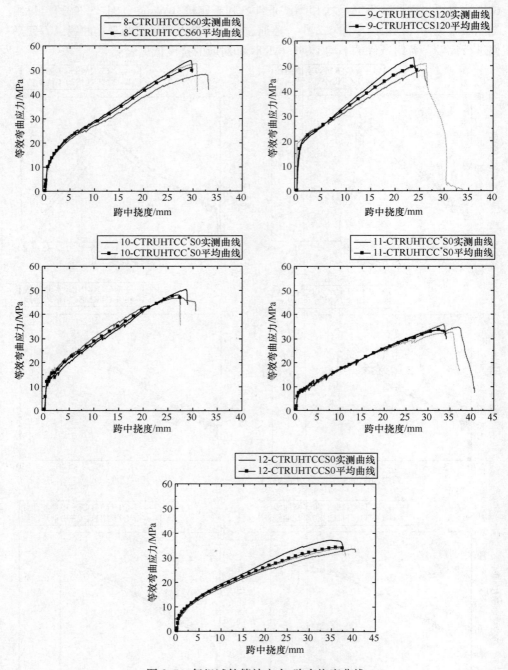

图 2.5　每组试件等效应力-跨中挠度曲线

表 2.5　LOP、MOR 值和对应跨中挠度

试件编号	开裂挠度 /mm	LOP /MPa	极限挠度 /mm	MOR /MPa
1-M	0.43	12.6	0.43	12.6
1-CTRMS0	0.46	11.1	21.03	47.4
2-CTRMS30	0.46	14.1	22.95	47.88
3-CTRMS60	0.43	17.25	25.01	42.0
4-CTRMS120	0.39	14.7	27.32	38.7
6-UHTCC	0.83	9.3	18.15	16.8
6-CTRUHTCCS0	0.45	9.0	32.64	44.1
7-CTRUHTS30	0.52	9.75	39.30	49.5
8-CTRUHTCCS60	0.48	9.6	29.65	51.0
9-CTRUHTCCS120	0.29	8.92	23.79	49.83
10-UHTCC*	0.45	8.4	13.85	13.2
10-CTRUHTCC* S0	0.58	12.54	26.91	48.18
11-UHTCC*	0.32	6.3	9.27	7.8
11-CTRUHTCC* S0	0.38	8.01	32.32	33.3
12-UHTCC	0.75	6.6	27.78	15.9
12-CTRUHTCCS0	0.65	7.8	37.49	33.9

　　图 2.6 展示了纤维编织网不同表面处理方法对 CTRUHTCC 弯曲性能的影响。UHTCC 基体材料的等效应力-跨中挠度曲线包围面积较大，应变硬化现象非常显著，在起裂后等效应力随变形增大而继续提高。加入经不同表面处理的纤维网之后，对应试件的承载力和变形能力有了极为可观的改善，CTRUHTCC 的 MOR 值和变形能力远高于 UHTCC。破坏前曲线可以分为以下几个阶段：①弹性阶段，曲线呈直线变化，直至起裂发生时进入下一阶段；②裂缝扩展阶段，从起裂发生直至裂缝饱和，此过程曲线斜率缓慢下降，裂缝数量不断增加；③强化阶段，等效应力几乎与变形呈线性增长，没有新的裂缝出现而仅仅是既有裂缝的扩展。与纤维网未粘砂的试件 6-CTRUHTCCS0 相比，8-CTRUHTCCS60、9-CTRUHTCCS120 在开裂后弯曲刚度降低较小，这是由于这两组试件的粘砂粒径大于基体最大骨料粒径，粘砂后弹性模量有所提高。观察还发现，碳纤维编织网在表面粘砂后，MOR 显著提高，粘砂粒径对提高的程度没有显著影响。7-CTRUHTCCS30 试件变形大于 6-CTRUHTCCS0，随着粘砂粒径的提高，变形有所控制。

　　图 2.7 比较了相同表面处理纤维网分别埋入 UHTCC 与砂浆基体的试件等效应力-跨中挠度曲线。值得注意的是，4-CTRMS120 在切割时边缘纤维束受到损坏，因此，该组试件增强筋减少，承载能力下降。其 MOR 值不能与 9-CTRUHTCCS120 相比较。

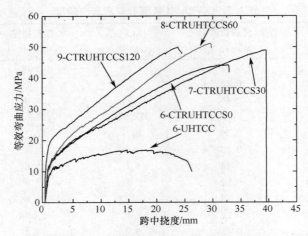

图 2.6　碳纤维网径不同表面处理的试件等效应力-跨中挠度曲线

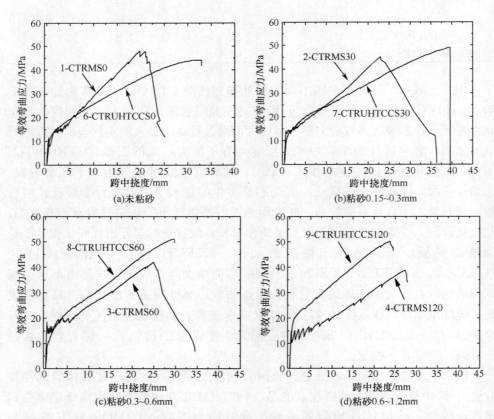

图 2.7　使用相同表面处理纤维网的 CTRUHTCC 和 CTRM 等效应力-跨中挠度曲线

通过图 2.7 可以明显看出，除 9-CTRUHTCCS120 因试件稍厚导致变形较低外，以 UHTCC 做基体的试件极限变形能力远大于砂浆为基体的试件。此外，以 UHTCC 做基体与砂浆基体相比，等效应力-跨中挠度曲线较平滑，振动幅度极小。由于砂浆在开裂后不能继续承担拉伸荷载，起裂后迅速传递给纤维编织网，而 UHTCC 的应变硬化效应使得 CTRUHTCC 曲线不会产生突然的波动。PVA 纤维的桥联作用有利于纤维编织网与基体之间的应力传递。与 CTRM 试件相同，本次试验中 CTRUHTCC 最终因纤维网断裂而呈现弯拉破坏形态（即类似于钢筋混凝土的少筋破坏）。虽然砂浆的抗压强度略高于 UHTCC，但 CTRU-HTCC 和 CTRM 板的最终破坏均是由碳纤维编织网拉断而引起的弯拉破坏模式，受拉区 UHTCC 起裂后仍然不退出工作导致 CTRUHTCC 板的 MOR 值略高于 CTRM 板。非连续 PVA 纤维的桥联作用使得纤维编织网与基体之间应力传递均匀，避免纤维编织网因应力不均匀分布而导致的过早破坏。PVA 的加入明显延迟了破坏的发生。

图 2.8 展示了不同水胶比的 UHTCC 和 CTRUHTCC 的弯曲试验结果，其中 6-UHTCC 和 6-CTRUHTCCS0 水胶比是 0.38，12-UHTCC 和 12-CTRU-HTCCS0 水胶比是 0.45。水胶比不同导致基体韧性不同。比较而言，12-UHTCC 的 LOP 值和 MOR 值略低，极限变形能力（27.78mm）远大于 6-UHTCC（18.15mm），整体裂缝数量也多，且弯剪区也出现多条裂缝，韧性优于 6-UHTCC。加入碳纤维编织网后，情况发生了转变。6-CTRUHTCCS0 的 MOR 值为 12-CTRUHTCCS0 的 1.3 倍，6-CTRUHTCCS0 等效应力-跨中挠度曲线包围面积大于 12-CTRUHTCCS0，意味着 6-CTRUHTCCS0 能量吸收能力更高。开裂后 6-CTRUHTCCS0 的弯曲刚度降低较少，曲线没有明显的振动，试件表面出现的裂缝（尤其是微细裂缝）较多，裂缝间距小。由于 6-UHTCC 的 LOP 和 MOR 值都高于 12-UHTCC，在 CTRUHTCC 构件中，第 6 组试件基体所能承担的拉力要高于第 12 组的试件，若将受拉区 UHTCC 等效为增强筋，则相当于 6-CTRUHTCCS0 的配筋率高于 12-CTRUHTCCS0。由于二者破坏形态都属于少筋破坏，因此与 12-CTRUHTCCS0 相比，6-CTRUHTCCS0 中基体的增强作用延缓了破坏的发生，因此承载力也更高。

图 2.9 展示了不同 PVA 纤维体积掺量对 CTRUHTCC 复合材料的性能影响。其中，第 10 组试件 PVA 纤维掺量 Vol. ＝1.5％，第 11 组试件 PVA 纤维掺量 Vol. ＝1.0％。因为这几组基体试件的极限变形能力尚达不到正常 UHTCC 的标准，所以暂用 UHTCC* 来表示。对于 Vol. ＝1.0％的基体试件，开裂后荷载增长不显著，曲线振动幅度大，裂缝宽，裂缝间距大。10-UHTCC* 纤维掺量仅增加 0.5％后，基体力学性能得到明显改善。变形硬化明显，更多的微细裂纹产生，曲线振动幅度小。加入碳纤维编织网后，PVA 纤维体积率大的优势更加明

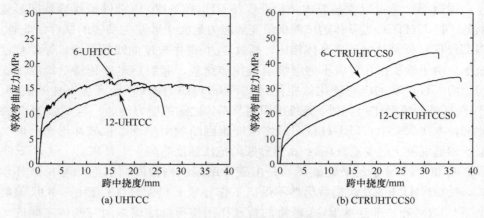

图 2.8　UHTCC 基体不同配比的影响

显，10-CTRUHTCC*S0 的 LOP 和 MOR 值均为 Vol. ＝1.0％ 的 1.7 倍左右，起裂后抗弯刚度仍然较大，曲线的振动幅度远不如 Vol. ＝1.0％ 的明显，极限变形量也得到了有效的控制。由此可见，在本次试验中，PVA 纤维掺量提高 0.5％，材料的性能得以显著改善。

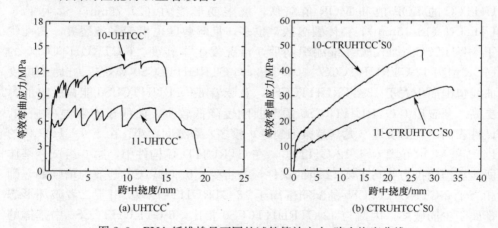

图 2.9　PVA 纤维掺量不同的试件等效应力-跨中挠度曲线

2.4　开裂形态分析

普通混凝土的低抗拉强度、开裂后应变软化特性导致普通混凝土起裂后较宽裂缝的出现，外界水、二氧化碳、氯离子的侵入极易引发钢筋锈蚀和承载力显著下降。因而，裂缝宽度的控制对混凝土结构的耐久性是至关重要的。CTRU-

HTCC 的基体 UHTCC 具有两个重要的特性，其一是应变硬化特性，在起裂后仍然可以继续承担拉伸荷载，并且直接拉伸荷载作用下拉伸应变可达 3% 以上；另一特性就是它的多重开裂性能。同样，在弯曲荷载作用下，CTRUHTCC 也展示出了这种性能。图 2.10 为试验过程中拍摄的 CTRUHTCC 试件开裂情况，从中我们可以清楚地观察到这种材料在荷载作用下产生的多条细密裂缝。与图 2.11 展示的 CTRM 试件开裂情况相比，不难看出，CTRUHTCC 试件出现许多细小的次裂缝连接着相邻的主裂缝，无疑这主要是 PVA 短纤维所发挥的作用。

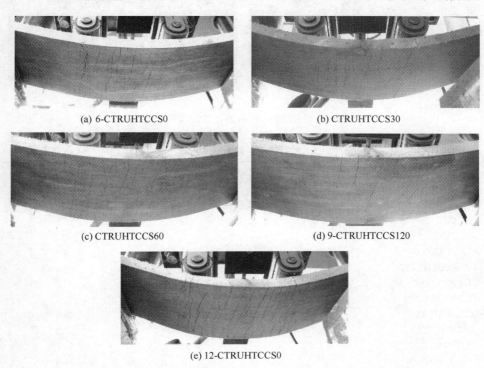

(a) 6-CTRUHTCCS0　　　　　　　　　(b) CTRUHTCCS30

(c) CTRUHTCCS60　　　　　　　　　(d) 9-CTRUHTCCS120

(e) 12-CTRUHTCCS0

图 2.10　试验过程中拍摄的 CTRUHTCC 试件开裂形态

裂缝间距和裂缝宽度主要受纤维编织网和它的粘结性能所影响（Jesse et al.，2008）。粘结面减少或粘结力传递都可能引起裂缝宽度的增加，即裂缝间距的减小意味着基体与纤维网之间粘结性能的提高。因此定量分析和比较裂缝数量和裂缝间距具有重要的意义。卸载后，立即取下试件，用铅笔描出裂缝，分别数出加载点间以及整个试件裂缝数量。由于试件产生的裂缝极其细微，所以取下后立即在其开裂面涂上一层显示液，这样就可以更加清楚的观测到微裂缝。表 2.6 中所列出的裂缝数量均为每组试件的平均裂缝数量。每组挑出一个比较典型的例子拍照并进行比较（见图 2.12～图 2.15）。

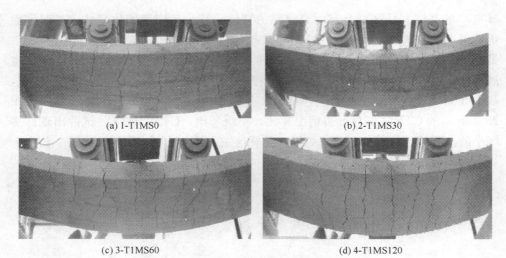

(a) 1-T1MS0　　　　　　　　　　　　　　　　(b) 2-T1MS30

(c) 3-T1MS60　　　　　　　　　　　　　　　　(d) 4-T1MS120

图 2.11　试验过程中拍摄试件开裂状态

表 2.6　多重开裂

试件编号	纯弯段裂缝平均数量	试件整体平均裂缝数量	纯弯段裂缝平均间距/mm
1-CTRMS0	8.33	12.67	12.3
2-CTRMS30	14	25	7.2
3-CTRMS60	8.5	13.5	12.0
4-CTRMS120	9.3	16.3	10.7
6-UHTCC	18	25.5	5.8
6-CTRUHTCCS0	30.25	55.25	3.6
7-CTRUHTCCS30	60	98	1.7
8-CTRUHTCCS60	40.75	67.75	2.5
9-CTRUHTCCS120	43.25	72.25	2.3
10-UHTCC*	10.5	13.5	10.1
10-CTRUHTCC* S0	13.5	28.25	7.7
11-UHTCC*	7	9.75	18.0
11-CTRUHTCC* S0	6.75	15.25	15.3
12-UHTCC	20.75	32.75	5.0
12-CTRUHTCCS0	22.5	47	4.5

　　图 2.12 和图 2.13 分别展示了经各种表面处理的碳纤维编织网分别埋入砂浆和 UHTCC 基体内的开裂状态。经比较发现：碳纤维编织网表面处理方式相同的情况下，与 CTRM 试件相比，CTRUHTCC 试件裂缝数量显著增长，试件表面（包括加载点以外）均为细密裂缝，且微裂缝增多；如 7-CTRUHTCCS30 裂缝数量约 100 条，将近一半出现在弯剪区，纯弯段平均裂缝间距仅 1.7mm。纤维网与 UHTCC 基体之间界面粘结性能好，平均裂缝间距的明显降低归因于 PVA 短纤维的作用。

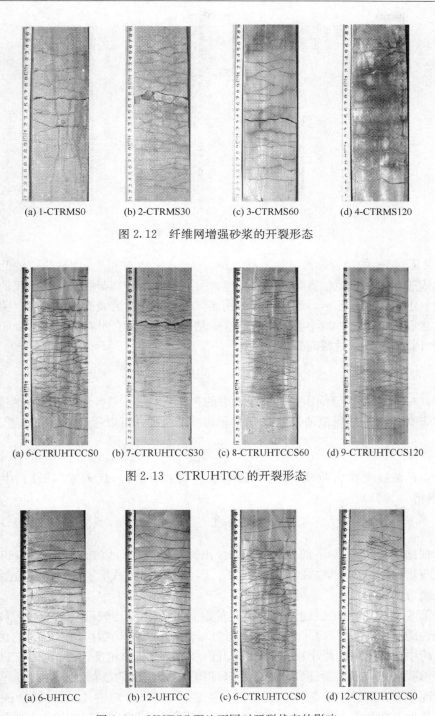

(a) 1-CTRMS0　　(b) 2-CTRMS30　　(c) 3-CTRMS60　　(d) 4-CTRMS120

图 2.12 纤维网增强砂浆的开裂形态

(a) 6-CTRUHTCCS0　(b) 7-CTRUHTCCS30　(c) 8-CTRUHTCCS60　(d) 9-CTRUHTCCS120

图 2.13 CTRUHTCC 的开裂形态

(a) 6-UHTCC　　(b) 12-UHTCC　　(c) 6-CTRUHTCCS0　　(d) 12-CTRUHTCCS0

图 2.14 UHTCC 配比不同对开裂状态的影响

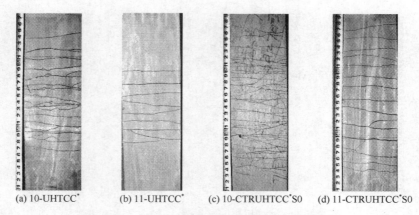

(a) 10-UHTCC*　　　(b) 11-UHTCC*　　　(c) 10-CTRUHTCC*S0　　(d) 11-CTRUHTCC*S0

图 2.15　PVA 纤维掺量不同对开裂状态的影响

TRC 结构的裂缝形态分为两种（Jesse et al., 2008），一种是荷载较低水平时出现于横向纤维束位置处的主要裂缝；另一种是在较高荷载水平下出现的次级裂缝。上两幅图均显示，碳纤维编织网经环氧树脂浸渍后表面粘细砂可以明显增加次级裂缝的数量并减小裂缝间距。这一结果可通过复合材料力学来解释。裂缝间距计算公式为（过镇海，1999）

$$l_{\mathrm{m}} = 1.5 l_{\mathrm{min}} = 1.5 \frac{d}{4\mu} \frac{f_{\mathrm{t}}}{\tau_{\mathrm{m}}} \tag{2.2}$$

式中，l_{min} 是最小裂缝间距；d 是纤维束的理论直径；μ 是纤维编织网的配筋率；f_{t} 是基体材料的极限拉伸强度；τ_{m} 是平均粘结强度，可以通过拔出试验测定：

$$\tau_{\mathrm{m}} = \frac{F}{\pi d l} \tag{2.3}$$

其中，F 是最大拔出荷载；l 是纤维埋长。将式（2.3）代入式（2.2）中得到（李赫等，2007）：

$$l_{\mathrm{m}} = \frac{3}{2} \frac{A_{\mathrm{c}} f_{\mathrm{t}} l}{F} \tag{2.4}$$

根据式（2.4）和下部分所讨论的拔出试验结果就可以知道，纤维编织网在环氧浸渍后粘细砂能够提高拔出荷载 F，因此裂缝间距减小了，这与试验测试结果是吻合的。

第 6 组和 12 组的裂缝开展情况如图 2.14 所示。经比较可发现：12-UHTCC 开裂性能优于 6-UHTCC，虽然承载能力与其相差不大，裂缝数量却是它的 1.3 倍，跨中裂缝平均间距小很多；CTRUHTCC 的情况却相反，6-CTRUHTCCS0 试件承载能力较强，裂缝数量接近 12-CTRUHTCCS0 的 2 倍。从加载过程的开裂情况来看，裂缝宽度更小，裂缝更加细密。6-UHTCC 与 12-UHTCC 的抗拉强度相近，而从接下来的拔出试验结果可以看到，6-CTRUHTCCS0 的拔出荷载约为 12-CTRUHTCC 的 1.5 倍，由式（2.4）知 6-CTRUHTCCS0 的裂缝间距要小于 12-CTRUHTCCS0。

第 10 组和 11 组试件的开裂状态如图 2.15 所示。可以发现，无论是 UHTCC 基体还是 CTRUHTCC，PVA 纤维掺量的影响都是十分明显的。本次测试中，PVA 掺量提高 0.5%，裂缝总量几乎增加了一倍；加载过程中裂缝宽度的差距显而易见。因此，与 11-CTRUHTCC* S0 相比，10-CTRUHTCC* S0 中 PVA 纤维掺量仅提高了 0.5%，对材料裂缝控制能力改善十分显著。

2.5　拔出试验分析

TRC 结构的粘结性能直接影响其承载能力，而其粘结性能与纤维束和纤维丝的几何性能相关（Hegger et al.，2008），这一点与普通钢筋混凝土结构有着本质的区别。碳纤维粗纱在用环氧树脂浸渍后，粗纱本身成为复合材料，整个截面上的剪切刚度和剪切强度是变化的。荷载施加点至粗纱在混凝土中的埋入点这段长度不可忽略（Krüger et al.，2002）。拉拔试验前，应将试件颈部残留砂浆层轻轻敲碎，但为避免破坏中间的纤维束，本次试验并未将其完全敲碎，因此，当残留的砂浆层被拉断时，在一些拔出试验曲线上我们可以看到拉拔力峰值前有突降。

各组 CTRUHTCC 和 CTRM 试件的试验曲线分别如图 2.16 和图 2.17 所示。不同的纤维编织网表面处理方法引起粘结强度的显著变化。在图 2.16 中，峰值荷载过后各组曲线之间有着明显不同：①6-CTRUHTCCS0 的纤维束不断拔出，试验曲线缓慢平稳下降；②7-CTRUHTCCS30 和 8-CTRUHTCCS60 在峰值荷载后部分纤维束立即被拉断，承载力突降，其余纤维丝继续承担荷载，然后逐渐被拔断或缓慢拔出；③9-CTRUHTCCS120 的纤维束几乎全部同时拔断，表现为试验曲线突降至极低水平，说明此组试件纤维束与基体之间的粘结力很高。

比较图 2.16 和图 2.17 的试验结果，6-CTRUHTCCS0 和 7-CTRU-HTCCS30 的粘结强度分别与对应的相同表面处理方法的纤维编织网增强砂浆试件相近。另一方面，8-CTRUHTCCS60 和 9-CTRUHTCCS120 的粘结强度分别高于 3-CTRMS60 和 4-CTRMS120。拔出试验和四点弯曲试验结果都显示，在纤维编织网采用相同表面处理方式的情况下，UHTCC 作为基体，粘结强度要好于砂浆做基体。

通过比较拉拔力峰值可以看到，采用粘砂来增强纤维束与砂浆之间的粘结力效果十分显著。根据式（2.2），这主要是因为粘砂增大了纤维束的理论直径，因而粘结力增大。同时，纤维表面粘砂提高了摩擦力，甚至产生了一种咬合效应。9-CTRUHTCCS120 的粘结强度最高，说明环氧树脂浸渍后粘 0.6~1.2mm 粒径的细砂能够产生更高的锚固强度和摩擦阻力，从而提高碳纤维编织网的有效性。

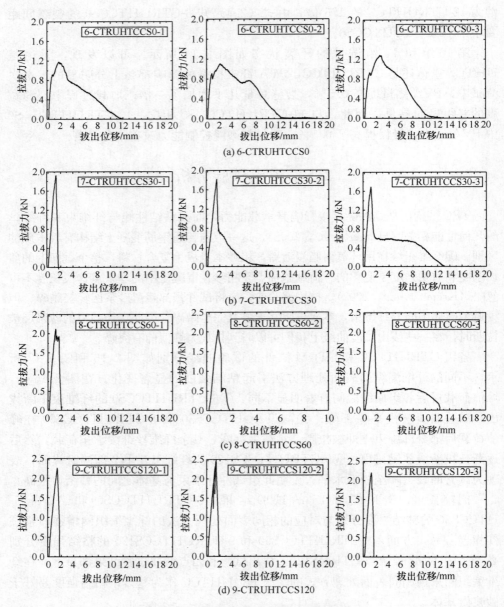

(a) 6-CTRUHTCCS0

(b) 7-CTRUHTCCS30

(c) 8-CTRUHTCCS60

(d) 9-CTRUHTCCS120

图 2.16　CTRUHTCC 试件拔出试验结果

但是峰值力过后，砂有可能从纤维束表面拨落，并带动那里的粗纱一同拨落，造成纤维束突然断裂而不能继续承载。如果粘结强度过高，将会引起整根纤维束中的纤维丝同时突然断裂。于是在试验中会观测到峰值力过后纤维束拉拔力陡降，甚至降到接近 0，这说明纤维束内大部分纤维丝已经断裂，以至于不能继续承

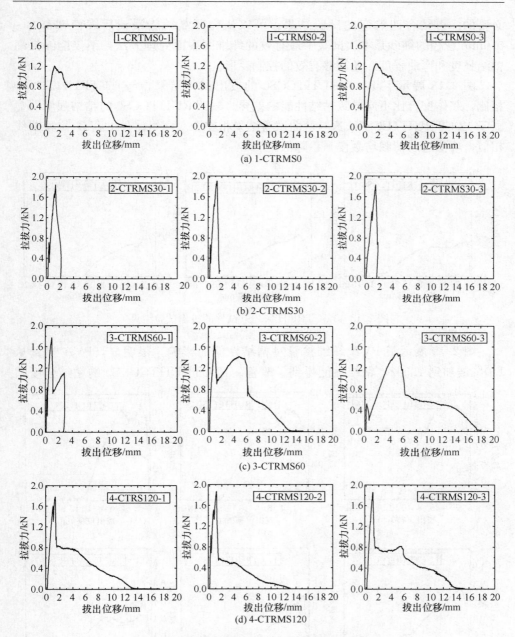

图 2.17　碳纤维编织网增强砂浆拔出试验结果

载。以上说明，粘结力过大会使得纤维束突然破坏，不再能够承受荷载，因此也应当对粘结力有所控制。虽然粘结强度和摩擦力对获得充分的能量耗散很关键，但由于碳纤维编织网的延伸率低，从构件的延性角度考虑，一定程度的脱粘是有必要的。再结合四点弯曲试验结果，可以认为环氧树脂浸渍后表面粘 0.3～0.6mm 粒径的细砂是本次试验中最有效的纤维网表面处理方法，不仅能够提高粘结强度和弯曲强度，还能够有效的控制变形。

图 2.18 展示了 12-CTRUHTCCS0 的拔出试验结果。与 6-CTRUHTCCS0 相比，基体配合比不同导致粘结性能的差异。6-CTRUHTCCS0 的粘结强度明显高于 12-CTRUHTCCS0，这与弯曲试验结果相吻合。两组试件的荷载-位移曲线相似，峰值过后荷载均缓慢平稳降低。

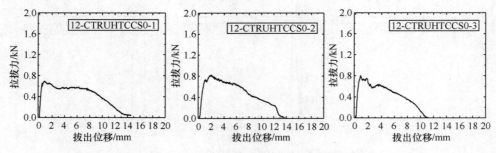

图 2.18　12-CTRUHTCCS0 试件的拔出试验结果

图 2.19 展示了 PVA 纤维掺量对粘结性能的影响。很明显，PVA 掺量从 1.0％增加到 1.5％，粘结性能得到了改善。10-CTRUHTCC* S0 的粘结强度约

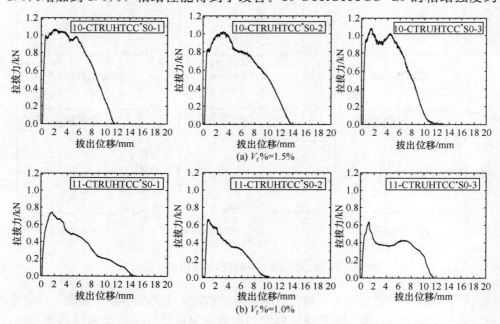

图 2.19　不同 PVA 纤维掺量的试件拔出试验结果

为 11-CTRUHTCC* S0 的 1.6 倍，曲线包围的面积更大，在峰值过后荷载降低也更为缓慢，而 11-CTRUHTCC* S0 在峰值过后荷载急剧下降。

图 2.20 展示了部分 CTRUHTCC 破坏时纤维束［图 2.20（a）、（b）］或埋长部分［图 2.20（c）、（d）］的形态。与前面对试验曲线的分析相一致，12-CTRUHTCC 纤维束逐渐拔出，最终只是纤维束表面有破损；8-CTRU-HTCCS60 在拔出过程中就可明显看到部分纤维丝断裂，因而其拉拔力在峰值过后突然下降；试验还发现，未粘砂的试件大都在埋长部分发生劈裂，这种试件的经向纤维在拔出时带动埋长部分内的纬向纤维一起拔出；而粘砂试件纬向纤维束与基体的粘结也同时得到了增强，拔出过程中纬向纤维束不易拔出，经向纤维束表面被剥落的同时带动部分纤维丝拔断，其余纤维丝被逐渐拔出。

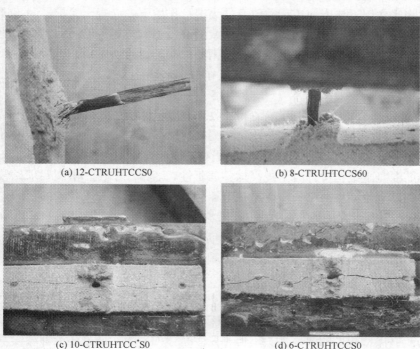

(a) 12-CTRUHTCCS0　　　　　　　　(b) 8-CTRUHTCCS60

(c) 10-CTRUHTCC*S0　　　　　　　　(d) 6-CTRUHTCCS0

图 2.20　部分试件破坏形态

第 3 章 钢筋增强超高韧性水泥基复合材料 (RUHTCC) 受弯构件理论计算模型

3.1 引　言

　　混凝土是具有很高的抗压强度、较大的刚度的一种脆性材料，也是现代结构中普遍使用的结构材料之一，具有成熟的施工工艺。但由于其脆性特征，在锈蚀钢筋的膨胀作用下或者地震荷载引发的大变形作用下，混凝土保护层剥落现象时而发生。在暴露环境下的钢筋加速锈蚀或者混凝土剥落导致的结构抗震性能降低都可能会引发结构性破坏。因而，普通钢筋混凝土结构由于延性、损伤容限和能量吸收能力较低，在地震荷载作用下或在恶劣环境下引发的耐久性问题已十分严峻。

　　UHTCC 具有优异的抗裂能力和吸收地震能量的能力，可以极大地提高工程结构的耐久性。采用该材料作为抗裂与耐久性防护材料，可直接为大型基础工程中的钢筋混凝土结构防裂抗震、提高耐久性和延长使用寿命服务 (Li, 1998)。以往钢筋混凝土结构设计时为提高构件的延性，通常在抗震、限裂要求比较严格的结构关键部位如框架结构中的梁柱节点、塑性铰等区域设置较密的箍筋，这种做法不仅导致了钢筋用量的增加而且给混凝土施工带来了很多不便，更重要的是，并未改变混凝土自身的脆性以及钢筋/混凝土之间的变形不协调性，因而在大变形情况下钢筋与混凝土界面劈裂和剥落破坏常常发生，破坏了结构的整体性 (Fisher et al., 2002a)。

　　Fischer 等 (2002b) 对钢筋增强的 UHTCC 试件 (R/UHTCC) 和混凝土试件 (RC) 进行了直接拉伸试验，结果发现 R/UHTCC 即使在经受很大变形的情况下仍能够保持构件的整体性，不但不发生基体的剥落，而且还能够继续承担部分荷载，降低箍筋的用量。在同时期进行的 R/UHTCC 受弯构件在循环荷载作用下的试验 (Fisher et al., 2002a) 也发现，R/UHTCC 能量吸收能力高，可减小界面的粘结应力，消除粘结劈拉裂缝的出现和混凝土保护层剥落的发生，能够明显减少甚至消除为约束混凝土提高强度以及防止纵筋屈曲而增设的箍筋。将这样的材料应用到抗震工程中，必然将极大地提高结构的安全性和可靠性。Rokugo 等 (2002) 使用 UHTCC 作为承担拉伸荷载的材料，进行了 UHTCC/钢管复合构件、UHTCC/钢板复合构件的试验研究，发现与使用砂浆和钢纤维增强砂浆两类保护层材料的复合构件相比，将 UHTCC 作为钢管、钢板的保护层，构件起裂后刚度较高，极限承载力和延性明显提高，并且出现了大量的微细裂缝，裂缝高度也低于其他两种试件；钢构件与 UHTCC 之间的良好粘结性能是获得这一结果的重要因素。

利用 UHTCC 材料显著的非线性变形能力、出色的力学特性和与钢筋的变形协调性以及优异的裂缝控制能力，在变形较大、限裂严格的结构关键部位可以使用 UHTCC 全部取代混凝土以提高结构的抗震性和耐久性。由于 UHTCC 材料与钢筋共同工作时，开裂后 UHTCC 不退出工作而是能够继续承受荷载，这一特性使得其结构性能与传统的钢筋混凝土结构有所不同。因而为实现这一技术，必须首先获知钢筋增强 UHTCC 构件的计算理论和设计方法。为此，开展了钢筋增强超高韧性水泥基复合材料 RUHTCC 受弯构件的研究工作。先后完成了受弯理论分析、无腹筋长梁试验研究、试验研究与理论分析验证对比、裂缝控制分析、承载力简化计算方法等方面研究。本章依据 UHTCC 单轴拉伸状态下的应变硬化特性、单轴压缩状态的双直线模型以及平截面假定，建立了 RUHTCC 受弯构件的计算模型，为对防裂抗震和耐久性有较高要求的结构提出了一种新材料结构形式，是后续试验研究和计算分析工作的理论基础。

3.2　材料力学模型与基本假定

3.2.1　材料力学模型

1. UHTCC 单轴拉伸应力-应变曲线和单轴压缩应力-应变曲线 (Li et al., 2001)

UHTCC 材料在单轴拉伸状态下存在应变硬化现象（见图 1.2）。单轴压缩状态下的应力-应变曲线见图 1.4。为简化计算，假定 UHTCC 在单轴拉伸与压缩情况下的应力-应变曲线为双直线形式（见图 3.1 与图 3.2）。图中各符号含义：σ_{tc} 为 UHTCC 拉伸初裂强度；ε_{tc} 为 UHTCC 拉伸初裂应变；σ_{tu} 为 UHTCC 极限抗拉强度；ε_{tu} 为 UHTCC 极限拉应变；σ_{cc} 为压缩刚度变化点对应的强度；ε_{cc} 为压缩刚度变化点对应的应变；σ_{cp} 为峰值应力即抗压强度；ε_{cp} 为峰值应力所对应的压应变。

UHTCC 的拉伸应力应变关系可以写为

$$\sigma_t = \begin{cases} \dfrac{\sigma_{tc}}{\varepsilon_{tc}}\varepsilon_t & \text{当 } 0 \leqslant \varepsilon_t \leqslant \varepsilon_{tc} \\[3mm] \sigma_{tc} + \dfrac{\sigma_{tu} - \sigma_{tc}}{\varepsilon_{tu} - \varepsilon_{tc}}(\varepsilon_t - \varepsilon_{tc}) = \sigma_{tc} + k_t(\varepsilon_t - \varepsilon_{tc}) & \text{当 } \varepsilon_{tc} \leqslant \varepsilon_t \leqslant \varepsilon_{tu} \end{cases}$$

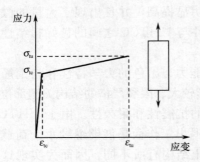

图 3.1　UHTCC 单轴拉伸应力-
应变曲线

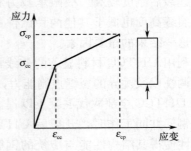

图 3.2　UHTCC 单轴压缩应力-
应变曲线

UHTCC 的压缩应力应变关系可以写为

$$\sigma_{cc} = \begin{cases} \dfrac{\sigma_{cc}}{\varepsilon_{cc}}\varepsilon_c & 0 \leqslant \varepsilon_c \leqslant \varepsilon_{cc} \\[3mm] \sigma_{cc} + \dfrac{\sigma_{cp} - \sigma_{cc}}{\varepsilon_{cp} - \varepsilon_{cc}}(\varepsilon_c - \varepsilon_{cc}) = \sigma_{cc} + k_c(\varepsilon_c - \varepsilon_{cc}) & \varepsilon_{cc} \leqslant \varepsilon_c \leqslant \varepsilon_{cp} \end{cases}$$

2. 钢筋应力-应变关系（程文瀼等，2002）

采用描述完全弹塑性的双直线模型（见图 3.3），不计屈服强度的上限和由于应变硬化而增加的应力。图中 OB 段为完全弹性阶段，相应的应力及应变为 f_y 和 ε_y。OB 段的斜率即为弹性模量 E_s。BC 段为完全塑性阶段，C 点为应力强化的起点，对应的应变为 $\varepsilon_{s,h}$，过 C 点后，即认为钢筋变形过大不能正常使用。双直线模型的数学表达式如下：

$$\sigma_s = E_s\varepsilon_s\left(E_s = \frac{f_y}{\varepsilon_y}\right) \qquad \varepsilon_s \leqslant \varepsilon_y$$

$$\sigma_s = f_y \qquad \varepsilon_y \leqslant \varepsilon_s \leqslant \varepsilon_{s,h}$$

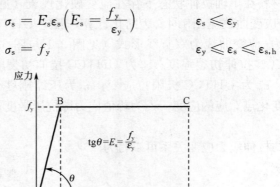

图 3.3　钢筋应力-应变曲线的双直线模型

3.2.2 基本假定

1. 平截面假定

构件受力后，截面各点的 UHTCC 和钢筋纵向应变沿截面的高度方向呈直线变化。

2. 钢筋和 UHTCC 变形协调，即使在经受很大变形的情况下仍能够保持构件的整体性。

3. 受拉区 UHTCC 不退出工作

因 UHTCC 极限拉应变可达到钢筋屈服应变的 20 倍以上，在钢筋屈服导致破坏时，受拉区 UHTCC 的应变值还很小，构件不可能因为拉区 UHTCC 达到极限拉应变而破坏。因此，整个受拉过程中始终要考虑拉区 UHTCC 的作用。

3.3 RUHTCC 构件正截面受弯承载力计算模型

钢筋增强超高韧性水泥基复合材料弯曲构件正截面受弯整个破坏过程与普通钢筋混凝土结构相类似。大致分为三个阶段：第一阶段为弹性阶段，第二阶段为 UHTCC 开裂后至钢筋屈服的带裂缝工作阶段，第三阶段为钢筋开始屈服至截面破坏阶段。下面将对这三个阶段中梁的工作状态进行详细的分析。

3.3.1 RUHTCC 构件正截面受弯过程分析

1. 第一阶段：弹性阶段

刚开始加载时，梁截面产生的弯矩很小，沿梁高测到的梁截面上各层纤维应变也小，且应变沿梁截面高度为直线变化，即符合平截面假定。由于应变很小，整个构件基本处于弹性工作阶段，应力与应变成正比，受压区与受拉区应力分布图形均为三角形 (见图 3.4)。图 3.4 中各符号含义为：c 为受拉边缘纤维到中和轴的距离；m 为受拉边缘纤维至受拉钢筋合力点的距离；x 为计算点距受拉边缘纤维的距离；h 为梁高；$\sigma(x)$、$\varepsilon(x)$ 为计算点处的应力、应变；σ_c、ε_c 为压区边缘纤维的压应力、应变；σ_t、ε_t 为拉区边缘纤维的拉应力、应变；σ_s、ε_s 为钢筋的应力、应变。

随着荷载的增加，弯矩加大，应变亦随之加大。由于 UHTCC 抗拉强度远小于抗压强度，弯矩继续增大时，在实际情况中受拉区边缘的 UHTCC 首先表现出应变较应力增长速度为快的塑性特征，受拉区应力图形开始偏离直线逐渐变

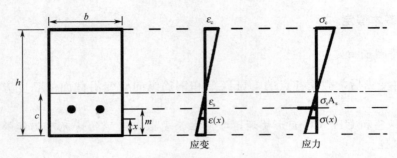

图 3.4　弹性阶段梁截面应力应变沿梁高分布

弯，但在我们所假定的模型中仍近似为直线变化，而受压区仍然处于弹性工作阶段，应力分布图形接近于三角形。

当弯矩增加到初裂弯矩 M_{cr}，截面受拉区边缘纤维 UHTCC 的应变刚好达到初裂应变 ε_{tc}、应力刚好达到初裂应力 σ_{tc} 时，梁处于将裂未裂的极限状态，为弹性阶段末。整个梁截面受拉区和受压区应力图形仍接近于三角形。

第一阶段的特点是：①UHTCC 没有开裂；②受压区和受拉区 UHTCC 的应力图形为直线；③截面曲率与弯矩或者挠度与弯矩关系接近直线变化。

应力沿梁高分布可由下式表达：

$$
\sigma(x) = \begin{cases} \dfrac{\sigma_{tc}}{\varepsilon_{tc}}\varepsilon(x) & 0 \leqslant x \leqslant c \\[2mm] \dfrac{\sigma_{cc}}{\varepsilon_{cc}}\varepsilon(x) & c \leqslant x \leqslant h \end{cases} \tag{3.1}
$$

根据由平截面假定得

$$
\varepsilon(x) = \begin{cases} \dfrac{c-x}{c}\varepsilon_t & 0 < x \leqslant c \\[2mm] \dfrac{x-c}{c}\varepsilon_t & c < x \leqslant h \end{cases} \tag{3.2}
$$

因此钢筋应变 $\varepsilon_s = \dfrac{c-m}{c}\varepsilon_t$，钢筋应力 $\sigma_s = \dfrac{c-m}{c}E_s\varepsilon_t$。根据力和弯矩的平衡可以求得此阶段截面弯矩：

$$
\begin{cases} \sum N = 0: \displaystyle\int_0^c b\sigma(x)\mathrm{d}x - \int_c^h b\sigma(x)\mathrm{d}x + \sigma_s A_s = 0 \\[3mm] \sum M = M: \displaystyle\int_c^h b\sigma(x)x\mathrm{d}x - \int_0^c b\sigma(x)x\mathrm{d}x - \sigma_s A_s m = M \end{cases} \tag{3.3}
$$

2. 第二阶段：UHTCC 开裂后至钢筋屈服的带裂缝工作阶段

截面弯矩达到初裂弯矩 M_{cr} 时，在纯弯段拥有最大初始缺陷尺寸截面处，受拉区的最大拉应变值达到 UHTCC 初裂应变 ε_{tc} 时，首先出现第一条裂缝，标志着梁由第一阶段转入第二阶段工作。所用的 PVA 纤维由于化学粘结的存在使得材料在裂缝宽度为零时就存在一个初始的桥联应力，并且对应桥联应力-裂缝开口宽度曲线斜率较高（Wu，2001），因此在第一条裂缝仅开展很小的宽度就足以使开裂处纤维的桥联荷载达到开裂前的水平，这样 UHTCC 中的 PVA 纤维就能够提供足够的桥联应力，使得基体中的裂缝以稳态开裂模式扩展（Li et al.，1992），即纤维发挥桥联作用约束裂缝的发展，并将桥联应力返递给未开裂的水泥基材，当水泥基材达到开裂强度后又出现新的裂缝，如此往复进行下去，在基材中将形成大量间距大致相等的细裂缝。在裂缝扩展过程中，裂缝尖端的应力场和变形场保持不变，此段时间 UHTCC 应力增长较第一阶段缓慢。

由于 UHTCC 初裂应变在 0.02% 左右，在上述所描述的裂缝开展过程中钢筋的应力也很小，不考虑钢筋和 UHTCC 滑移，即认为它们之间变形协调，那么钢筋的应力不会因为 UHTCC 的开裂而产生突变。

此段过程中，虽然受拉区 UHTCC 已经开裂，但是就 UHTCC 卓越的抗拉能力和变形能力来讲，裂缝宽度仍然很小，丝毫不影响拉区 UHTCC 继续承担荷载。但由于裂缝的产生，梁的抗弯刚度会略有下降，因此在梁的弯矩-曲率或弯矩-挠度关系曲线上会出现一个转折点。

在第二阶段梁进入了非线性阶段，是 UHTCC 截面裂缝发生、开展的阶段，相当于梁正常使用时的应力状态，可作为实用阶段验算变形和裂缝开展宽度的依据。其受力特点是：受拉区 UHTCC 与纵向受拉钢筋共同承担拉力；压区 UHTCC 应变不断增大，应变增长速度比应力增长速度快，塑性特征越来越明显；截面曲率与挠度相比第一阶段增长稍快。当受拉钢筋应力即将达到屈服强度时，就达到第二阶段末。

此阶段梁截面应力分布有两种可能：①受压区仍然处于弹性阶段，应力图形接近于三角形（见图 3.5）；②压区 UHTCC 应变增长速度比应力增长速度快，塑性特征越来越明显，应力图形开始按照近似双直线变化（图 3.6 所示）。下面将求解此两种情况下梁的承载能力。

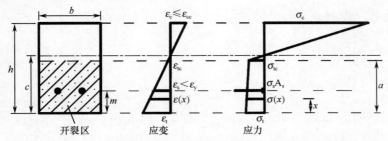

图 3.5　$\varepsilon_c \leqslant \varepsilon_{cc}$ 情况下带裂缝工作阶段截面应力应变沿梁高分布

（1）受压区仍然处于弹性阶段，应力图形接近于三角形。

图 3.5 中 a 代表塑性多缝开裂区高度。则截面应力沿梁高分布为

$$\sigma(x) = \begin{cases} \sigma_{tc} + \dfrac{\sigma_{tu} - \sigma_{tc}}{\varepsilon_{tu} - \varepsilon_{tc}}[\varepsilon(x) - \varepsilon_{tc}] = \sigma_{tc} + k_t[\varepsilon(x) - \varepsilon_{tc}] & 0 \leqslant x \leqslant a \\[3mm] \dfrac{\sigma_{tc}}{\varepsilon_{tc}}\varepsilon(x) & a < x \leqslant c \\[3mm] \dfrac{\sigma_{cc}}{\varepsilon_{cc}}\varepsilon(x) & c < x \leqslant h \end{cases}$$

$$(3.4)$$

应变沿梁高的分布与（3.2）相同。力和力矩的平衡方程为

$$\begin{cases} \sum N = 0 : \displaystyle\int_0^a b\sigma(x)\mathrm{d}x + \int_a^c b\sigma(x)\mathrm{d}x - \int_c^h b\sigma(x)\mathrm{d}x + \sigma_s A_s = 0 \\[3mm] \sum M = M : \displaystyle\int_c^h b\sigma(x)x\mathrm{d}x - \int_0^a b\sigma(x)x\mathrm{d}x - \int_a^c b\sigma(x)x\mathrm{d}x - \sigma_s A_s m = M \end{cases}$$

$$(3.5)$$

（2）受压区 UHTCC 塑性特征明显，应力图形开始按照近似双直线变化。

该情况下截面应力应变沿梁高分布图形如图 3.6 所示。其中受压区边缘纤维应力、应变取值范围分别为 $\varepsilon_{cc} < \varepsilon_c \leqslant \varepsilon_{cp}$，$\sigma_{cc} < \sigma_c \leqslant \sigma_{cp}$。

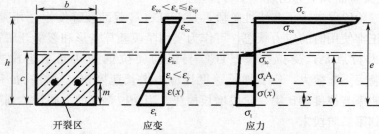

图 3.6　$\varepsilon_{cc} < \varepsilon_c \leqslant \varepsilon_{cp}$ 情况下带裂缝工作阶段截面应力应变沿梁高分布

图 3.6 中 e 表示受拉边缘纤维至受压区刚度变化点的距离，则该情况下应力沿梁高分布为

$$\sigma(x) = \begin{cases} \sigma_{tc} + \dfrac{\sigma_{tu} - \sigma_{tc}}{\varepsilon_{tu} - \varepsilon_{tc}}[\varepsilon(x) - \varepsilon_{tc}] = \sigma_{tc} + k_t[\varepsilon(x) - \varepsilon_{tc}] & 0 \leqslant x \leqslant a \\[3mm] \dfrac{\sigma_{tc}}{\varepsilon_{tc}}\varepsilon(x) & a < x \leqslant c \\[3mm] \dfrac{\sigma_{cc}}{\varepsilon_{cc}}\varepsilon(x) & c < x \leqslant e \\[3mm] \sigma_{cc} + \dfrac{\sigma_{cp} - \sigma_{cc}}{\varepsilon_{cp} - \varepsilon_{cc}}[\varepsilon(x) - \varepsilon_{cc}] = \sigma_{cc} + k_c[\varepsilon(x) - \varepsilon_{cc}] & e < x \leqslant h \end{cases}$$

$$(3.6)$$

应变沿梁高的分布与（3.2）相同。钢筋屈服时力和力矩的平衡方程如下：

$$\begin{cases} \sum N = 0 \colon \int_0^a b\,\sigma(x)\mathrm{d}x + \int_a^c b\,\sigma(x)\mathrm{d}x - \int_c^e b\,\sigma(x)\mathrm{d}x - \int_e^d b\,\sigma(x)\mathrm{d}x + \sigma_s A_s = 0 \\ \sum M = M \colon \int_c^e b\,\sigma(x)x\mathrm{d}x + \int_e^d b\,\sigma(x)x\mathrm{d}x - \int_0^a b\,\sigma(x)x\mathrm{d}x - \int_a^c b\,\sigma(x)x\mathrm{d}x - \sigma_s A_s m = M \end{cases}$$

$$(3.7)$$

3. 第三阶段：钢筋开始屈服至截面破坏阶段

纵筋屈服后，梁进入第三阶段工作。梁的变形和截面曲率突然增大，主裂缝出现，其宽度扩展并沿梁高向上延伸，中和轴继续上移，受压区高度进一步减小，且受压区塑性特征表现更为充分。弯矩继续增加，当受压区边缘最大压应变达到 UHTCC 极限压应变 ε_{cp} 时，标志着截面开始破坏。在第三阶段整个过程中，钢筋承受的总拉力大致保持不变，但由于中和轴上移内力臂略有增加，截面极限弯矩略大于屈服弯矩。

这一阶段的特点是：钢筋一屈服，挠度或截面曲率骤增，表现在弯矩-曲率或弯矩-挠度关系曲线上出现第二个明显的转折点；弯矩略有增加，弯矩-曲率关系为接近水平的曲线；受压区 UHTCC 压应力曲线图形丰满，当受压区边缘最大压应变达到 UHTCC 极限压应变 ε_{cp} 时，标志着截面开始破坏。这一阶段末期可用于正截面受弯承载力计算。

与第二阶段相似，破坏阶段梁截面应力分布也可分为两种情况，即 $\varepsilon_c \leqslant \varepsilon_{cc}$ 和 $\varepsilon_{cc} < \varepsilon_c \leqslant \varepsilon_{cp}$，截面应力应变分布如图 3.7 和图 3.8 所示。承载力具体计算方法与带裂缝工作阶段相似。

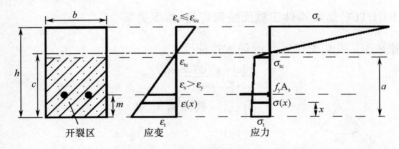

图 3.7　破坏阶段 $\varepsilon_c \leqslant \varepsilon_{cc}$ 时截面应力应变沿梁高分布

特殊地，如果梁的配筋率较大，在钢筋未达到屈服前，压区 UHTCC 先压溃而导致梁破坏。此种破坏与普通钢筋混凝土超筋梁相似，属于脆性破坏。该情况下梁的截面应力应变分布与图 3.6 相近，破坏时最大压应变 $\varepsilon_c = \varepsilon_{cp}$，钢筋应变 $\varepsilon_s < \varepsilon_y$。该情况下中和轴高度可由下式求得：

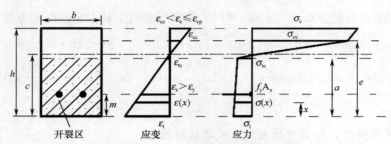

图 3.8　破坏阶段 $\varepsilon_{cc} < \varepsilon_c \leqslant \varepsilon_{cp}$ 时截面应力应变沿梁高分布

$$c^2\left(\sigma_{tc} - k_t\varepsilon_{tc} - \frac{\sigma_{tc}\varepsilon_{tc}}{2\varepsilon_t} + \frac{k_t\varepsilon_{tc}^2}{2\varepsilon_t} + \sigma_{cc} - k_c\varepsilon_{cc} + \frac{\sigma_{cc}\varepsilon_{cc}}{2\varepsilon_t} - \frac{k_c\varepsilon_{cc}^2}{2\varepsilon_t}\right)$$

$$+ c\left(hk_c\varepsilon_{cc} - h\sigma_{cc} + hk_t\varepsilon_t + \frac{E_sA_s\varepsilon_t}{b}\right) - \left(\frac{k_t\varepsilon_t h^2}{2} + \frac{E_sA_s m\varepsilon_t}{b}\right)$$

$$= 0 \tag{3.8}$$

钢筋增强 UHTCC 超筋构件的极限承载力为

$$M_u = \frac{b\varepsilon_{cp}}{h-c_u}\frac{\sigma_{cc}}{\varepsilon_{cc}}\left(\frac{e_u^3}{3} - \frac{c_u e_u^2}{2} + \frac{c_u^3}{6}\right) + k_c\frac{h^3 - e_u^3}{3} - \frac{a_u^3 k_t}{3} - \frac{\sigma_{tc}}{\varepsilon_{tc}}\frac{b\varepsilon_{cp}}{h-c_u}\left(\frac{a_u^3}{3} - \frac{c_u a_u^2}{2} + \frac{c_u^3}{6}\right)$$

$$+ b\left(\sigma_{cc} - \frac{c_u\varepsilon_{cp}k_c}{h-c_u} - \varepsilon_{cc}k_c\right)\frac{h^2 - e_u^2}{2} - \frac{a_u^2 b}{2}\left(\sigma_{tc} + \frac{c_u\varepsilon_{cp}k_t}{h-c_u} - k_t\varepsilon_{tc}\right) - \frac{c_u - m}{h-c_u}E_sA_s m\varepsilon_{cp}$$

$$\tag{3.9}$$

式中

$$a = c - (c-m)\frac{\varepsilon_{tc}}{\varepsilon_y} \qquad e = c + (c-m)\frac{\varepsilon_{cc}}{\varepsilon_y}$$

3.3.2　RUHTCC 适筋构件正截面受弯弯矩-曲率关系

根据图 3.9 可知受拉区外缘最大拉应变

$$\varepsilon_t = \frac{(\rho+c)d\theta - \rho d\theta}{\rho d\theta} = \frac{c}{\rho} \tag{3.10}$$

截面曲率为

$$\varphi = \frac{1}{\rho} = \frac{\varepsilon_t}{c} \tag{3.11}$$

根据正截面受弯阶段分析部分的理论分析可知，给定受拉区 UHTCC 边缘最大拉应变情况下，代入力的平衡方程，可得到相对应时刻中和轴高度 c，力矩平衡方程中的另一个未知数弯矩 M 也可解，从式（3.11）可得到对应时刻的曲率以及受拉区塑性开裂高度。

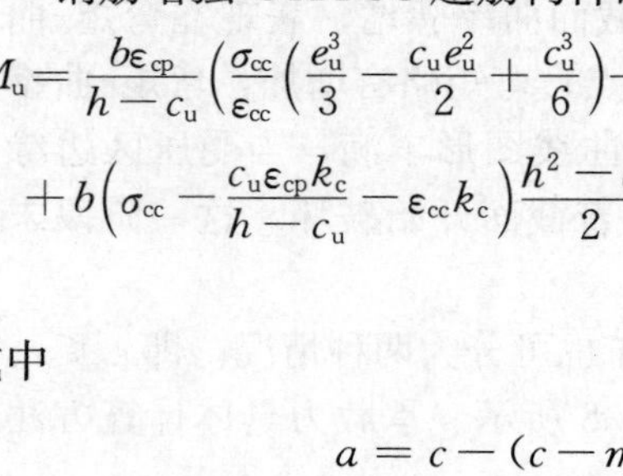

图 3.9　梁微元

因此从加载直至最终破坏，可以逐渐增大受拉区边缘最大拉应变的取值，即可绘得钢筋增强 UHTCC 梁整个受弯过程的 M-φ 图。此计算过程中要依据平截面假定检验受压区外缘最大压应变是否达到 ε_{cp}，一旦达到此值计算停止。梁各阶段不同时刻承载力计算具体如下：

（1）在弹性阶段，任一时刻最大拉应变为 ε_t，钢筋应力 $\sigma_s = E_s \varepsilon_s = E_s \dfrac{c-m}{c} \varepsilon_t$。依照平衡方程（3.3）求解得到

$$
\begin{cases}
\alpha c^2 + \beta c + \gamma = 0 \\
M = b\left(\dfrac{h^3}{3c} - \dfrac{h^2}{2} + \dfrac{c^2}{6}\right)\dfrac{\sigma_{cc}\varepsilon_t}{\varepsilon_{cc}} - \dfrac{bc^2}{6}\dfrac{\sigma_{tc}\varepsilon_t}{\varepsilon_{tc}} - \dfrac{c-m}{c}mE_s A_s \varepsilon_t
\end{cases}
\tag{3.12}
$$

其中

$$
\begin{cases}
\alpha = \dfrac{\sigma_{tc}}{2\varepsilon_{tc}} - \dfrac{\sigma_{cc}}{2\varepsilon_{cc}} \\[2mm]
\beta = \dfrac{\sigma_{cc}}{\varepsilon_{cc}}h + \dfrac{E_s A_s}{b} \\[2mm]
\gamma = -\dfrac{h^2 \sigma_{cc}}{2\varepsilon_{cc}} - \dfrac{E_s A_s m}{b}
\end{cases}
\tag{3.13}
$$

求解出最大拉应变为 ε_t 时的中和轴高度和截面弯矩。算至 $\varepsilon_t = \varepsilon_{tc}$，得到初裂时刻的 M_{cr}，此后梁进入第二阶段工作。

（2）第二阶段中 $\varepsilon_c \leqslant \varepsilon_{cc}$ 情况下截面弯矩为

$$
\begin{cases}
\alpha c^2 + \beta c + \gamma = 0 \\
M = \dfrac{b\sigma_{cc}\varepsilon_t}{\varepsilon_{cc}}\left(\dfrac{h^3}{3c} - \dfrac{h^2}{2} + \dfrac{c^2}{6}\right) - \dfrac{a^2 b}{2}\left(\sigma_{tc} - k_t \varepsilon_{tc} + k_t \varepsilon_t - \dfrac{2ak_t \varepsilon_t}{3c}\right) \\
\quad - \dfrac{b\sigma_{tc}\varepsilon_t}{\varepsilon_{tc}}\left(\dfrac{a^3}{3c} - \dfrac{a^2}{2} + \dfrac{c^2}{6}\right) - \dfrac{c-m}{c}E_s A_s m\varepsilon_t
\end{cases}
\tag{3.14}
$$

其中

$$
\begin{cases}
\alpha = \sigma_{tc}\varepsilon_t - \dfrac{\sigma_{tc}\varepsilon_{tc}}{2} + \dfrac{k_t}{2}(\varepsilon_t - \varepsilon_{tc})^2 - \dfrac{\sigma_{cc}\varepsilon_t^2}{2\varepsilon_{cc}} \\[2mm]
\beta = \varepsilon_t^2\left(\dfrac{\sigma_{cc}h}{\varepsilon_{cc}} + \dfrac{E_s A_s}{b}\right) \\[2mm]
\gamma = -\varepsilon_t^2\left(\dfrac{\sigma_{cc}h^2}{2\varepsilon_{cc}} + \dfrac{mE_s A_s}{b}\right) \\[2mm]
a = \dfrac{\varepsilon_t - \varepsilon_{tc}}{\varepsilon_t}c
\end{cases}
\tag{3.15}
$$

在这一过程中，要验算最大压应变是否达到 ε_{cc}，根据平截面假定有 $\dfrac{\varepsilon_t}{\varepsilon_{cc}} = \dfrac{c}{d-c}$，此时受压区进入塑性状态，即当 $c < \dfrac{d\varepsilon_t}{\varepsilon_t + \varepsilon_{cc}}$ 时，受压区应力曲线要按照

双直线模型来计算。此时截面弯矩由下式计算：

$$\begin{cases} \alpha c^2 + \beta c + \gamma = 0 \\ M = \dfrac{b\varepsilon_t}{c}\left[\dfrac{\sigma_{cc}}{\varepsilon_{cc}}\left(\dfrac{e^3}{3} - \dfrac{ce^2}{2} + \dfrac{c^3}{6}\right) - \dfrac{\sigma_{tc}}{\varepsilon_{tc}}\left(\dfrac{a^3}{3} - \dfrac{ca^2}{2} + \dfrac{c^3}{6}\right) + \dfrac{k_c}{3}(h^3 - e^3) + \dfrac{a^3 k_t}{3}\right] \\ \quad + b(\sigma_{cc} - \varepsilon_t k_c - \varepsilon_{cc} k_c)\dfrac{h^2 - e^2}{2} - \dfrac{a^2 b}{2}(\sigma_{tc} + \varepsilon_t k_t - k_t \varepsilon_{tc}) - \dfrac{c - m}{c}E_s \varepsilon_t A_s m \end{cases}$$

$$(3.16)$$

其中

$$\begin{cases} \alpha = \sigma_{tc}\left(\varepsilon_t - \dfrac{\varepsilon_{tc}}{2}\right) + \dfrac{k_t}{2}(\varepsilon_{tc} - \varepsilon_t)^2 + \sigma_{cc}\left(\varepsilon_t + \dfrac{\varepsilon_{cc}}{2}\right) - \dfrac{k_c}{2}(\varepsilon_{cc} + \varepsilon_t)^2 \\ \beta = \varepsilon_t h\left(-\sigma_{cc} + k_c \varepsilon_{cc} + k_c \varepsilon_t + \dfrac{E_s A_s \varepsilon_t}{bh}\right) \\ \gamma = -\varepsilon_t^2\left(k_c \dfrac{h^2}{2} + \dfrac{m E_s A_s}{b}\right) \\ e = \dfrac{\varepsilon_t + \varepsilon_{cc}}{\varepsilon_t}c \\ a = \dfrac{\varepsilon_t - \varepsilon_{tc}}{\varepsilon_t}c \end{cases}$$

$$(3.17)$$

算至 $\varepsilon_s = \varepsilon_y$，钢筋屈服，进入第三阶段。

（3）若钢筋屈服时受压区应力图形仍为线性，则根据式（3.18）求解截面弯矩。

$$\begin{cases} \alpha c^2 + \beta c + \gamma = 0 \\ M = \dfrac{b\sigma_{cc}\varepsilon_t}{\varepsilon_{cc}}\left(\dfrac{h^3}{3c} - \dfrac{h^2}{2} + \dfrac{c^2}{6}\right) - \dfrac{a^2 b}{2}\left(\sigma_{tc} - k_t \varepsilon_{tc} + k_t \varepsilon_t - \dfrac{2ak_t \varepsilon_t}{3c}\right) - \\ \quad \dfrac{b\sigma_{tc}\varepsilon_t}{\varepsilon_{tc}}\left(\dfrac{a^3}{3c} - \dfrac{a^2}{2} + \dfrac{c^2}{6}\right) - f_y A_s m \end{cases}$$

$$(3.18)$$

其中

$$\begin{cases} \alpha = \sigma_{tc}\varepsilon_t - \dfrac{\sigma_{tc}\varepsilon_{tc}}{2} + \dfrac{k_t}{2}(\varepsilon_t - \varepsilon_{tc})^2 - \dfrac{\sigma_{cc}\varepsilon_t^2}{2\varepsilon_{cc}} \\ \beta = \dfrac{\sigma_{cc}\varepsilon_t^2 h}{\varepsilon_{cc}} + \dfrac{\varepsilon_t f_y A_s}{b} \\ \gamma = -\dfrac{\sigma_{cc}\varepsilon_t^2 h^2}{2\varepsilon_{cc}} \\ a = \dfrac{\varepsilon_t - \varepsilon_{tc}}{\varepsilon_t}c \end{cases}$$

$$(3.19)$$

若钢筋屈服时受压区应力图形为双线性，则根据下式求解截面弯矩：

$$\begin{cases} \alpha c^2 + \beta c + \gamma = 0 \\ M = \dfrac{b\varepsilon_t}{c}\left[\dfrac{\sigma_{cc}}{\varepsilon_{cc}}\left(\dfrac{e^3}{3} - \dfrac{ce^2}{2} + \dfrac{c^3}{6}\right) - \dfrac{\sigma_{tc}}{\varepsilon_{tc}}\left(\dfrac{a^3}{3} - \dfrac{ca^2}{2} + \dfrac{c^3}{6}\right) + k_c\,\dfrac{h^3 - e^3}{3} + \dfrac{a^3 k_t}{3}\right] \\ \qquad - \dfrac{a^2 b}{2}(\sigma_{tc} + \varepsilon_t k_t - k_t \varepsilon_{tc}) + b(\sigma_{cc} - \varepsilon_t k_c - \varepsilon_{cc} k_c)\dfrac{h^2 - e^2}{2} - f_y A_s m \end{cases}$$

$$(3.20)$$

其中

$$\begin{cases} \alpha = \sigma_{tc}\left(\varepsilon_t - \dfrac{\varepsilon_{tc}}{2}\right) + \dfrac{k_t}{2}(\varepsilon_t - \varepsilon_{tc})^2 + \sigma_{cc}\left(\varepsilon_t + \dfrac{\varepsilon_{cc}}{2}\right) - \dfrac{k_c}{2}(\varepsilon_{cc} + \varepsilon_t)^2 \\ \beta = \varepsilon_t h\left(-\sigma_{cc} + k_c \varepsilon_{cc} + k_c \varepsilon_t + \dfrac{f_y A_s}{bh}\right) \\ \gamma = -k_c \varepsilon_t^2\,\dfrac{h^2}{2} \\ a = \dfrac{\varepsilon_t - \varepsilon_{tc}}{\varepsilon_t}c \\ e = \dfrac{\varepsilon_t + \varepsilon_{cc}}{\varepsilon_t}c \end{cases}$$

$$(3.21)$$

验算梁截面最大压应变至 $\varepsilon_c = \varepsilon_{cp}$，得到梁的极限承载力。

3.3.3　RUHTCC 受弯构件挠度验算

设梁计算跨度为 L，在恒定曲率下该梁的跨中最大变形为

$$f = S\dfrac{L^2}{\rho} = S\dfrac{\varepsilon_t}{c}L^2 \qquad (3.22)$$

式中，S 是与荷载形式、支承条件有关的挠度系数。

因梁的截面弯曲刚度 $EI = M/\varphi$，即为使截面产生单位转角需要施加的弯矩值。虽然 UHTCC 弹性模量远小于普通混凝土，但是梁一旦开裂后，相比较混凝土产生的少而宽的裂缝来说，在受力过程中 UHTCC 产生的细密裂缝不会使梁的刚度减少很多，截面有效惯性矩较大，因此也可以有效的控制梁的变形。

3.3.4　RUHTCC 受弯构件延性指标

结构、构件或截面的延性是指从屈服开始至达到最大承载能力或达到以后而承载力还没有显著下降期间的变形能力。延性差的构件后期变形能力小，达到最大承载力后会产生脆性破坏，这种情况应该避免。对结构、构件或界面除了要求它们满足承载能力之外，还要求具有一定的延性，这样有利于吸收和耗散地震能量，防止发生脆性破坏等（程文瀼等，2002）。

　　通常采用位移延性系数 $\mu_\Delta = \Delta_u / \Delta_y$ 或截面曲率延性系数 $\mu_\varphi = \varphi_u / \varphi_y$ 两种方式来作为结构或构件抗震性能的量化延性指标，其中 Δ_u 和 φ_u 分别为对应于极限承载力 M_u 的极限位移和极限曲率，Δ_y 和 φ_y 为分别对应于弹性极限承载力 M_y 的位移和截面曲率；曲率和位移可分别通过式（3.11）和式（3.22）求得。

第4章 钢筋增强超高韧性水泥基复合材料
（RUHTCC）长梁试验研究及结果分析

4.1 引　　言

继上一章讨论了钢筋增强超高韧性水泥基复合材料 RUHTCC 受弯构件计算模型之后，本章进一步讨论依据计算模型所设计的三种不同配筋率的 RUHTCC 无腹筋大跨构件的四点弯曲试验研究结果，并对理论模型的准确性加以验证。还讨论了所观测到的 RUHTCC 梁加载至最终破坏整个受弯过程中的裂缝发展形态，并与普通钢筋混凝土梁的承载力和延性进行对比。

4.2　试件制备

4.2.1　试验材料

UHTCC 的原料由水泥、精细砂、水、矿物外加剂、纤维和高效减水剂组成，不含粗骨料。本次试验配制 UHTCC 采用 KURALON K-II REC15 PVA 纤维，其具体参数及照片如表 4.1 和图 4.1 所示。通过直接拉伸试验所测得的 UHTCC 单轴拉伸应力-应变曲线和饱和微细裂缝开展情况见图 4.2、图 4.3（徐世烺等，2009）。

表 4.1　PVA 纤维参数表

类型	长度/mm	直径/μm	拉伸强度/MPa	伸长率/%	拉伸模量/GPa	密度/(g/cm³)
KURALON K-II REC15	12	39	1620	7	42.8	1.3

为比较钢筋增强超高韧性水泥基复合材料（RUHTCC）梁与普通钢筋混凝土梁在弯曲状态下的破坏过程并免去重复试验，本次试验浇筑了一组普通钢筋混凝土梁作为对比试件。配制了轴心抗压强度 40.8MPa 的自密实混凝土便于浇注，配比为（1m³ 的用量，单位 kg）水：水泥：粉煤灰：石子：砂＝276：538：231：677：677。采用大连小野田水泥厂生产的 42.5 水泥，一级粉煤灰，瓜子石（5～10mm），中砂，并使用了 1%～1.2% 高效减水剂来改善混凝土拌合物的工作性。

图 4.1　短切 PVA 纤维照片

图 4.2　单轴拉伸应力下 UHTCC 饱和裂缝开展（徐世烺等，2009）

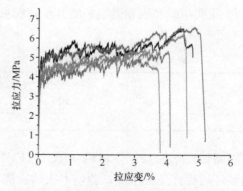

图 4.3　UHTCC 单轴拉伸应力应变曲线（徐世烺等，2009）

4.2.2　试件形式

试验采用无腹筋梁的形式，为保证构件的弯曲破坏形态，取较大剪跨比。梁截面尺寸 120mm×80mm，纵向钢筋保护层厚度 30mm，梁长 2.45m，计算长度

2m。梁形式如图 4.4 所示。

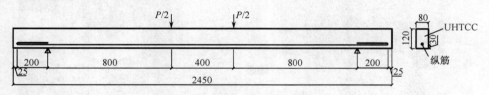

图 4.4　梁的尺寸示意图（单位：mm）

本次试验共制备了三组 RUHTCC 梁和一组普通钢筋混凝土对比梁，具体截面尺寸、纵筋配筋率等见表 4.2。

表 4.2　试验方案

类型	编号	纵筋配筋率	钢筋类别	截面尺寸/mm×mm	试件个数
RUHTCC	RUHTCC10	0.82%	HRB335	120×80	4
RUHTCC	RUHTCC12	1.18%	HRB335	120×80	4
RUHTCC	RUHTCC16	2.09%	HRB335	120×80	4
RC	RC12	1.18%	HRB335	120×80	3

4.2.3　试件浇筑

试件浇筑前要在每根纵筋中间部位贴两个 2mm 的应变片，然后将钢筋固定在模具中，确保钢筋的位置正确，无倾斜现象发生。

搅拌 UHTCC 时，先将胶凝材料和精细砂倒入搅拌机中搅拌 2min 至均匀，然后加水继续搅拌 2min，待粉料完全湿润后加入减水剂，搅拌 3～5min 至浆体均匀并具有很好的流动性，加入体积率 2% 的 PVA 纤维，最终再搅拌 5min 直至手捏拌合物无纤维结团现象，此时纤维分散均匀得到 UHTCC 拌合物。将搅拌好的 UHTCC 拌合物倒入模具中，轻微振捣，抹平，并用塑料薄膜覆盖。伴随每组试件还浇筑了 3 个 70.7mm×70.7mm×70.7mm 立方体抗压试件和 3 个 40mm×40mm×160mm 棱柱体抗压试件。48h 之后拆模，再置于潮湿的环境中养护 28d。试验时试件龄期 56d。

4.3　试验过程

试验装置及加载设备如图 4.5 所示。荷载由 30t 传感器测定；梁跨中布置了两支量程为 100mm 的位移计测定梁的跨中挠度，两端支座处还放置了两个小量程的 LVDT 来测量支座沉降位移；在跨中纯弯段部分，于梁的顶端、底部、钢筋所在的位置均固定了一个 LVDT 分别量测梁的最大压应变、最大拉应变和钢

图 4.5　试验装置照片

筋所在位置处的应变，标距为 320mm，以便得出梁在受力过程中的曲率；在梁的顶部和侧面沿梁高共布置了六个 100mm 的应变片（见图 4.6），用以观测受压区部分应力应变增长情况并验证梁在受力过程中符合平截面假定；梁的底面在两加载点之间连续布置了 7 个 50mm 应变片来量测梁的开裂应变（见图 4.5），采用一组半桥和三组全桥连接方法。试验采用 100t MTS 试验机加载，开始时由荷载控制，加载至 0.5kN，然后持载 100s 后继续加载，此后加载由位移控制，速率为 0.5mm/min。通过 2 台 imc 数据采集系统自动采集处理数据（见图 4.7）。

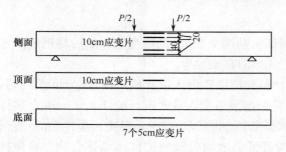

图 4.6　应变片布置图　　　　　　　图 4.7　IMC 数据采集设备

　　因每根试件加载时间要几个小时，因此每组试件只选择部分加载至完全破坏，其他试件在主裂缝（0.1mm）出现后就停止试验。在加载过程中采用裂缝观测仪时刻注意裂缝的开展和裂缝宽度的变化，并记录在梁正常工作情况下、钢筋屈服时梁的变形和钢筋所在位置的裂缝宽度。

4.4　理论计算模型的试验验证及讨论

4.4.1　平截面假定应用于 RUHTCC 梁计算分析的试验验证

　　RUHTCC 受弯构件理论分析研究工作是建立在平截面假定基础上的，因此首先要验证这一假定的正确性。在 RUHTCC 梁的侧面沿梁高布置了 5 个 10cm

的应变片，从梁底部向上算起，应变片所处高度依次为 10cm、30cm、70cm、90cm、110cm，画出同一时刻五个应变片的测值与高度的关系曲线（见图 4.8）。当变形较大时部分应变片被损坏，其读数会突然增大至量测的限值（25000），不

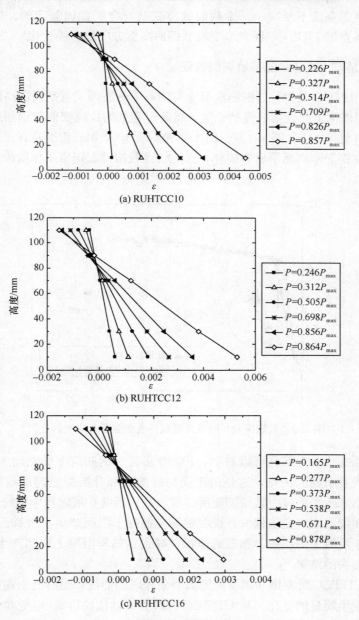

图 4.8　截面应变沿梁高的分布

能真实地反映实际应变的大小，所以这里仅取了 5 个应变片都没有损坏前 6 个时刻的读数，将其绘在同一张图上。从图 4.8 中很清楚地看到，梁截面的应变与高度的关系为一条直线，且随着采样时间的增长即荷载的增加，中和轴不断的上移，受压区的高度不断减小。梁截面的应变是符合平截面假定的，即构件受力后，截面各点的 UHTCC 纵向应变沿截面的高度方向呈直线变化。

4.4.2　钢筋与 UHTCC 变形协调的验证

在 RUHTCC 梁和普通钢筋混凝土梁的跨中侧表面上与钢筋同高度处固定了 LVDT，用以测量此处梁表面的变形，将此位置处的拉应变值与钢筋应变实测值进行比较（见图 4.9、图 4.10）。图 4.9 和图 4.10 中钢筋应变片在未达到极限荷载前甚至在钢筋刚刚屈服后就损坏，因此仅比较构件在正常工作阶段即钢筋屈服前的阶段。

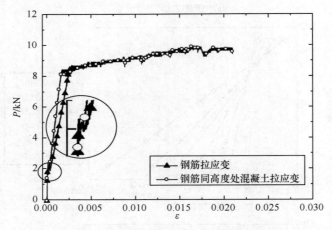

图 4.9　钢筋应变与同高度处试件表面混凝土应变的比较

从图 4.9 中放大部分可以看到，RC 梁起裂时钢筋应变突然增大，荷载-钢筋应变曲线有明显的折点，这是由于受拉区的大部分混凝土起裂后马上退出工作，把其原来承受的拉力转给钢筋所导致。此后裂缝扩展过程中钢筋应变比同高度处梁表面混凝土应变值偏大，说明钢筋与混凝土之间产生了滑移。RC 裂缝的开展是由于混凝土的回缩，钢筋的伸长，导致钢筋与混凝土之间产生相对滑移、粘结应力损失的结果。

而 RUHTCC 梁在钢筋屈服前近似一条光滑的曲线，裂缝的出现并没有引起钢筋应变发生明显的变化。从 UHTCC 材料的单轴抗拉应力-应变曲线可知产生这一现象的原因是，UHTCC 在起裂后非但不退出工作，反而随着变形的增大仍可继续承担更高的荷载，不会导致钢筋应力突然增大。RUHTCC 裂缝的开展主

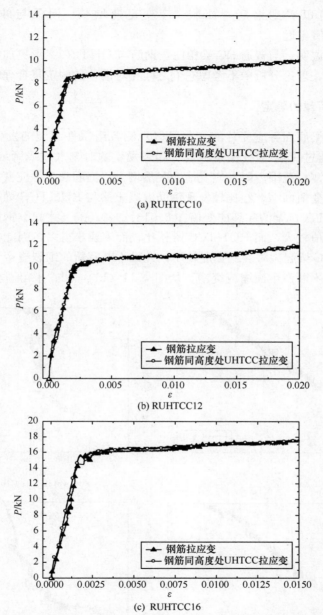

图 4.10　钢筋应变与同高度处试件表面 UHTCC 应变的比较

要是由于纤维的桥联作用而形成了大量的细密裂缝，对钢筋与 UHTCC 之间的粘结影响甚小，因此钢筋与 UHTCC 不易产生滑移，RUHTCC 梁的荷载-钢筋应变关系曲线与荷载-同高度处试件表面 UHTCC 应变关系曲线几乎重合。图

4.10 (c) 中可以看到钢筋一屈服，应变迅速增长，但仍与外部同高度处 UHTCC 应变值相近。

以上分析说明，与普通 RC 梁相比，钢筋与 UHTCC 变形更加协调，能够更好地协同工作，理论分析中不考虑它们之间相对滑移的假定是合理的。

4.4.3 起裂荷载的确定

通过比较梁底面各应变片的变化可以观测各组试件起裂的发生及起裂的位置。图 4.11 通过荷载-应变关系确定了起裂发生的时刻（虚线所示）。当裂缝产生在该应变片测量范围内时，应变值会突然增大；当起裂发生应变片标距以外附近的位置，应变值回缩。经比较发现钢筋混凝土梁与 RUHTCC 梁起裂荷载值差别甚微，RUHTCC 梁的起裂应变值在 0.015%～0.026% 之间。钢筋混凝土梁起裂时应变突变值较大，而 RUHTCC 梁相比较而言要小得多，因此在相同标距情况下 RUHTCC 梁起裂时裂缝宽度较小，并且不断有新的细裂缝产生，表现在曲线上即应变值不断产生回缩或突增。从图 4.11（b）、(d) 中可看到，若应变片

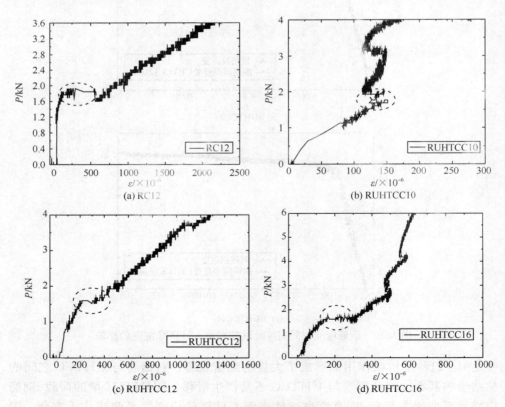

图 4.11　起裂荷载的确定

附近有新裂缝出现，应变片本身记录的应变值就会回缩，原有裂缝不再扩展，因此荷载-应变曲线斜率会有所提高。值得注意的是，该曲线仅表现出应变片测量范围内（5cm）的变化，并不代表整个试件的刚度。表 4.3 将起裂实测值与理论计算值进行了对比，发现起裂荷载和变形的计算值与实测值很相近。

图 4.3　各组试件的起裂荷载和变形

试件类型	起裂荷载/kN	起裂挠度/mm	起裂应变/$\times 10^{-6}$
RUHTCC10 实测值	1.73	1.04	151.4
RUHTCC10 计算值	1.842	0.869	150
RUHTCC12 实测值	1.61	1.15	208
RUHTCC12 计算值	1.704	0.851	150
RUHTCC16 实测值	1.65	0.89	162
RUHTCC16 计算值	1.806	0.880	150
RC12 实测值	1.80	0.78	118

4.4.4　理论计算模型的验证

每组试件中保留三根试件的结果进行比较。由于在加载过程中突然断电而丢失一根普通钢筋混凝土梁的实验数据，因此仅有两根钢筋混凝土梁的结果用来做对比。

图 4.12~图 4.14 展示了各组试件荷载-跨中挠度关系和弯矩-曲率关系试验曲线，由图可看出，RUHTCC 梁和钢筋混凝土梁的弯矩-曲率、荷载-挠度关系相似。在起裂前，曲线几乎为一条直线；在起裂后，曲线斜率有所降低，仍近似线性变化。RUHTCC 梁在起裂后曲线无明显抖动，直线缓慢变弯曲，当纵筋配筋率较低时曲线上有明显的折点。钢筋一屈服，承载力增长的非常缓慢，曲线几近于一条水平线。

试验中在跨中纯弯段部分梁的顶端和底部分别固定一个 LVDT 来量测梁的最大压应变和最大拉应变以便得到梁在受力过程中的曲率。从每一组试件中挑选了一个试件，绘制出分别采用 LVDT 与电阻应变片两种方法测量的最大压应变值（见图 4.15）。由于梁底部应变片均因 UHTCC 开裂早已破坏，无法与 LVDT 所测量的最大拉应变值相比较，因此仅通过两种方式测得的最大压应变值的比较来检验采用 LVDT 的测值计算曲率是否准确。

从图 4.15 可知，在电阻应变片没有损坏前，通过两种方法测得的应变值较吻合。因此采用 LVDT 量测最大压应变和最大拉应变计算梁曲率是可行的。

逐渐增加截面最大拉应变的取值，计算出三组 RUHTCC 试件的塑性开裂区高度、中和轴高度、弯矩、荷载、曲率以及挠度值（见表 4.4 和表 4.6），并绘出 M-φ 曲线和 P-δ 曲线，与试验结果相比较（见图 4.12 和图 4.13）。

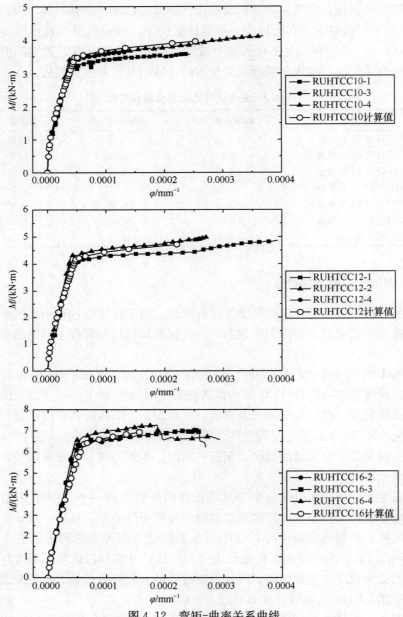

图 4.12　弯矩-曲率关系曲线

公式中各参数取值：拉伸初裂强度 $\sigma_{tc}=4MPa$，拉伸初裂应变 $\varepsilon_{tc}=0.015\%$，极限抗拉强度 $\sigma_{tu}=5MPa$，极限拉应变 $\varepsilon_{tu}=4.2\%$；压缩刚度变化点对应的强度 $\sigma_{cc}=27MPa$，压缩刚度变化点对应的应变 $\varepsilon_{cc}=0.2\%$，峰值应力即抗压强度 $\sigma_{cp}=$

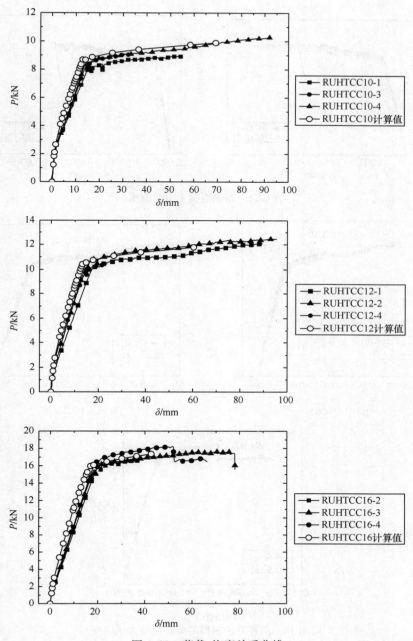

图 4.13 荷载-挠度关系曲线

40MPa，峰值应力所对应的压应变 $\varepsilon_{cp} = 0.6\%$；截面宽度 $b = 80$mm，截面高度 $h = 120$mm，钢筋保护层厚度 $m = 30$mm，钢筋截面积 A_s 分别为 78.5、113.1、

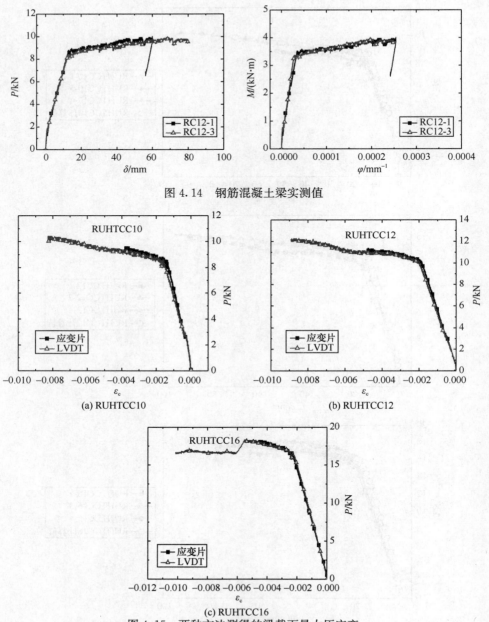

图 4.14　钢筋混凝土梁实测值

(a) RUHTCC10

(b) RUHTCC12

(c) RUHTCC16

图 4.15　两种方法测得的梁截面最大压应变

201.1 mm²。

　　试件 RUHTCC10-1、RUHTCC10-3、RUHTCC12-4 和 RUHTCC16-2 在钢筋屈服后主裂缝出现时刻附近停止加载，其他试件均做到最终破坏。加载至最终破坏的试件荷载-变形曲线最后一段荷载略有升起的趋势，根据钢筋应力-应变曲线可知，此时钢筋已进入强化阶段，在此计算中不予考虑，用作结构安全储备。从图 4.12、图 4.13 和表 4.7 可看出，理论计算值与试验结果吻合很好，理论计算可以基本表达出梁在不同受力阶段的状态。表 4.7 还计算了试验梁在屈服后所形成的塑性铰区长度 L_p，由于理论模型未考虑由于形成塑性铰而造成的塑性变形，因此梁的跨中挠度计算值与实测值还有一定的差距。

通过表 4.7 中位移延性系数 μ_Δ 和截面曲率延性系数 μ_φ 的实测值与计算值比较发现，对于任一种配筋率的梁，屈服曲率的测量值均略小于计算值，而极限曲率的测量值略大于计算值，因此截面曲率延性系数 μ_φ 的测量值要比计算值大，约为 1.35～2 倍；虽然屈服挠度的实测值略高于计算值，但极限挠度实测值却远远高于计算值，因而位移延性系数 μ_Δ 的实测值也明显高于计算值。所以，理论计算得到的截面曲率延性系数和位移延性系数均偏于安全，在实际工程设计中用其来预测结构或构件的延性，从而保证结构的抗震性能是合理的。

表 4.4　RUHTCC10 的计算值

最大拉应变/%	塑性开裂区高度/mm	中和轴高度/mm	弯矩/(kN·m)	曲率/mm⁻¹	荷载/kN	挠度/mm	备注
0.01	0	47.138	0.491	2.12E-06	1.228	0.579	
0.015	0	47.138	0.737	3.18E-06	1.842	0.869	UHTCC 起裂
0.02	12.401	49.603	0.843	4.03E-06	2.108	1.101	
0.03	26.272	52.544	1.068	5.71E-06	2.670	1.560	
0.08	50.8479	62.582	1.641	1.28E-05	4.102	3.492	
0.10	55.213	64.957	1.803	1.54E-05	4.508	4.205	
0.12	58.494	66.85	1.952	1.8E-05	4.880	4.903	
0.15	62.170	69.078	2.1615	2.17E-05	5.404	5.931	
0.18	64.907	70.808	2.360	2.54E-05	5.900	6.944	
0.20	66.383	71.765	2.488	2.79E-05	6.221	7.612	
0.22	67.652	72.602	2.615	3.03E-05	6.537	8.2770	
0.23	68.223	72.983	2.677	3.15E-05	6.693	8.608	
0.25	69.258	73.679	2.801	3.39E-05	7.002	9.268	
0.26	69.730	73.999	2.862	3.51E-05	7.156	9.597	
0.27	70.173	74.301	2.923	3.63E-05	7.309	9.926	
0.28	70.593	74.589	2.984	3.75E-05	7.460	10.254	
0.30	71.365	75.121	3.105	3.99E-05	7.7630	10.908	
0.32	72.060	75.604	3.225	4.23E-05	8.064	11.561	
0.33	72.382	75.829	3.285	4.35E-05	8.213	11.887	
0.34	72.689	76.044	3.3452	4.47E-05	8.363	12.213	

续表

最大拉应变/%	塑性开裂区高度/mm	中和轴高度/mm	弯矩/(kN·m)	曲率/mm^{-1}	荷载/kN	挠度/mm	备注
0.36	73.263	76.448	3.476	4.71E−05	8.690	12.863	钢筋屈服，受压区边缘压应变达到 ε_{cp}
0.40	75.182	78.111	3.472	5.12E−05	8.679	13.988	
0.50	78.618	81.05	3.5456	6.17E−05	8.864	16.851	
0.80	84.594	86.211	3.669	9.28E−05	9.173	25.347	
1.20	88.674	89.797	3.765	0.000134	9.411	36.502	
2.00	92.852	93.554	3.900	0.000214	9.749	58.394	
2.40	94.160	94.752	3.956	0.000253	9.891	69.186	UHTCC 达到极限压应变

表 4.5　RUHTCC12 的计算值

最大拉应变/%	塑性开裂区高度/mm	中和轴高度/mm	弯矩/(kN·m)	曲率/mm^{-1}	荷载/kN	挠度/mm	备注
0.01	0	48.132	0.454	2.08E−06	1.136	0.567	
0.015	0	48.132	0.682	3.12E−06	1.704	0.851	UHTCC 起裂
0.02	12.234	48.937	0.865	4.09E−06	2.163	1.116	
0.03	25.849	51.698	1.106	5.8E−06	2.764	1.585	
0.08	49.466	60.881	1.785	1.31E−05	4.461	3.589	
0.10	53.538	62.986	1.994	1.59E−05	4.985	4.337	
0.12	56.560	64.640	2.192	1.86E−05	5.480	5.071	
0.15	59.904	66.560	2.476	2.25E−05	6.190557	6.156	
0.18	62.357	68.026	2.751	2.65E−05	6.878	7.228	
0.20	63.665	68.827	2.932	2.91E−05	7.329	7.937	
0.22	64.782	69.522	3.110	3.16E−05	7.775	8.644	
0.23	65.281	69.836	3.199	3.29E−05	7.997	8.996	
0.25	66.184	70.408	3.375	3.55E−05	8.437	9.699	
0.26	66.592	70.669	3.462	3.68E−05	8.656	10.049	
0.27	66.975	70.915	3.550	3.81E−05	8.875	10.400	
0.28	67.336	71.148	3.637	3.94E−05	9.093	10.750	
0.30	67.999	71.578	3.811	4.19E−05	9.528	11.448	
0.32	68.659	72.036	3.943	4.44E−05	9.856	12.134	受压区边缘压应变达到 ε_{cp}
0.33	68.897	72.178	4.023	4.57E−05	10.058	12.488	
0.34	69.110	72.300	4.103	4.7E−05	10.257	12.845	

续表

最大拉应变/%	塑性开裂区高度/mm	中和轴高度/mm	弯矩/(kN·m)	曲率/mm⁻¹	荷载/kN	挠度/mm	备注
0.35	69.423	72.532	4.169	4.83E−05	10.422	13.181	钢筋屈服
0.40	71.648	74.440	4.221	5.37E−05	10.554	14.677	
0.50	75.051	77.372	4.299	6.46E−05	10.747	17.652	
0.80	81.098	82.648	4.437	9.68E−05	11.093	26.440	
1.20	85.369	86.450	4.552	0.000139	11.379	37.915	
2.00	89.907	90.586	4.714	0.000221	11.786	60.307	UHTCC 达到极限压应变

表 4.6　RUHTCC16 的计算值

最大拉应变/%	塑性开裂区高度/mm	中和轴高度/mm	弯矩/(kN·m)	曲率/mm⁻¹	荷载/kN	挠度/mm	备注
0.01	0	46.563	0.482	2.15E−06	1.204	0.587	
0.015	0	46.563	0.722	3.22E−06	1.806	0.880	UHTCC 起裂
0.02	11.814	47.254	0.922	4.23E−06	2.306	1.156	
0.03	24.795	49.59	1.205	6.05E−06	3.013	1.652	
0.08	46.235	56.904	2.153	1.41E−05	5.382	3.840	
0.12	52.2025	59.66	2.800	2.01E−05	7.000	5.494	
0.15	54.904	61.005	3.270	2.46E−05	8.174	6.716	
0.18	56.835	62.002	3.733	2.9E−05	9.332	7.930	
0.22	58.696	62.991	4.344	3.49E−05	10.861	9.540	
0.23	59.122	63.247	4.473	3.64E−05	11.184	9.933	受压区边缘压应变达到 ε_{cp}
0.25	59.699	63.51	4.758	3.94E−05	11.896	10.752	
0.28	60.252	63.663	5.157	4.4E−05	12.893	12.013	
0.30	60.465	63.647	5.407	4.71E−05	13.518	12.875	
0.33	60.612	63.498	5.765	5.2E−05	14.412	14.196	
0.35	60.624	63.339	5.993	5.53E−05	14.983	15.094	
0.36	60.611	63.246	6.105	5.69E−05	15.263	15.548	
0.39	60.771	63.202	6.390	6.17E−05	15.975	16.855	钢筋屈服
0.43	62.300	64.552	6.437	6.66E−05	16.094	18.195	
0.60	67.175	68.897	6.597	8.71E−05	16.493	23.788	
0.80	71.015	72.372	6.737	0.000111	16.843	30.194	
1.00	73.801	74.925	6.850	0.000133	17.124	36.456	
1.20	75.972	76.934	6.9448	0.000156	17.362	42.605	UHTCC 达到极限压应变

表 4.7　理论值与实测值比较

试件编号	P_y /kN	Δ_y /mm	φ_y /mm^{-1} ×10^{-5}	P_u /kN	Δ_u /mm	φ_u /mm^{-1} ×10^{-4}	μ_Δ	μ_φ	Δ_p /mm	φ_p /mm^{-1} ×10^{-4}	L_p /mm
RUHTCC10-1	8.1	14.45	4.26	—							
RUHTCC10-3	8.425	14.7	4.37	—							
RUHTCC10-4	8.575	14.32	3.67	10.375	93.6	3.75	6.54	10.22	79.28	3.38	584.62
RUHTCC10 计算值	8.69	12.86	4.71	9.89	69.19	2.53	5.38	5.37	56.33	2.06	653.77
RUHTCC12-1	10.2	16.8	4.47	12.075	89.23	3.9	5.31	8.72	72.43	3.45	526.99
RUHTCC12-2	10.9	15.34	4.1	12.25	95.56	2.75	6.23	6.71	80.22	2.34	895.38
RUHTCC12-4	9.95	14.59	3.8	—							
RUHTCC12 计算值	10.42	13.18	4.83	11.79	60.31	2.21	4.58	4.58	47.13	1.73	652.03
RUHTCC16-2	16.16	19.71	4.72	—							
RUHTCC16-3	15.72	18.54	4.58	17.59	75.49	2.54	4.07	5.54	56.95	2.08	726.22
RUHTCC16-4	16.625	19.55	4.78	18.527	51.87	1.84	2.65	3.85	32.32	1.36	679.06
RUHTCC16 计算值	15.97	16.86	6.17	17.36	42.60	1.56	2.53	2.53	25.74	0.94	652.51
RC12-1	8.825	13.02	3.59	9.75	59.56	2.25	4.57	6.27	46.54	1.89	627.97
RC12-3	8.425	12.90	3.03	9.75	68.90	1.99	5.34	5.61	56.00	1.40	890.83

注：P_y—屈服荷载；Δ_y—屈服挠度；φ_y—屈服曲率；P_u—极限荷载；Δ_u—极限挠度；φ_u—极限曲率；μ_Δ—位移延性系数，由 $\mu_\Delta = \Delta_u/\Delta_y$ 计算得到；μ_φ—截面曲率延性系数，由 $\mu_\varphi = \varphi_u/\varphi_y$ 计算得到；Δ_p—塑性位移，由 $\Delta_p = \Delta_u - \Delta_y$ 计算得到；φ_p—塑性曲率，由 $\varphi_p = \varphi_u - \varphi_y$ 计算得到；L_p—塑性铰区长度，由 $f = \int_0^{\frac{L}{2}} \varphi(x) x dx = \frac{1}{8} \phi l_p (2L - l_p) + \frac{1}{12} \varphi_y (L - l_p)^2$ 计算得到。

　　根据塑性开裂区高度计算值可以得到裂缝发展长度随荷载的变化趋势（见图 4.16）。在起裂后，裂缝迅速向上发展，荷载继续增加裂缝延伸速度又会减缓，并且配筋率越大延伸速度越慢；钢筋屈服梁进入破坏阶段后，裂缝又急剧向上扩展直至梁最终破坏。对于最小的配筋率情况，在钢筋屈服时，裂缝发展长度约为梁高的 60%。中和轴高度的变化趋势与裂缝发展长度相似，根据表 4.4～表 4.6 计算值可以得知，对于这三种不同配筋率的 RUHTCC 梁，裂缝发展长度与中和轴高度的比值在屈服时均约为 0.96，在极限状态时均接近 1.0（见图 4.17）。

　　根据第 3 章 RUHTCC 梁跨中挠度的计算公式（3.22），可以得到

$$\varepsilon_t = \frac{cf}{SL^2} \tag{4.1}$$

对于极限状态下 RUHTCC 梁，裂缝开展高度为

$$a_u = c_u - \frac{(d - c_u)\varepsilon_{tc}}{\varepsilon_{cp}} \tag{4.2}$$

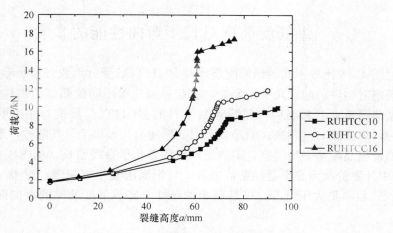

图 4.16　裂缝发展长度的理论计算值

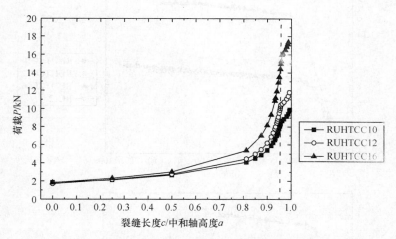

图 4.17　裂缝发展长度与中和轴高度比值的变化

由于是 ε_{tc} 的几百倍，因此有 $a_u \approx c_u$，这与上面对理论计算结果的分析相一致。于是，公式（4.1）中的 c 可以由 a 替换，即有

$$\varepsilon_t = \frac{af}{SL^2} \tag{4.3}$$

因此，通过量测四点弯曲梁的跨中挠度和裂缝开展高度可以用来估算该时刻梁截面最大拉应变。同样，对于 UHTCC 材料自身而言，也可以利用四点弯曲试验结果，采用公式（4.3）来估算直接拉伸荷载作用下所能达到的最大拉伸应变值，比直接拉伸试验更易操作。

4.5　纵筋配筋率对长梁弯曲性能的影响

通过图 4.18 比较不同的纵筋配筋率对 RUHTCC 受弯承载力和变形的影响。纵筋配筋率对构件的起裂几乎无影响，在起裂前三种不同配筋率的构件承载力-变形关系曲线重合。起裂后，配筋率 2.09％的 RUHTCC 梁抗弯刚度明显大于另外两种，承载能力也很高；但是其极限变形能力却远小于另外两种，延性稍弱一些。随着纵筋配筋率的提高，梁的极限承载力几乎直线增长（见图 4.19）。从图 4.19 中计算的截面曲率延性系数来看，与钢筋混凝土梁相似，对于一个给定的 UHTCC 材料最大压应变，单筋截面的延性有随纵筋配筋率的增加而降低的趋势。

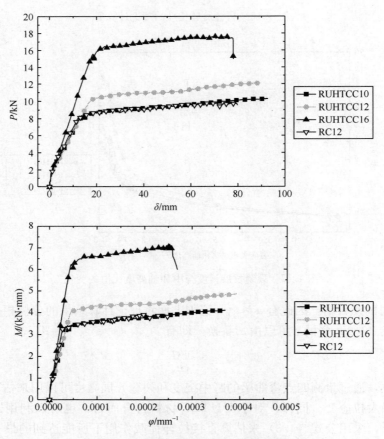

图 4.18　RUHTCC 与 RC 梁的比较

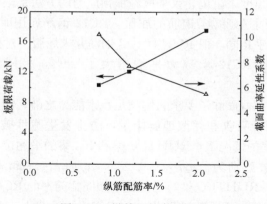

图 4.19　纵筋配筋率的影响

4.6　RUHTCC 梁与钢筋混凝土梁的比较

图 4.18 还比较了混凝土和 UHTCC 两种基体材料对构件承载力和变形的影响。首先比较相同配筋率的情况（RUHTCC12 与 RC12）。从弯矩-曲率关系图中可看出，在起裂前荷载水平很低，RUHTCC 与 RC 梁几乎没有区别；起裂后，RUHTCC12 曲线的斜率降低稍大一点。这是因为与混凝土相比，UHTCC 材料的弹性模量很低，大约不到混凝土弹性模量的 2/3。但是在裂缝发展阶段，RUHTCC 梁与普通 RC 梁的裂缝发展形态有很大的不同。RUHTCC 所用的 PVA 纤维由于化学粘结的存在使得材料在裂缝宽度为零时就存在一个初始的桥联应力，并且对应桥联应力-裂缝开口宽度曲线斜率较高（Wu，2001），因此在第一条裂缝仅开展很小的宽度就足以使开裂处纤维的桥联荷载达到开裂前的水平，这样 UHTCC 中的 PVA 纤维就能够提供足够的桥联应力，使得基体中的裂缝以稳态开裂模式扩展（Li et al.，1992），即纤维发挥桥联作用约束裂缝的发展，并将桥联应力返递给未开裂的水泥基材，当水泥基材达到开裂强度后又出现新的裂缝，如此往复进行下去，在基材中将形成大量间距大致相等的细裂缝。RUHTCC 梁产生的裂缝极细，一般小于 0.05mm，因此 RUHTCC 梁截面的有效惯性矩要比 RC 梁大很多。由于 UHTCC 的弹性模量低于普通混凝土梁，这样就导致 RUHTCC 梁和 RC 梁的抗弯刚度基本差不多，经过起裂的折点之后，两条曲线斜率相近。根据《混凝土结构设计规范》（GB 50010—2002）计算正常使用允许的最大挠度，发现本次试验中 RUHTCC 梁和 RC 梁的屈服挠度均超过规定值。这是由于本次试验中所有梁的跨度大、截面积小，且未使用箍筋的原因。虽然同配筋率条件下 RUHTCC 梁的屈服挠度只是略高于 RC 梁，但对于实际大跨

度结构，从适用性角度来讲仍建议采取施加预应力的方法来限制变形。

UHTCC 材料明显延缓了钢筋的屈服，RC12 钢筋屈服时，RUHTCC12 与之承载力、变形几乎相同，但 RUHTCC12 钢筋并未屈服。对比二者在钢筋屈服时，RUHTCC12 比 RC12 承载力平均增大了 20%，极限承载力平均提高了 24.7%。

对结构、构件或截面除了要求它们满足承载能力之外，还要求它们具有一定的延性，这样有利于吸收和耗散地震能量，防止发生脆性破坏等（程文瀼等，2002）。相同配筋率的情况下，RUHTCC 梁和 RC 梁的平均位移延性系数和平均截面曲率延性系数分别为：$\mu_{\Delta\text{-RC12}} = 4.955$，$\mu_{\Delta\text{-RUHTCC12}} = 5.77$；$\mu_{\varphi\text{-RC12}} = 5.94$，$\mu_{\varphi\text{-RUHTCC12}} = 7.715$，RUHTCC 梁的延性优于相同配筋率的 RC 梁。

从图 4.18 中还可看到 RUHTCC10 与 RC12 的承载力-变形曲线几乎重叠，因此采用 UHTCC 材料可以提高结构或构件的承载力，降低钢材的用量。

4.7　裂缝控制

如前面所述，UHTCC 材料有两个重要特性，一个是在单轴拉伸作用下开裂后表现出应变硬化特性，并且极限拉应变在 3% 以上，另一个就是它的多缝开裂特性。对于 UHTCC 材料而言，始终将裂缝宽度控制在较低的水平是该材料的固有属性，即使在拉应变较大情况下平均裂缝宽度仍可以控制在 0.06mm 左右（Lepech et al.，2005b）。已有研究（Wang et al.，1997）表明，裂缝宽度在 0.05～0.06mm 以下时水的渗透性几乎不增长；普通钢筋混凝土结构在开裂后渗透性急剧增长；在正常使用情况下，UHTCC 的渗透性比普通混凝土或砂浆低了几个数量级。因此利用 UHTCC 材料自我控制裂缝的能力，将该材料引入混凝土结构中不仅能够提高结构的承载能力和延性，更能够有效地改善结构的耐久性，延长结构的使用寿命。为证实这一思想，本次试验中使用电阻应变片和 40 倍裂缝观测仪来监测裂缝扩展和裂缝宽度的发展。

钢筋混凝土梁起裂发生在跨中部分，裂缝宽而少，跨中纯弯段仅出现 4～6 条裂缝，在屈服以后的阶段裂缝数量不增长，仅仅是裂缝的宽度持续增大（见图 4.20、图 4.21）。而 RUHTCC 梁起裂时，即使根据应变片显示的裂缝所处位置，采用 40 倍的读数显微镜和裂缝观测仪，也很难观测到裂缝。起裂后，由于 UHTCC 中的 PVA 纤维就能够提供足够的桥联应力，使得基体中的裂缝以稳态开裂模式扩展（Li et al.，2004），即纤维发挥桥联作用约束裂缝的发展，并将桥联应力返递给未开裂的水泥基材，当水泥基材达到开裂强度后又出现新的裂缝，如此往复进行下去，在 UHTCC 基材中就形成大量间距大致相等的细裂缝。因此 RUHTCC 梁上的裂缝细密、数量多，在屈服前肉眼都很难直接看得到（见

图 4.22），只有在梁的表面稍作处理后才可观察到裂缝的大致分布情况（见图 4.23）。

图 4.20　RC12 屈服时裂缝开展形态

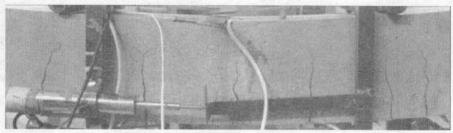

图 4.21　RC21 破坏时裂缝开展形态

图 4.22　RUHTCC10 屈服后（7.8 kN，17mm 时）裂缝状态

图 4.23　RUHTCC 在屈服后挠度达到 23mm 时观察裂缝状态

对于 RUHTCC 梁，我们定义当最大裂缝宽度达到 0.1mm 时主裂缝出现。RUHTCC 梁的主裂缝都是在钢筋屈服后很久才会出现，如图 4.24 中的试件 RUHTCC10，在梁的跨中挠度为 22mm 时出现主裂缝。即使在主裂缝出现时刻，梁上的裂缝仍然是非常难以观测到。主裂缝出现后，并不是由于这个主裂缝位置处裂缝宽度不断增加直至破坏，而是同时在几处位置裂缝宽度同时变大。在钢筋屈服至极限破坏这一阶段，RUHTCC 梁裂缝数量仍然不断增长，主裂缝（宽度大于 0.1mm）出现。在破坏后梁底部跨中部分可以清楚看到大量的细密裂缝（见图 4.25），如此众多裂缝的产生将意味着大量能量的吸收。

图 4.24　RUHTCC10 在荷载达到 8.3kN 挠度达到 22mm 时出现主裂缝（0.1mm）

(a) RC12

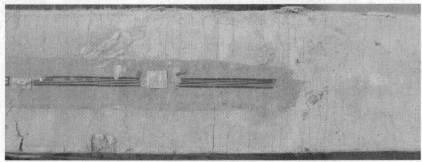

(b) RUHTCC10

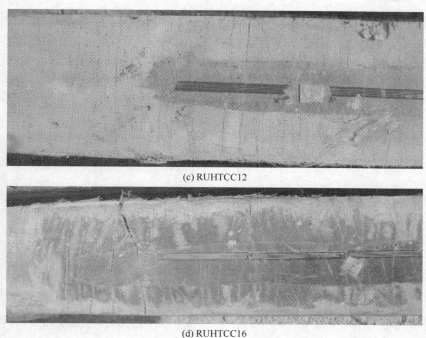

(c) RUHTCC12

(d) RUHTCC16

图 4.25　破坏后梁底部裂缝形态

　　裂缝开展宽度是指受拉钢筋中心水平处构件侧表面上混凝土的裂缝宽度。在加载至屈服过程中，一般取三个时刻采用裂缝观测仪读出钢筋混凝土梁和不同配筋率的 RUHTCC 梁上钢筋位置处的裂缝宽度并进行拍照比较，同时记录下此时的荷载和挠度大小。

　　图 4.26 给出了四种梁在不同荷载、变形时刻，裂缝宽度随之增长的趋势。括号内标明的是裂缝宽度。这一系列图片显示了 RUHTCC 梁和钢筋混凝土梁开裂行为存在着明显的不同。每幅图下边均标明了拍摄时荷载大小和裂缝宽度，在梁进入屈服状态后还标明了当时状态下梁的挠度。

　　从图 4.26 中可看到，钢筋混凝土梁在达到屈服荷载 60% 左右时，裂缝宽度已经达到了 0.12mm，已超过规范（CCES 01—2004）对处于高腐蚀性环境下的结构裂缝宽度限值（0.1mm）；裂缝宽度随着荷载的增加几乎直线增长，到了屈服荷载 74% 时，裂缝宽度已增长至 0.16mm；刚过屈服荷载，裂缝宽度增长至 0.28mm。我国《混凝土结构设计规范》（GB 50010—2002）对室内正常环境中裂缝宽度的限值为 0.3（0.4）mm，超过这一限值将会导致钢筋腐蚀的加速。因此一次可能发生的过载将会引发构件的耐久性问题。

　　然而，在同一荷载水平下，RUHTCC 梁裂缝宽度要远小于钢筋混凝土梁，在屈服荷载 70%左右时，裂缝宽度为 0.03～0.04mm，并且随着荷载的增加，已有裂缝宽度增长极其缓慢，裂缝宽度几乎保持在同一个水平。如 RUHTCC12 梁在屈服时裂缝宽度还保持在 0.05mm 以下。在此过程中如果没有新的裂缝产生，裂缝宽度就会增长。因此可得出结论，RUHTCC 产生的裂缝宽度维持在一个较低的值要归因于新裂缝的不断产生。Curbach 等（2005）指出，宽度 0.05mm 的

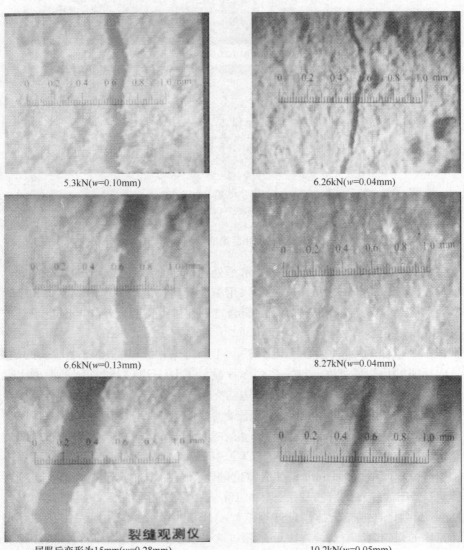

5.3kN(w=0.10mm)	6.26kN(w=0.04mm)
6.6kN(w=0.13mm)	8.27kN(w=0.04mm)
屈服后变形为15mm(w=0.28mm)	10.2kN(w=0.05mm)
(a) RC12	(b) RUHTCC12

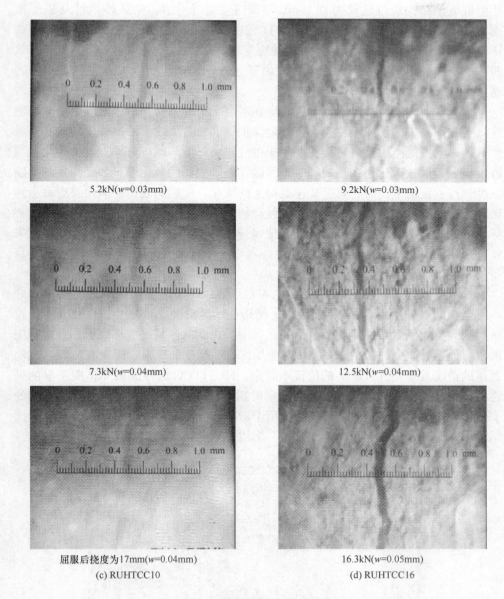

5.2kN(w=0.03mm)　　　　　　　　　　9.2kN(w=0.03mm)

7.3kN(w=0.04mm)　　　　　　　　　　12.5kN(w=0.04mm)

屈服后挠度为17mm(w=0.04mm)　　　　　16.3kN(w=0.05mm)
(c) RUHTCC10　　　　　　　　　　　　(d) RUHTCC16

图 4.26　裂缝宽度随荷载增长的变化

微裂缝会表现出自封闭行为。一般的工业及民用建筑，宽度小于 0.05mm 的裂缝对使用（防水、防腐、承重）都无危险性，可以假定宽度小于 0.05mm 裂缝结构为无裂缝结构（王铁梦，1997）。对于最恶劣暴露条件下钢筋混凝土构件裂缝宽度的限值，美国 ACI224 委员会规定为 0.102mm，欧洲共同体委员会 1984

年版混凝土结构规范建议为 0.10mm，我国《混凝土结构耐久性设计与施工指南》（CCES 01—2004）的 2005 年修订版中规定的裂缝宽度限值为 0.10mm。在正常使用条件下，RUHTCC 梁裂缝的宽度均满足以上所规定的限值，能够有效防止外界大气中的不利因素进入构件内部到达钢筋，从而极大地避免了钢筋的锈蚀。

对于普通钢筋混凝土构件来说，埋在混凝土中的钢筋，由于混凝土中的高碱性，会在钢筋表面形成氧化膜，有效地保护钢筋。若大气中的二氧化碳或其他酸性气体进入混凝土内部，将会使混凝土中性化而降低其碱度，即混凝土碳化。当混凝土保护层被碳化至钢筋表面时，将破坏钢筋表面的氧化膜。如果构件的裂缝宽度超过一定的限值时，将会加速混凝土的碳化，使钢筋表面的氧化膜更易遭到破坏。这时如果含氧水分侵入，钢筋就会锈蚀。若钢筋锈蚀严重，体积膨胀，将导致沿钢筋长度方向出现纵向裂缝，使保护层剥落，最终将是结构构件破坏或失效。采用 UHTCC 材料来取代混凝土，可以有效地避免钢筋的锈蚀，从材料自身的角度来提高结构的耐久性。

加载至破坏可以发现，受压区的混凝土和 UHTCC 材料最终压溃的形式并不完全相同（见图 4.27）。钢筋混凝土结构受压区混凝土最终会被压碎或者受拉区的裂缝与受压区贯通，导致整个受压区混凝土剥落，最终破坏位置都会在跨中部位。而 RUHTCC 梁在最终破坏时受压区有些起皮的现象，而没有压碎、成块剥落的情况发生，并且破坏的位置不确定。RUHTCC 构件的破坏呈现明显的韧性破坏特征，能保持很好的整体性，应用到抗震工程中，必将极大地提高结构的安全性和可靠性。UHTCC 可广泛应用于对防裂抗震和耐久性有较高要求的重大结构中，尤其是输水渡槽、跨海大桥、海底隧道这类大跨结构中。

图 4.27　RUHTCC 梁的破坏形态

第 5 章　钢筋增强超高韧性水泥基复合材料
（RUHTCC）受弯构件简化计算及影响因素分析

5.1　引　　言

第 3 章所提出的钢筋增强超高韧性水泥基复合材料 RUHTCC 受弯构件计算模型为精确法，计算较为繁琐，不便于实际工程设计使用。因此，本章依照钢筋混凝土构件，将截面受压区应力分布图形等效为矩形，同时忽略受拉区 UHTCC 起裂后的应力增长，从而提出便于实际应用的简化设计公式；而后将对几何尺寸、材料参数和纵筋配筋率对承载力和延性的影响进行分析讨论；最后给出 RUHTCC 受弯构件的设计建议。

5.2　简化计算方法

5.2.1　弯矩

借鉴普通钢筋混凝土梁的计算方法，根据合力大小相等、合力作用点相同的原则，将 RUHTCC 梁截面受压区应力分布图形等效为矩形，见图 5.1。其中，x_c 为受压区边缘纤维与中和轴距离；x 为等效矩形应力图受压区高度；β_1 为 x 与 x_c 的比值，即 $x = \beta_1 x_c$；α_1 为等效矩形应力图形系数；σ_{te} 为 UHTCC 等效拉应力，为简化计算，忽略 UHTCC 受拉状态下起裂后的应力增长，采用图 5.2 中的路径②所示 UHTCC 拉伸应力应变关系，因此假定 $\sigma_{te} = \sigma_{tc}$；$C$ 为受压区 UHTCC 合力；T 为受拉区 UHTCC 的合力；其他参数意义与第 3 章相同。

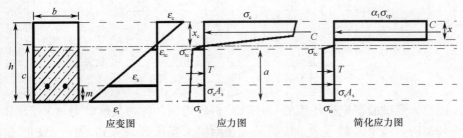

图 5.1　RUHTCC 简化计算方法等效矩形应力图

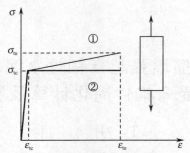

图 5.2　UHTCC 拉伸应力-应变曲线

由此，UHTCC 受拉和受压应力-应变关系分别为

$$\sigma_t \begin{cases} \dfrac{\sigma_{tc}}{\varepsilon_{tc}}\varepsilon & 0 < \varepsilon < \varepsilon_{tc} \\ \sigma_{tc} & \varepsilon \geqslant \varepsilon_{tc} \end{cases} \tag{5.1}$$

$$\sigma_c = \begin{cases} \dfrac{\sigma_{cc}}{\varepsilon_{cc}}\varepsilon & 0 < \varepsilon \leqslant \varepsilon_{cc} \\ \sigma_{cc} + \dfrac{\sigma_{cp} - \sigma_{cc}}{\varepsilon_{cp} - \varepsilon_{cc}}(\varepsilon - \varepsilon_{cc}) & \varepsilon_{cc} < \varepsilon \leqslant \varepsilon_{cp} \end{cases} \tag{5.2}$$

根据受压区合力大小相等、合力作用点相同的准则，就可以得到系数 α_1 和 β_1。由前面第 3 章理论分析得知，RUHTCC 受弯梁整个加载过程中受压区应力-应变分布有两种可能，即受压区应力-应变呈线性分布和受压区应力-应变双线性分布。因此根据受压区应变值大小，α_1 和 β_1 计算值也要考虑两种情况。

对于受压区线性情况，α_1 和 β_1 可由下式计算：

$$\begin{cases} \alpha_1\beta_1 = \dfrac{\sigma_{cc}\varepsilon_c}{2\sigma_{cp}\varepsilon_{cc}} \\ \beta_1 = \dfrac{2}{3} \end{cases} \tag{5.3}$$

对于受压区双线性情况，α_1 和 β_1 为

$$\begin{cases} \alpha_1\beta_1 = \dfrac{\sigma_{cc}}{\sigma_{cp}}\left(1 - \dfrac{\varepsilon_{cc}}{2\varepsilon_c}\right) + \left(1 - \dfrac{\sigma_{cc}}{\sigma_{cp}}\right)\dfrac{(\varepsilon_c - \varepsilon_{cc})^2}{2\varepsilon_c(\varepsilon_{cp} - \varepsilon_{cc})} \\ \beta_1 = \dfrac{\sigma_{cc}\left(1 - \dfrac{\varepsilon_{cc}}{\varepsilon_c} + \dfrac{\varepsilon_{cc}^2}{3\varepsilon_c^2}\right) + \dfrac{\sigma_{cp} - \sigma_{cc}}{\varepsilon_{cp} - \varepsilon_{cc}}\left(\dfrac{\varepsilon_c}{3} - \varepsilon_{cc} + \dfrac{\varepsilon_{cc}^2}{\varepsilon_c} - \dfrac{\varepsilon_{cc}^3}{3\varepsilon_c^2}\right)}{\sigma_{cc}\left(1 - \dfrac{\varepsilon_{cc}}{2\varepsilon_c}\right) + \dfrac{\sigma_{cp} - \sigma_{cc}}{\varepsilon_{cp} - \varepsilon_{cc}}\left(\dfrac{\varepsilon_c}{2} - \varepsilon_{cc} + \dfrac{\varepsilon_{cc}^2}{2\varepsilon_c}\right)} \end{cases} \tag{5.4}$$

以第 4 章试验研究中使用的 UHTCC 材料为例，各参数取值为 $\sigma_{cc} = 27\mathrm{MPa}$，$\sigma_{cp} = 40\mathrm{MPa}$，$\varepsilon_{cc} = 0.2\%$，$\varepsilon_{cp} = 0.6\%$。逐渐增大受压区最外边缘压应变值 ε_c 的取值，就可得到整个加载过程受压区矩形等效应力图形系数 α_1 和 β_1 的值，如表 5.1 所示。

表 5.1　UHTCC 受压区矩形等效应力图形系数

ε_c	0.0002	0.0006	0.001	0.0012	0.0016	0.002	0.0024	0.0028
α_1	0.05	0.15	0.25	0.3	0.4	0.5	0.5773	0.6279
β_1	0.6667	0.6667	0.6667	0.6667	0.6667	0.6667	0.6785	0.6977
ε_c	0.0032	0.0036	0.004	0.0044	0.0048	0.0052	0.0056	0.006
α_1	0.6665	0.6991	0.7284	0.7559	0.7821	0.8076	0.8325	0.8571
β_1	0.7158	0.7311	0.7436	0.7537	0.7618	0.7684	0.7736	0.7778

对于给定的 UHTCC 材料，已知其材料参数，就可以如上述所示通过式（5.3）、式（5.4）得到受压区矩形等效应力图形系数 α_1 和 β_1 的值。再通过力和力矩的平衡方程来计算 RUHTCC 梁整个受弯过程中的内力变化。具体方法为：由零直至 ε_{cp} 逐渐增大受压区 ε_c 的取值，假定一个受压区高度 x_c，根据平截面假定确定截面上应变沿高度的分布，再通过各点对应的应力应变关系得到梁截面的应力分布，通过力的平衡方程检验是否满足，若不满足则继续调整 x_c 直至力的平衡方程满足。再将 x_c 代入力矩平衡方程即可求得该 ε_c 对应时刻的弯矩值。三个特殊时刻弯矩可按下面几组方程直接求得。

（1）起裂时刻，此时受拉区外缘应变值已知为 ε_{tc}，弯矩值由下式计算：

$$\begin{cases} \dfrac{\varepsilon_{tc}}{\varepsilon_c} = \dfrac{h - x_c}{x_c} \\[2mm] \dfrac{\varepsilon_s}{\varepsilon_{tc}} = \dfrac{h - x_c - m}{h - x_c} \\[2mm] b\,\alpha_1\sigma_{cp}\beta_1 x_c = E_s A_s \varepsilon_s + \dfrac{\sigma_{tc}b}{2}(h - x_c) \\[2mm] M_{cr} = \alpha_1\sigma_{cp}\beta_1 x_c b\left(h - \dfrac{\beta_1 x_c}{2}\right) - E_s A_s m \varepsilon_s - \dfrac{\sigma_{tc}b}{6}(h - x_c)^2 \end{cases} \tag{5.5}$$

（2）屈服时刻，此时受拉钢筋应变值已知为 ε_y，弯矩值由下式计算：

$$\begin{cases} \dfrac{\varepsilon_{tc}}{\varepsilon_c} = \dfrac{h - x_c - a}{x_c} \\[2mm] \dfrac{\varepsilon_y}{\varepsilon_c} = \dfrac{h - x_c - m}{x_c} \\[2mm] b\,\alpha_1\sigma_{cp}\beta_1 x_c = f_y A_s + \dfrac{\sigma_{tc}b}{2}(h - x_c + a) \\[2mm] M_y = \alpha_1\sigma_{cp}\beta_1 x_c b\left(h - \dfrac{\beta_1 x_c}{2}\right) - f_y A_s m - \dfrac{\sigma_{tc}b}{6}(h - x_c + a)^2 \end{cases} \tag{5.6}$$

（3）破坏状态，此时受压区最大应变值已知为 ε_{cp}，弯矩值由下式计算：

$$
\begin{cases}
\dfrac{\varepsilon_{tc}}{\varepsilon_{cp}} = \dfrac{h - x_c - a}{x_c} \\[2mm]
b\,\alpha_1\sigma_{cp}\beta_1 x_c = f_y A_s + \dfrac{\sigma_{tc}b}{2}(h - x_c + a) \\[2mm]
M_u = \alpha_1\sigma_{cp}\beta_1 x_c b\left(h - \dfrac{\beta_1 x_c}{2}\right) - f_y A_s m - \dfrac{\sigma_{tc}b}{6}(h - x_c + a)^2
\end{cases}
\tag{5.7}
$$

5.2.2　曲率延性系数

当钢筋屈服时，即有钢筋应变 $\varepsilon_s = \varepsilon_y$，此时受压区高度 x_c 为

$$
x_{cy} = \frac{h + \dfrac{f_y A_s}{\sigma_{tc}b}}{\dfrac{\alpha_1\beta_1\sigma_{cp}}{\sigma_{tc}} + \dfrac{\varepsilon_{tc}}{2\varepsilon_{cy}} + 1}
\tag{5.8}
$$

屈服时刻的曲率 φ_y 可表示为

$$
\varphi_y = \frac{\varepsilon_{cy}}{x_{cy}} = \frac{\varepsilon_{cy}b\left(\alpha_1\beta_1\sigma_{cp} + \dfrac{\sigma_{tc}\varepsilon_{tc}}{2\varepsilon_{cy}} + \sigma_{tc}\right)}{\sigma_{tc}hb + f_y A_s}
\tag{5.9}
$$

由于钢筋屈服时受压区应力分布有两种可能，因此屈服时刻的曲率 φ_y 也有两种可能。对于受压区应力应变线性关系的情况，将式（5.3）代入式（5.9），得到该情况下屈服曲率表达式为

$$
\varphi_y = \frac{\varepsilon_{cy}b\left(\dfrac{\sigma_{cc}\varepsilon_{cy}}{2\varepsilon_{cc}} + \dfrac{\sigma_{tc}\varepsilon_{tc}}{2\varepsilon_{cy}} + \sigma_{tc}\right)}{\sigma_{tc}hb + f_y A_s}
\tag{5.10}
$$

对于受压区应力应变呈双线性关系的情况，将式（5.4）代入式（5.9），得到该情况下屈服曲率表达式为

$$
\varphi_y = \frac{\sigma_{cc}\left(\varepsilon_{cy} - \dfrac{\varepsilon_{cc}}{2}\right) + (\sigma_{cp} - \sigma_{cc})\dfrac{(\varepsilon_{cy} - \varepsilon_{cc})^2}{2(\varepsilon_{cp} - \varepsilon_{cc})} + \dfrac{\sigma_{tc}\varepsilon_{tc}}{2} + \sigma_{tc}\varepsilon_{cy}}{\sigma_{tc}h + \dfrac{f_y A_s}{b}}
\tag{5.11}
$$

在极限状态下，钢筋应力水平仍然保持为 $\sigma_s = f_y$，受压区最大压应变达到 $\varepsilon_c = \varepsilon_{cp}$，此时受压区高度为

$$
x_{cu} = \frac{h + \dfrac{f_y A_s}{\sigma_{tc}b}}{\dfrac{\alpha_1\beta_1\sigma_{cp}}{\sigma_{tc}} + \dfrac{\varepsilon_{tc}}{2\varepsilon_{cp}} + 1}
\tag{5.12}
$$

于是破坏时刻的曲率 φ_u 可由下式计算得到：

$$
\varphi_u = \frac{\varepsilon_{cp}}{x_{cu}} = \frac{\varepsilon_{cp}b\left(\alpha_1\beta_1\sigma_{cp} + \dfrac{\sigma_{tc}\varepsilon_{tc}}{2\varepsilon_{cp}} + \sigma_{tc}\right)}{\sigma_{tc}hb + f_y A_s}
\tag{5.13}
$$

将式（5.4）代入式（5.13），就可得到极限曲率为

$$\varphi_{\mathrm{u}} = \frac{\varepsilon_{\mathrm{cp}}(\sigma_{\mathrm{cp}} + \sigma_{\mathrm{cc}} + 2\sigma_{\mathrm{tc}}) - \sigma_{\mathrm{cp}}\varepsilon_{\mathrm{cc}} + \sigma_{\mathrm{tc}}\varepsilon_{\mathrm{tc}}}{2\left(\sigma_{\mathrm{tc}}h + \dfrac{f_{\mathrm{y}}A_{\mathrm{s}}}{b}\right)} \tag{5.14}$$

截面曲率延性系数是截面极限状态与屈服状态所对应的截面曲率的比值，即

$$\mu_{\varphi} = \frac{\varphi_{\mathrm{u}}}{\varphi_{\mathrm{y}}} \tag{5.15}$$

将式（5.10）和（5.14）代入式（5.15），就得到了屈服时受压区应力应变
呈线性关系情况下的截面曲率延性系数为

$$\mu_{\varphi} = \frac{\varepsilon_{\mathrm{cp}}(\sigma_{\mathrm{cp}} + \sigma_{\mathrm{cc}} + 2\sigma_{\mathrm{tc}}) - \sigma_{\mathrm{cp}}\varepsilon_{\mathrm{cc}} + \sigma_{\mathrm{tc}}\varepsilon_{\mathrm{tc}}}{\dfrac{\sigma_{\mathrm{cc}}\varepsilon_{\mathrm{cy}}^{2}}{\varepsilon_{\mathrm{cc}}} + \sigma_{\mathrm{tc}}\varepsilon_{\mathrm{tc}} + 2\sigma_{\mathrm{tc}}\varepsilon_{\mathrm{cy}}} \tag{5.16}$$

对于屈服时受压区应力应变呈双线性关系的情况，将式（5.11）和式
（5.14）代入式（5.15），得到截面曲率延性系数为

$$\mu_{\varphi} = \frac{\varphi_{\mathrm{u}}}{\varphi_{\mathrm{y}}} = \frac{\varepsilon_{\mathrm{cp}}(\sigma_{\mathrm{cp}} + \sigma_{\mathrm{cc}} + 2\sigma_{\mathrm{tc}}) - \sigma_{\mathrm{cp}}\varepsilon_{\mathrm{cc}} + \sigma_{\mathrm{tc}}\varepsilon_{\mathrm{tc}}}{\sigma_{\mathrm{cc}}(2\varepsilon_{\mathrm{cy}} - \varepsilon_{\mathrm{cc}}) + \dfrac{\sigma_{\mathrm{cp}} - \sigma_{\mathrm{cc}}}{\varepsilon_{\mathrm{cp}} - \varepsilon_{\mathrm{cc}}}(\varepsilon_{\mathrm{cy}} - \varepsilon_{\mathrm{cc}})^{2} + \sigma_{\mathrm{tc}}\varepsilon_{\mathrm{tc}} + 2\sigma_{\mathrm{tc}}\varepsilon_{\mathrm{cy}}} \tag{5.17}$$

针对第 4 章 RUHTCC 梁四点弯曲试验，使用简化计算方法得到各组试件的
起裂荷载、屈服荷载、极限荷载和截面曲率延性系数，并与第 3 章的精确法计算
结果、实验实测平均值进行了比较。通过表 5.2 发现所提出的简化计算方法偏于
安全，可以于 RUHTCC 受弯梁的实际设计中使用。表中下标分别表示：cr—起
裂；y—屈服；u—极限；theor—精确法理论计算值；simpl—简化计算方法计算
值；test—实测值。

表 5.2　计算结果与实测结果的比较

试件编号	RUHTCC10	RUHTCC12	RUHTCC16
$P_{\mathrm{cr\text{-}theor}}/\mathrm{kN}$	1.842	1.704	1.806
$P_{\mathrm{cr\text{-}simpl}}/\mathrm{kN}$	1.670	1.697	1.806
$P_{\mathrm{cr\text{-}test}}/\mathrm{kN}$	1.73	1.61	1.65
$P_{\mathrm{y\text{-}theor}}/\mathrm{kN}$	8.690	10.422	15.97
$P_{\mathrm{y\text{-}simpl}}/\mathrm{kN}$	7.727	9.549	14.4662
$P_{\mathrm{y\text{-}test}}/\mathrm{kN}$	8.367	10.35	16.168
$P_{\mathrm{u\text{-}theor}}/\mathrm{kN}$	9.891	11.786	17.362
$P_{\mathrm{u\text{-}simpl}}/\mathrm{kN}$	8.290	10.355	16.262
$P_{\mathrm{u\text{-}test}}/\mathrm{kN}$	10.375	12.1625	18.527

试件编号	RUHTCC10	RUHTCC12	RUHTCC16
$\mu_{\varphi\text{-theor}}$	5. 37	4. 58	2. 53
$\mu_{\varphi\text{-simpl}}$	4. 56	4. 82	2. 26
$\mu_{\varphi\text{-test}}$	10. 22	7. 715	3. 85

5.2.3 变形

Boschoff（2007）考虑受拉刚化效应提出了钢筋混凝土梁和 FRP 筋梁有效截面惯性矩（I_e）的计算模型：

$$I_e = \frac{I_{cr}}{1 - \eta(M_{cr}/M_a)^2} \tag{5.18}$$

式中，$\eta = 1 - \dfrac{I_{cr}}{I_g}$；$M_a$ 是正常使用阶段某一时刻弯矩值。

在 Boschoff 所提出的模型基础上，计算 RUHTCC 构件的抗弯刚度。I_g 为 RUHTCC 未开裂前换算截面对中和轴的惯性矩，可由下式计算：

$$I_g = \frac{1}{3}bx_c^3 + \frac{1}{3}b(h - x_c)^3 + \alpha_{Es}A_s(h - m - x_c)^2 \tag{5.19}$$

式（5.19）与钢筋混凝土梁和 FRP 筋梁不同之处在于考虑了受拉区 UHTCC 的作用，其中 $\alpha_{Es}A_s$ 表示钢筋的换算截面面积，且有 $\alpha_{Es} = E_s/E_c$；受压区高度 x_c 则根据受拉区和受压区换算截面对中性轴的静矩相等而计算得到

$$x_c = \frac{0.5bh^2 + \alpha_{Es}A_s(h - m)}{bh + \alpha_{Es}A_s} \tag{5.20}$$

在正常使用阶段梁截面刚度随着施加弯矩值增大而减小，UHTCC 起裂前的刚度 E_gI_g 是截面刚度上限值，而钢筋屈服时的刚度 E_gI_{cr} 是截面刚度下限值。由图 5.2 知，简化计算中采用的 UHTCC 拉伸力学模型中，UHTCC 起裂后的曲线斜率为 0，但实际 UHTCC 仍然可以继续承担荷载，为此将受拉区 UHTCC 等效成纵向受拉钢筋的作用，其作用点距中和轴距离为 $(h - x_{cr} - 0.5a)$，由几何关系得到该等效受拉钢筋对应的应变大小为

$$\varepsilon'_s = \varepsilon_{tc}\frac{h - x_{cr} - 0.5a}{h - x_{cr} - a} \tag{5.21}$$

则等效受拉钢筋的弹性模量为

$$E'_s = \frac{\sigma_{tc}}{\varepsilon'_s} = \frac{h - x_{cr} - a}{h - x_{cr} - 0.5a}E_c = \alpha'_{Es}E_c \tag{5.22}$$

式中，$\alpha'_{Es} = \dfrac{h - x_{cr} - a}{h - x_{cr} - 0.5a}$。虽然开裂区 UHTCC 仍继续工作，但由于微裂缝的

影响，该部分的弹性模量应予以折减，即计算中使用的等效受拉钢筋的弹性模量为

$$E'_{su} = \chi \alpha'_{Es} E_c \tag{5.23}$$

式中，χ 为折减系数，取为 $\frac{2}{3}$。于是开裂后梁的换算截面对中和轴的惯性矩为

$$I_{cr} = \frac{1}{3} b x_{cr}^3 + \frac{1}{3} b (h - x_{cr} - a)^3 + \alpha_{Es} A_s (h - m - x_{cr})^2$$
$$+ \chi \alpha'_{Es} b a (h - x_{cr} - 0.5a)^2 \tag{5.24}$$

由第 4 章分析已知，屈服时裂缝高度与截面中和轴高度的比值约为 0.96，因此等式右边第二项 $\frac{1}{3} b (h - x_{cr} - a)^3$ 近似为零。于是有

$$I_{cr} \approx \frac{1}{3} b x_{cr}^3 + \alpha_{Es} A_s (h - m - x_{cr})^2 + 0.2 \chi b (h - x_{cr})^3 \tag{5.25}$$

而此时受压区高度 x_{cr} 仍根据受拉区和受压区换算截面对中性轴的静矩相等计算得到

$$0.5 b x_{cr}^2 = 0.5 b (h - x_{cr} - a)^2 + \alpha_{Es} A_s (h - m - x_{cr}) + \alpha'_{Es} \chi a b (h - x_{cr} - 0.5a) \tag{5.26}$$

有

$$x_{cr} = \frac{\sqrt{\zeta^2 + 2(1 - 0.0784\chi)(\lambda(h - m) + 0.0392\chi h^2)} - \zeta}{1 - 0.0784\chi} \tag{5.27}$$

式中，$\lambda = \alpha_{Es} A_s / b$；$\zeta = \lambda + 0.0784 \chi h$。起裂时刻弯矩值为

$$M_{cr} = \frac{\sigma_{tc} I_g}{h - x_c} \tag{5.28}$$

将式（5.19）、式（5.20）、式（5.25）、式（5.27）和式（5.28）代入式（5.18）则得到 RUHTCC 梁有效截面惯性矩 I_e，于是在正常使用阶段 RUHTCC 梁的短期刚度 B_s 为

$$B_s = E_g I_e \tag{5.29}$$

RUHTCC 梁跨中挠度大小为

$$f = S \frac{M_a}{B_s} L^2 \tag{5.30}$$

式中，S 是与荷载形式、支承条件有关的挠度系数。从第 4 章中不同配筋率的试验梁中每组任取一个，比较实测荷载-跨中挠度曲线和使用式（5.30）计算的正常使用状态（从起裂至屈服）梁的荷载-跨中挠度关系曲线（见图 5.3）。可以看到，刚度和变形计算结果与实测值符合较好，可以通过这种方法来预测正常使用状态 RUHTCC 梁的变形值。

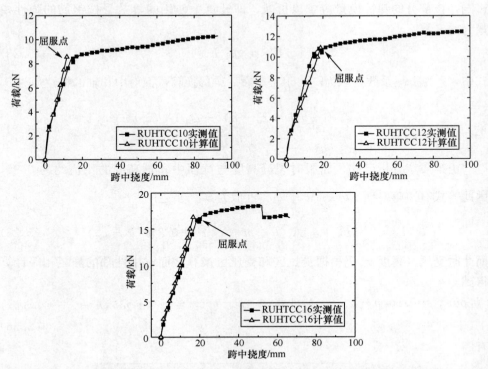

图 5.3　正常使用状态下 RUHTCC 梁荷载-跨中挠度曲线实测值与计算值的比较

5.2.4　界限配筋率

为避免梁在濒临破坏时具有明显的预兆，要对梁的纵筋配筋率进行限定。适筋破坏和超筋破坏的差异在于：前者破坏始自受拉钢筋；后者则始自受压区 UHTCC。总有一个界限配筋截面，在受拉钢筋应力达到屈服强度的同时，UHTCC 受压边缘纤维恰好达到极限压应变 ε_{cp}，梁达到其极限承载力而破坏。因此，通过力的平衡方程和几何关系有

$$\begin{cases} b\alpha_1\sigma_{cp}\beta_1 x_{cu} = f_y A_s + \dfrac{\sigma_{tc}b}{2}(h - x_{cu} + a) \\ a = h - x_{cu} - \dfrac{\varepsilon_{tc}x_{cu}}{\varepsilon_{cp}} \end{cases} \tag{5.31}$$

假定界限配筋截面破坏时受压区边缘纤维与中和轴距离为 x_{cb}，根据平截面假定有

$$x_{cb} = \frac{\varepsilon_{cp}}{\varepsilon_y + \varepsilon_{cp}}(h - m) \tag{5.32}$$

将式 (5.32) 代入式 (5.31) 中，可以得到界限配筋率 ρ_b 为

$$\rho_b = \frac{A_s}{bh} = \left(1 - \frac{m}{h}\right)\left(\alpha_1\beta_1\sigma_{cp} + \sigma_{tc} + \frac{\sigma_{tc}\varepsilon_{tc}}{2\varepsilon_{cp}}\right)\frac{\varepsilon_{cp}}{(\varepsilon_y + \varepsilon_{cp})f_y} - \frac{\sigma_{tc}}{f_y} \qquad (5.33)$$

因此，使用简化计算方法进行梁的设计时，纵筋配筋率 ρ 需要满足 $\rho < \rho_b$ 的
条件来避免发生超筋破坏。将式（5.33）写作下面的形式，第一项正是钢筋混凝
土梁的界限配筋率，还需减去第二项才是 RUHTCC 梁的界限配筋率，因此 RU-
HTCC 受弯构件界限配筋率小于钢筋混凝土梁的值：

$$\rho_b = \left(1 - \frac{m}{h}\right)\frac{\alpha_1\beta_1\varepsilon_{cp}\sigma_{cp}}{(\varepsilon_y + \varepsilon_{cp})f_y} - \frac{\sigma_{tc}}{2(\varepsilon_y + \varepsilon_{cp})f_y}\left[(2\varepsilon_y - \varepsilon_{cp} - \varepsilon_{tc}) + \frac{m}{h}(2\varepsilon_{cp} + \varepsilon_{tc})\right]$$

$$(5.34)$$

5.2.5　最小配筋率

对于普通钢筋混凝土梁，如果纵筋配筋率过低，梁一开裂就会立即发生破
坏，梁破坏时的极限弯矩值小于正常情况下的开裂弯矩值。但对于 RUHTCC
梁，由于 UHTCC 抗拉强度较高，在拉伸荷载作用下起裂后的应变硬化特性，
受拉区 UHTCC 本身就可以替代部分钢筋，这种破坏形式不易发生。RUHTCC
构件中所用的 UHTCC 材料性能主要有两个要求（Maalej et al.，1995）：
①UHTCC材料的极限拉应变能力要大于梁受拉区最外边缘的最大拉应变，以此
来保证 UHTCC 层中不会发生应变局部化扩展而导致有害宏观裂缝的产生；
②UHTCC材料在极限状态下产生的裂缝宽度要满足环境所要求的限值。根据前
一个要求，配筋率必须严格限制来确保极限状态下截面最大拉应变值小于
UHTCC 的极限拉应变能力。当受拉钢筋屈服时，若梁截面的最大压应变和最大
拉应变分别达到 UHTCC 的极限压应变和极限拉应变，即 $\varepsilon_s = \varepsilon_y$、$\varepsilon_c = \varepsilon_{cp}$ 并且
$\varepsilon_t = \varepsilon_{tu}$，认为发生这种破坏形式的截面配筋率为 RUHTCC 梁的最小配筋率 ρ_{min}。

根据力的平衡方程和平截面假定有

$$\begin{cases} b\alpha_1\sigma_{cp}\beta_1 x_{cu} = f_y A_s + \frac{\sigma_{tc}b}{2}(h - x_{cu} + a) \\[2mm] \dfrac{\varepsilon_{tc}}{\varepsilon_{tu}} = \dfrac{h - x_{cu} - a}{h - x_{cu}} \\[2mm] \dfrac{x_{cu}}{h - x_{cu}} = \dfrac{\varepsilon_{cp}}{\varepsilon_{tu}} \end{cases} \qquad (5.35)$$

则最小配筋率 ρ_{min} 可以由下式计算得到：

$$\rho_{min} = \frac{A_s}{bh} = \frac{\alpha_1\beta_1\sigma_{cp}\varepsilon_{cp} - \sigma_{tc}\left(\varepsilon_{tu} - \dfrac{\varepsilon_{tc}}{2}\right)}{(\varepsilon_{tu} + \varepsilon_{cp})f_y} \qquad (5.36)$$

从上面表达式看出，当 $\rho_{min} = \dfrac{\alpha_1\beta_1\sigma_{cp}\varepsilon_{cp} - \sigma_{tc}\left(\varepsilon_{tu} - \dfrac{\varepsilon_{tc}}{2}\right)}{(\varepsilon_{tu} + \varepsilon_{cp})f_y} > 0$，即 $\varepsilon_{tu} < \dfrac{\alpha_1\beta_1\sigma_{cp}\varepsilon_{cp}}{\sigma_{tc}}$

$+\frac{\varepsilon_{tc}}{2}$ 时，最小配筋率存在；若 UHTCC 极限拉伸应变值足够大，就不存在最小配筋率的限定。

5.3 RUHTCC 适筋梁影响因素分析

通过 RUHTCC 梁的力和力矩的平衡方程得到各阶段弯矩的计算公式，M 也可以表示为

$$M = M(\sigma_{tc}, \varepsilon_{tc}, \sigma_{tu}, \varepsilon_{tu}, \sigma_{cc}, \varepsilon_{cc}, \sigma_{cp}, \varepsilon_{cp}, b, h, m, \rho_s) \tag{5.37}$$

如果采用 Maalej 等（1994）所建议的 $\sigma_{cc} = \frac{2}{3}\sigma_{cp}, \varepsilon_{cc} = \frac{1}{3}\varepsilon_{cp}$，则 M 可以表示成如下方式：

$$M = M(\sigma_{tc}, \varepsilon_{tc}, \sigma_{tu}, \varepsilon_{tu}, \sigma_{cp}, \varepsilon_{cp}, b, h, m, \rho_s) \tag{5.38}$$

类似地，截面曲率延性系数 μ_φ 可以定性表示为

$$\mu_\varphi = \mu_\varphi(\varepsilon_{cp}, \sigma_{cp}, \varepsilon_{tc}, \sigma_{tc}, \varepsilon_{cy}) \tag{5.39}$$

可以得知 RUHTCC 受弯梁的抗弯承载能力与 UHTCC 材料自身的拉压性能、试件的几何尺寸和纵筋配筋率有关；而截面曲率延性系数与材料参数 ε_{cp}、σ_{cp}、ε_{tc}、σ_{tc} 以及影响 ε_{cy} 的参数相关。针对各种参数对 RUHTCC 适筋梁承载力和延性的影响进行定量分析。

5.3.1 几何尺寸

下面将对三种情况下几何尺寸对 RUHTCC 受弯梁的影响进行讨论：①梁宽保持恒定（$b = 80mm$），梁高改变（$h = 80mm$、120mm、160mm、200mm、240mm）；②梁高保持恒定（$h = 120mm$），梁宽改变（$b = 40mm$、60mm、80mm、100mm、120mm）；③梁截面面积保持恒定（$A_s = 12000mm^2$），同时改变梁高和梁宽（$b \times h = 100mm \times 120mm$、$120mm \times 100mm$、$150mm \times 80mm$、$200mm \times 60mm$）。比较以上三种情况下梁的弯矩-曲率关系曲线时，取纵筋配筋率 $\rho = 1\%$ 进行讨论。当分析截面尺寸对极限弯矩、极限曲率、RUHTCC 与 RC 梁极限弯矩比值时，取纵筋配筋率 $\rho = 0.5\%$、1%、1.5%、2%、2.5% 进行讨论。钢筋屈服强度 360MPa，保护层厚度 30mm，计算中所用 UHTCC 材料性能参数如表 5.3 所示。

表 5.3 UHTCC 材料性能参数

σ_{tc}/MPa	ε_{tc}/%	σ_{tu}/MPa	ε_{tu}/%	σ_{cc}/MPa	ε_{cc}/%	σ_{cp}/MPa	ε_{cp}/%
4	0.015	5	4.2	27	0.2	40	0.6

　　图 5.4 展示了配筋率 1％的 RUHTCC 受弯梁的弯矩-曲率关系随截面尺寸的
变化趋势，梁高的增长显著提高了梁的抗弯刚度，梁在正常工作阶段的变形得到
了很好的控制。图 5.5 还分析了不同配筋率条件下梁极限弯矩随截面尺寸的变
化。随着截面面积的增大，梁的极限弯矩持续增长，并且随着截面高度的增大，
极限弯矩增长的速率也提高，而随着纵筋配筋率的增长这种趋势更加明显。当截
面面积保持恒定时，结果显示，尽管截面宽度在减小，但极限弯矩值随着梁的高
宽比增大而几乎线性增长。因此梁截面高度对梁承载能力的影响比宽度的影响要
明显得多。

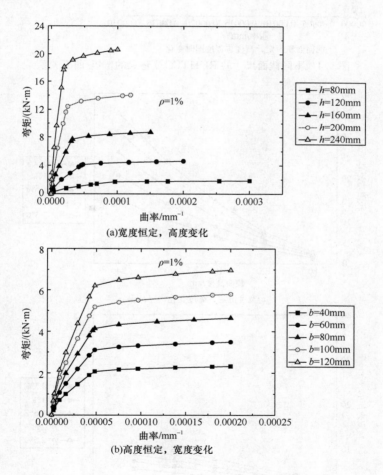

(a)宽度恒定，高度变化

(b)高度恒定，宽度变化

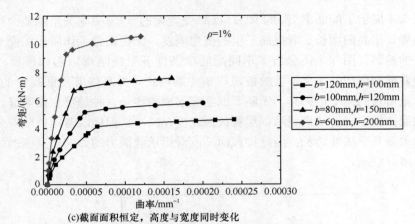

(c)截面面积恒定，高度与宽度同时变化

图 5.4　不同截面尺寸的 RUHTCC 受弯梁的弯矩-曲率关系

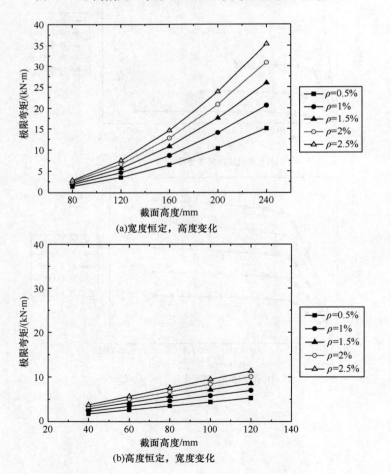

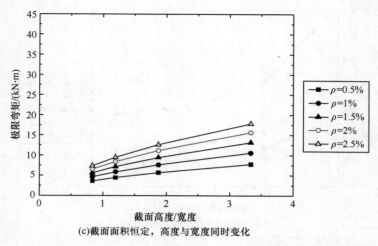

(c)截面面积恒定，高度与宽度同时变化

图 5.5　不同截面尺寸的 RUHTCC 受弯梁的极限弯矩变化

图 5.6 分析了 $M_{\text{u-UHTCC}}/M_{\text{u-con}}$ 比值随截面尺寸的变化规律，其中 $M_{\text{u-UHTCC}}$（或 $M_{\text{u-con}}$）代表 RUHTCC 梁（或 RC 梁）的极限弯矩，通过此图来考察 RU-HTCC 梁与 RC 梁相比承载力提高的幅度。很明显，当梁宽不变，梁高越小，RUHTCC 承载力提高的程度就越高；随着配筋率的增大，梁高对 RUHTCC 承载力提高的程度的影响减小；当梁高恒定时，梁宽对 RUHTCC 承载力提高的程度几乎没有影响；当梁截面面积恒定，RUHTCC 承载力提高的程度随着高宽比的增大有减小的趋势，并且这一趋势随着纵筋配筋率的增加而逐渐不明显。由以上分析看出，截面高度对 RUHTCC 梁的承载能力有着重大的影响。

较高的非线性变形能力能够使结构承受地震荷载作用。图 5.7 和图 5.8 分别呈现了几何尺寸对 RUHTCC 梁的极限曲率和截面曲率延性系数的影响。十分明显地，截面高度是影响变形和延性的重要参数。当宽度保持不变，高度从 80mm 至 240mm 范围内变化时，破坏时刻曲率从 0.0004 mm^{-1} 降至 0.00015mm^{-1}；而此时截面曲率延性系数却不断提高，配筋率越大，高度对截面曲率延性系数的提高程度越明显。从两图中都看到，若截面高度保持恒定，截面宽度的变化对破坏时曲率和截面曲率延性系数没有任何影响。因此，可得出结论，RUHTCC 梁的变形能力和延性与梁宽无关，而明显受梁高度的影响。

值得注意的是（见图 5.9），无论梁截面尺寸如何变化，对于相同配筋率的 RUHTCC 梁来说，裂缝开展高度与中和轴高度的比值始终保持不变，并且破坏时截面最大拉伸应变也极为近似，可以认为不存在尺寸效应。

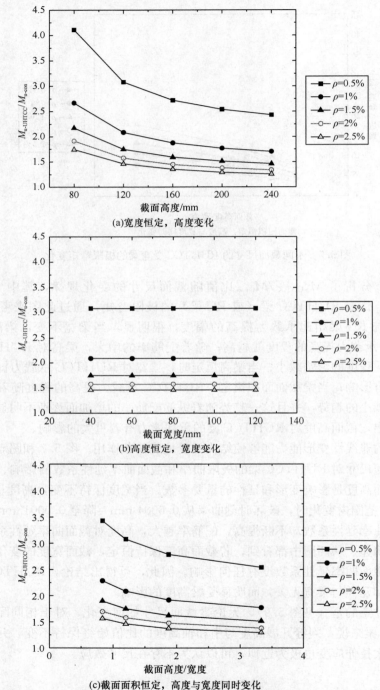

(a)宽度恒定，高度变化

(b)高度恒定，宽度变化

(c)截面面积恒定，高度与宽度同时变化

图 5.6　不同截面尺寸的 RUHTCC 与 RC 梁极限弯矩比值的变化

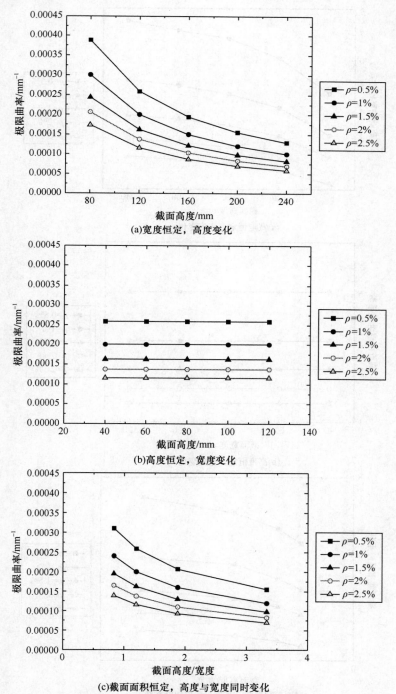

(a)宽度恒定，高度变化

(b)高度恒定，宽度变化

(c)截面面积恒定，高度与宽度同时变化

图 5.7　梁破坏时的曲率随不同截面尺寸的变化

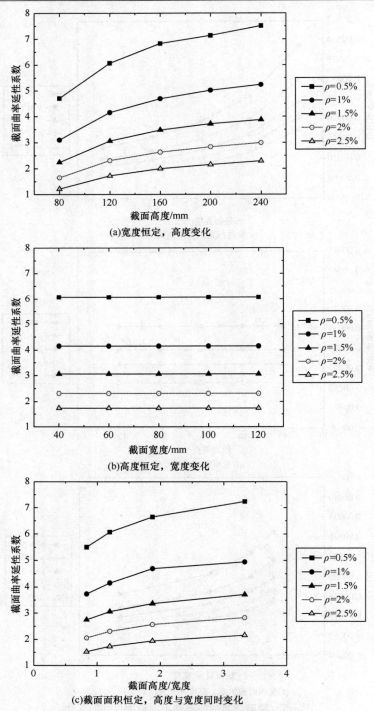

(a)宽度恒定，高度变化

(b)高度恒定，宽度变化

(c)截面面积恒定，高度与宽度同时变化

图 5.8　截面曲率延性系数随不同截面尺寸的变化

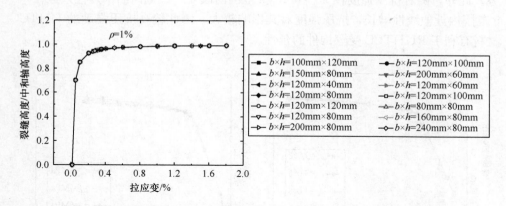

图 5.9　不同截面面积情况下，裂缝开展高度与中和轴高度的比值随截面最大拉应变的变化

5.3.2　材料参数

假定 UHTCC 的拉伸初裂强度 σ_{tc}、极限拉伸强度 σ_{tu} 和极限拉伸应变 ε_{tu} 均能够在不影响材料其他性能参数的情况下各自发生变化，图 5.10～图 5.12 分别展示了 UHTCC 的各个拉伸性能参数对相同配筋率的 RUHTCC 梁的弯曲性能影响。在这里，其他参数均与第 4 章试验所用参数相同，配筋率选定为 1.18%，截面尺寸为 120mm×80mm。图 5.10 和图 5.11 中尽管 UHTCC 极限拉伸应变和 UHTCC 极限拉伸强度有所变化，但 RUHTCC 的弯矩-曲率曲线几乎完全重合。因此可以近似地认为，RUHTCC 的承载能力和延性与 UHTCC 极限拉伸应变和 UHTCC 极限拉伸强度无关。综合图 5.9 和图 5.10 分析，只要 UHTCC 的极限拉应变值 ε_{tu} 能够满足最小配筋率的要求，保证梁截面最终为适筋破坏状态，从承载力的角度来说，更高的 ε_{tu} 值是没有必要的；但另一方面，UHTCC 的极限拉伸应变能力对裂缝发展和梁的耐久性却是非常重要的。此外，图 5.12 中还发现，RUHTCC 梁的抗弯强度随着 UHTCC 拉伸初裂强度的增长而显著提高，但截面曲率延性系数却随着 UHTCC 拉伸初裂强度的增长而呈下降趋势。

图 5.13 展示了相同配筋率 RUHTCC 梁的弯矩-曲率关系和截面曲率延性系数随着 UHTCC 峰值压应变 ε_{cp} 的变化趋势。随着 UHTCC 峰值压应变 ε_{cp} 的逐渐增大，截面极限弯矩几乎保持不变；而起裂后梁截面的抗弯刚度随着 ε_{cp} 的增大而逐渐降低，截面曲率延性系数几乎线性增长。

图 5.14 比较了不同 UHTCC 抗压强度 σ_{cp} 对 RUHTCC 梁的弯矩-曲率和截面曲率延性系数的影响。抗压强度越大，梁截面抗弯刚度越高，但随着抗压强度的增长抗弯刚度的增长幅度明显减小；同时，梁的极限弯矩值也有类似的变化趋

势。此外，随着抗压强度在 20～60MPa 范围内改变，梁截面曲率延性系数在1～5 范围内近似线性增长，抗压强度对其影响较大。因此较高抗压强度的 UHTCC 材料有利于 RUHTCC 受弯构件的延性。

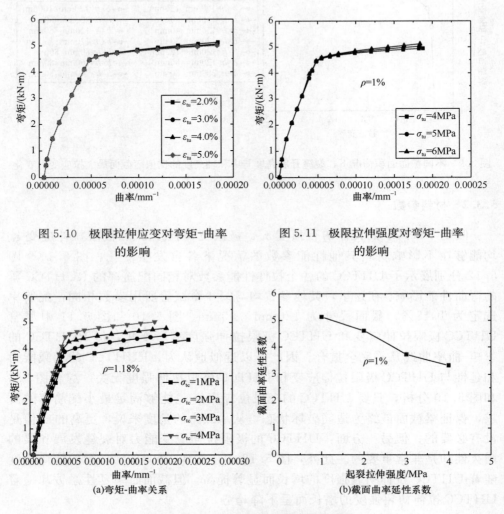

图 5.10　极限拉伸应变对弯矩-曲率　　　　图 5.11　极限拉伸强度对弯矩-曲率
　　　　　的影响　　　　　　　　　　　　　　　　的影响

(a)弯矩-曲率关系　　　　　　　　　　　　(b)截面曲率延性系数

图 5.12　UHTCC 拉伸初裂强度的影响

考虑到 UHTCC 材料在单轴拉伸荷载作用下的应变硬化特征和稳态多缝开裂模式，将其用于弯曲构件中的主要目的是获得更高的承载力和良好的延性以及优异的裂缝控制能力。根据上述有关 UHTCC 材料性能参数的影响分析发现，需要综合考虑 UHTCC 的拉伸初裂强度 σ_{tc}、峰值压应变 ε_{cp} 和抗压强度 σ_{cp} 的影响，以尽可能地发挥 UHTCC 的优势，从而获得高承载力和延性，同时能够有

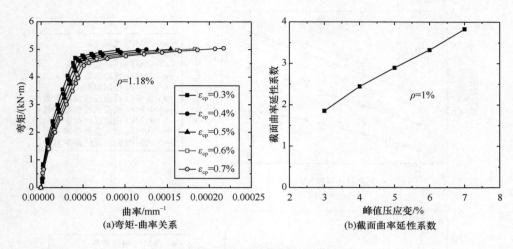

(a)弯矩-曲率关系　　　　　　　　　　(b)截面曲率延性系数

图 5.13　UHTCC 峰值压应变的影响

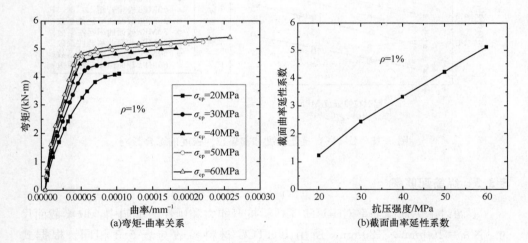

(a)弯矩-曲率关系　　　　　　　　　　(b)截面曲率延性系数

图 5.14　UHTCC 抗压强度的影响

效地控制正常使用条件下构件的变形。以 $\varepsilon_{cp}=0.3\%$ 和 $\varepsilon_{cp}=0.5\%$ 两种情况为例，弯矩和截面曲率延性系数随 σ_{tc} 和 σ_{cp} 的变化趋势如图 5.15 所示，图中实线代表弯矩的变化趋势，虚线代表截面曲率延性系数的变化趋势，使用时要根据对构件的性能需求来选定合适的材料参数。

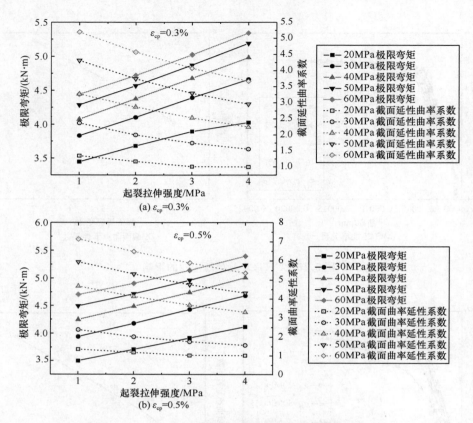

图 5.15　UHTCC 抗压强度和初裂拉伸强度的综合影响

5.3.3　纵筋配筋率

下面讨论纵筋配筋率对 RUHTCC 梁抗弯能力和延性的影响中，取梁截面尺寸 $b \times h = 100\text{mm} \times 120\text{mm}$，所用 UHTCC 材料参数与表 5.3 相同。根据式（5.4）和式（5.20），此情况下 RUHTCC 梁的界限配筋率为 3.7%。由于所使用 UHTCC 材料的极限拉伸应变能力 ε_{tu} 较高，大于式（5.22）中最小配筋率 ρ_{min} 存在时的极限拉伸应变临界值，因此此情况不存在最小配筋率的限定值。下面将选取八种均小于界限配筋率的不同纵筋配筋率 ρ（0%～3.5%）对 RUHTCC 受弯梁的影响进行讨论。

图 5.16（a）将根据理论计算公式计算得到的 RUHTCC 梁弯矩-曲率曲线进行了比较。这几组 RUHTCC 梁起裂荷载相近，起裂后抗弯刚度略有减小，但都仍近似线性变化；配筋率越大，起裂后抗弯刚度越大。钢筋屈服后，曲线几乎水平，承载力略有增加，而变形迅速增长。从图 5.16（b）可以看到，随着配筋率

的增大，极限承载力几乎直线增长；但是与钢筋混凝土梁相比，RUHTCC 梁承
载力的提高幅度 $M_{u\text{-}UHTCC}/M_{u\text{-}con}$ 逐渐降低，当纵筋配筋率较小时，RUHTCC 梁
承载力的提高幅度较大。随着纵筋配筋率从 0.5% 增大至 3.5%，$M_{u\text{-}UHTCC}/M_{u\text{-}con}$
比值从 3.1 逐渐降至 1.3 [见图 5.16（c）]。另一方面，在计算过程中发现，随
着配筋率的增长，钢筋屈服时对应的梁的屈服曲率增加；而极限破坏时对应的极
限曲率值逐渐降低。因此，与普通钢筋混凝土单筋截面近似，给定 UHTCC 的
最大压应变，纵筋配筋率越大，截面曲率延性系数逐渐减小，并且变化的速率逐
渐减缓 [见图 5.16（b）]。

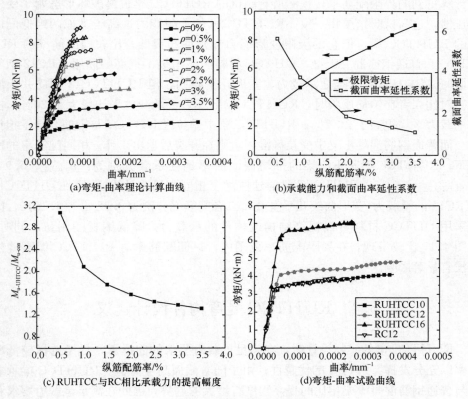

(a)弯矩-曲率理论计算曲线

(b)承载能力和截面曲率延性系数

(c)RUHTCC与RC相比承载力的提高幅度

(d)弯矩-曲率试验曲线

图 5.16 纵筋配筋率的影响

RUHTCC 梁的承载能力和变形能力由 UHTCC 基体和钢筋两部分贡献共同
组成。UHTCC 材料在弯曲构件中的应用目的是充分发挥其在起裂后仍可继续承
担拉力、优异的变形能力及突出的裂缝分散特性，达到既有高的承载力又有良好
的延性，同时能很好地控制裂缝的宽度。因此，当纵筋配筋率较小时，UHTCC
和钢筋的贡献比例相当，UHTCC 材料的增强性能才得以充分的发挥。相反，当
纵筋配筋率较大时，钢筋承担的拉力就越大，UHTCC 所分担的拉力占截面总拉

力的比例越小，此时 RUHTCC 梁的承载力和变形主要取决于钢筋而不是 UHTCC，不利于 UHTCC 性能的发挥。另一方面，截面 UHTCC 的最大拉应变随着纵筋配筋率的提高而降低，当配筋率 3.5％时，截面最大拉应变只有 0.51％，远远低于所使用的 UHTCC 最大拉应变能力 4.2％。因此高配筋率不利于充分发挥 UHTCC 的高变形能力。从以上分析可知，UHTCC 材料更适合用于低配筋率构件。

纵筋配筋率对 RUHTCC 受弯梁的影响可以通过第 4 章的试验结果得到验证见 [图 5.16 (d)]。设计的纵筋配筋率分别为 0.82％、1.18％ 和 2.09％，均低于计算得到的界限配筋率，预测所有测试的 RUHTCC 梁最终破坏形态始于受压区压溃，这与试验结果相一致。RUHTCC16 的承载能力远高于其他两组低配筋率的 RUHTCC 梁，但它的极限变形能力和延性却很低。比较同配筋率的 RUHTCC 和普通钢筋混凝土梁，UHTCC 材料明显延缓了钢筋的屈服，RC12 钢筋屈服时，RUHTCC12 与之承载力、变形几乎相同，但 RUHTCC12 钢筋并未屈服。对比二者在钢筋屈服时，RUHTCC12 比 RC12 承载力平均增大了 20％；极限承载力平均提高了 24.7％。RUHTCC 梁中受拉区 UHTCC 与钢筋共同承担拉力，而普通钢筋混凝土梁中受拉区混凝土则在开裂后退出工作。相同配筋率的情况下，RUHTCC 梁和 RC 梁的平均截面曲率延性系数分别为：$\mu_{\varphi\text{-}RC12}=5.94$，$\mu_{\varphi\text{-}RUHTCC12}=7.715$，RUHTCC 梁的延性优于相同配筋率的 RC 梁。RUHTCC10 与 RC12 的承载力-变形曲线几乎重叠，二者配筋率分别为 0.82％ 和 1.18％，因此采用 UHTCC 材料可以提高结构或构件的承载力，降低钢材的用量。同时，从图 4.17 比较发现，在界限配筋率范围内，纵筋配筋率对 RUHTCC 梁裂缝发展没有显著影响。

5.4 RUHTCC 受弯构件设计建议

RUHTCC 梁的实际设计时，在满足承载力要求的前提下，尽量选择较低配筋率以充分发挥 UHTCC 的优越性；由于随着截面高度降低，RUHTCC 梁承载力与普通钢筋混凝土梁相比的提高程度有增大的趋势，因此在满足承载力要求和变形限值的情况下尽量选择较小的梁高；在梁截面宽度满足钢筋放置的前提下尽量选择较小值，以提高梁的延性；在材料的选择方面，则综合考虑抗压强度、抗压峰值应变、拉伸初裂强度的影响，根据实际工程需求选择合适的参数。

对于正常使用极限状态的验算，由于将裂缝宽度保持在较低水平是 UHTCC 材料自身的特有属性，在正常使用条件下能够始终维持在 0.1mm 以内，完全可以满足现行规范要求，因此不需要验算裂缝宽度；采用式 (5.30) 计算正常使用状态下梁的变形，检验是否满足钢筋混凝土结构设计规范中对梁的挠度限值。

第6章 超高韧性复合材料控裂功能梯度复合梁 (UHTCC-FGC) 弯曲性能理论分析

6.1 引 言

混凝土无疑是现代建筑工业应用最广泛、技术最成熟的建筑材料，但由于其自身存在的缺陷，如凝结与硬化过程中收缩大、抗拉强度低、抗裂能力差、脆性大、极限延伸率小以及抗冲击性差等（沈荣熹等，2004），大大限制了其应用范围。针对如何改善水泥混凝土的性能这一问题，许多科学工作者作了大量的研究，但是这些新研制的材料还存在一定的不足和局限（黄海涛等，2007），比如，FRC（fiber reinforced concrete）虽然使材料的强度和韧性得到了提高，但效果还不显著；MDF（macro defect-free cement）水泥基复合材料虽然强度高、塑性好、具有湿敏效应，但其制作工艺尚存在问题，难以形成实际应用产品（Brichall et al.，1981；Young et al.，1992）；DSP（densified systems containing homogeneous arranged ultra fine particle）强度很高，由于脆性很大，通过加入纤维使其韧性和延性得到了一定的改善（Young，2002）；PCC（polymer cement concrete）韧性较好，抗压强度和弹性模量较低（Yoshio，1981）；PIC（polymer impregnated concrete）强度得以大幅度提高，同时带来的脆性也很高（Swamy，1979）。如何拓展水泥混凝土的使用范围，使其既满足耐久性、强度等使用要求，又具有相关要求的复合功能是目前主要研究方向之一，而把梯度这个概念用于水泥基材料来提高其性能无疑是其中有意义的探索（黄海涛等，2007）。

针对复合材料内部异相间界面问题，日本学者新野正之等于1978年提出梯度功能材料这一概念，指的是两种或两种以上不同性质的材料，采用先进的复合技术，使其组分和结构达到连续平稳变化的新型非均匀介质材料（杨久俊等，2002）。提出这个概念的初衷是为了解决航天设备在往返大气层过程中热保护系统出现的许多问题，自此，世界范围内对此问题在陶瓷和金属领域进行了广泛的研究（朱信华等，1998；Shon et al.，1998）。但在水泥基梯度复合功能材料（CFGM）方面的研究才刚刚开始（杨久俊等，2001）。

为解决普通钢筋混凝土梁开裂而造成的耐久性退化问题，Maalej 等（1995）提出了使用超高韧性水泥基复合材料替换受拉区钢筋两侧各一倍保护层厚度范围内的混凝土这一理念，并对一根这样的复合梁进行了试验研究。试验完成后经比较发现虽然使用 UHTCC 作保护层的试件和对比梁试件中钢筋屈服时对应的荷载基本相同，但前者的极限承载力和曲率比后者高出约 10%，并且最为关键的是前者裂缝宽度增长的速率要明显低于后者；在正常使用极限状态下，使用 UHTCC 做保护层的试件裂缝宽度可以控制在 0.002in（0.051mm）；即使在过载情况下裂缝宽度仍能够控制在 0.0076in（0.193mm）。王铁梦（1997）指出，一般的工业及民用建筑，宽度小于 0.05mm 的裂缝对使用（防水、防腐、承重）都无危险性，可以假定宽度小于 0.05mm 裂缝结构为无裂缝结构。因此得出结论，认为采用超高韧性水泥基复合材料替换受拉区钢筋两侧各一倍保护层厚度范围内的混凝土，可以获得出色的抵抗钢筋锈蚀的能力，提高结构的耐久性。随后，Maalej 等（2002）针对这种复合梁进行了耐久性试验研究。然而，UHTCC 材料最优厚度及理论设计等方面尚未进行深入的研究。因此，依据功能梯度这一概念，利用 UHTCC 优秀的裂缝控制能力，本章将普通钢筋混凝土梁的受拉纵向钢筋周围部分混凝土替换为 UHTCC，开展超高韧性复合材料控裂功能梯度复合梁（以下简称 UHTCC-FGC 梁）受弯性能的研究工作，对超高韧性复合材料控裂功能梯度复合梁在整个加载过程中的内力变化和裂缝开展进行探讨，并给出在不同受力阶段复合梁承载力-挠度、弯矩-曲率的计算公式。

6.2　基　本　假　定

（1）各材料基本力学模型：

① UHTCC 单轴拉伸应力-应变曲线（Li et al.，2001）。UHTCC 材料在单轴拉伸状态下存在应变硬化现象，为简化计算，假定 UHTCC 在单轴拉伸的应力-应变曲线为双直线形式（如图 6.1 中实线所示）。图 6.1 中各符号含义：σ_{tc} 为 UHTCC 拉伸初裂强度；ε_{tc} 为 UHTCC 拉伸初裂应变；σ_{tu} 为 UHTCC 极限抗拉强度；ε_{tu} 为 UHTCC 极限拉应变。UHTCC 材料拉应力表达式为

$$\sigma_t = \frac{\sigma_{tc}}{\varepsilon_{tc}}\varepsilon_t \qquad\qquad 0 \leqslant \varepsilon_t \leqslant \varepsilon_{tc}$$

$$\sigma_t = \sigma_{tc} + \frac{\sigma_{tu}-\sigma_{tc}}{\varepsilon_{tu}-\varepsilon_{tc}}(\varepsilon_t-\varepsilon_{tc}) \quad \varepsilon_{tc} \leqslant \varepsilon_t \leqslant \varepsilon_{tu}$$

② 钢筋应力-应变关系（李著璟，2005）。采用描述完全弹塑性的双直线模型，不计屈服强度的上限和由于应变硬化而增加的应力。图 6.2 中 OB 段为完全弹性阶段，B 点相应的应力及应变为 f_y 和 ε_y。OB 段的斜率即为弹性模量 E_s。BC 段为完全塑性阶段，C 点为应力强化的起点，对应的应变为 $\varepsilon_{s,h}$，过 C 点后，即认为钢筋变形过大不能正常使用。双直线模型的数学表达式如下：

$$\sigma_s = E_s\varepsilon_s\left(E_s = \frac{f_y}{\varepsilon_y}\right) \quad 0 \leqslant \varepsilon_s \leqslant \varepsilon_y$$

$$\sigma_s = f_y \qquad\qquad \varepsilon_y \leqslant \varepsilon_s \leqslant \varepsilon_{s,h}$$

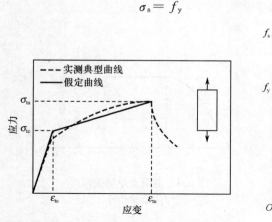

图 6.1　UHTCC 单轴拉伸应力-应变曲线
（Li et al.，2001）

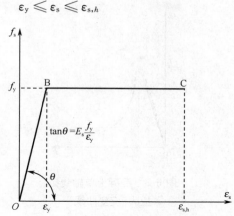

图 6.2　钢筋应力-应变曲线的
双直线模型

③ 混凝土单轴受拉和受压时的应力-应变关系。图 6.3 中虚线为实际混凝土单轴受拉应力-应变曲线，将其简化为实线所示模型，认为混凝土在单轴受拉状态下开裂后就退出工作。为了与 UHTCC 极限拉应变区分开，用 $\varepsilon_{tu\text{-}con}$ 来表示混凝土单轴受拉极限拉应变，f_t 为混凝土单轴受拉强度。混凝土单轴受拉应力-应变曲线关系方程为

$$\sigma_t = \frac{f_t}{\varepsilon_{tu\text{-}con}} \varepsilon_t \quad 0 \leqslant \varepsilon_t \leqslant \varepsilon_{tu\text{-}con}$$

$$\sigma_t = 0 \qquad\qquad \varepsilon_t > \varepsilon_{tu\text{-}con}$$

为计算简便，采用德国 Rüsch 建议的混凝土单轴受压应力-应变曲线数学模型（见图 6.4），上升段采用二次抛物线，下降段采用水平直线，即

$$\sigma_c = f_c \left[2 \frac{\varepsilon_c}{\varepsilon_0} - \left(\frac{\varepsilon_c}{\varepsilon_0} \right)^2 \right] （压）\quad 0 \leqslant \varepsilon_c \leqslant \varepsilon_0 （上升段）$$

$$\sigma_c = f_c （压） \qquad\qquad \varepsilon_0 < \varepsilon_c \leqslant \varepsilon_{cu} （水平段）$$

（2）平截面假定：构件受力变形后，截面各点应变沿截面的高度方向呈直线变化。

（3）钢筋和 UHTCC 变形协调，即使在经受很大变形的情况下仍能够保持构件的整体性。

（4）UHTCC 与普通混凝土完全粘结。

（5）开裂后受拉区 UHTCC 不退出工作。因 UHTCC 极限拉应变可达到钢筋屈服应变的十几倍以上，在钢筋屈服导致破坏时，受拉区 UHTCC 的拉应变值还很小，能够继续承担部分拉力，构件不会因为受拉区 UHTCC 达到极限拉应变而导致最终破坏。因此，整个受拉过程中始终要考虑拉区 UHTCC 的作用。

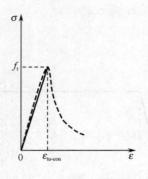

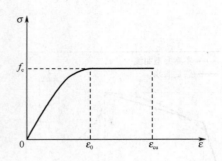

图 6.3　混凝土单轴受拉
应力-应变曲线

图 6.4　混凝土单轴受压
应力-应变曲线

6.3　UHTCC-FGC 梁正截面受弯阶段分析

与普通钢筋混凝土梁相类似（程文瀼等，2002），超高韧性复合材料控裂功能梯度复合梁（以下简称复合梁）正截面受弯整个破坏过程大致可以分为三个阶段：第一阶段为弹性阶段，第二阶段为起裂后至钢筋屈服的带裂缝工作阶段，第三阶段为钢筋开始屈服至截面破坏阶段。下面将对这三个阶段中复合梁的工作状态进行详细的分析。

6.3.1　第一阶段：弹性阶段

刚开始加载时，梁截面产生的弯矩很小，沿梁高测到的梁截面上各个纤维应变也小，且应变沿梁截面高度为直线变化，即符合平截面假定。由于应变很小，整个构件基本处于弹性工作阶段，应力与应变成正比，受压区与受拉区混凝土应力分布图形均为三角形，受拉区 UHTCC 应力分布为梯形〔如图 6.5 所示，图中各符号含义为：梁截面高度 h，宽度 b，中和轴高度 c，受拉边缘纤维至受拉钢筋合力点的距离 m，UHTCC 层的厚度 t，计算点距受拉边缘纤维的距离 x，计算点处的应力、应变 $\sigma(x)$、$\varepsilon(x)$〕。由于 UHTCC 的弹性模量不到 20GPa，$E_{\text{UHTCC}} < E_{\text{concrete}}$，因此在梁截面应力分布图中，UHTCC 与混凝土交界位置处应力有突变。

随着荷载的增加，弯矩增大，应变亦随之增大。由于受拉区材料抗拉强度远小于混凝土的抗压强度，在实际情况中受拉区材料首先表现出应变较应力增长速度为快的塑性特征。当弯矩增加到初裂弯矩 M_{cr}，截面受拉区材料的应变刚好达到相应的初裂应变（即 $\varepsilon_t = \varepsilon_{\text{tc}}$ 或者 $\varepsilon_{\text{t-con}} = \varepsilon_{\text{tu-con}}$）时，梁处于将裂未裂的极限状态，为弹性阶段末。由于粘结力的存在，受拉钢筋应变与周围同一水平处的 UHTCC 拉应变相等，相应的应力较低。整个梁截面应力图形形状几乎保持

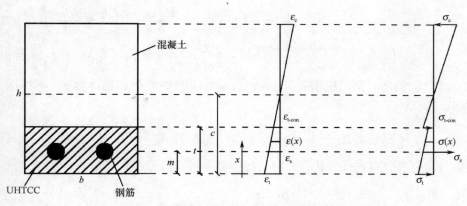

图 6.5　弹性阶段梁截面应力应变分布图

不变。

第一阶段的受力特点是：①受压区混凝土承担压力，受拉区混凝土、UHTCC 和钢筋共同承担拉力；②受压区和受拉区混凝土的应力图形为直线，受拉区 UHTCC 应力图形为梯形，并且在 UHTCC 与混凝土交界处应力图形有突变；③截面曲率与弯矩或者挠度与荷载关系接近直线变化。

该阶段截面弯矩可按照以下方法来计算。在此后推导过程中，公式中所含符号均为正值。弹性阶段应力分布为

$$\sigma(x) = \begin{cases} \dfrac{\sigma_{tc}}{\varepsilon_{tc}}\varepsilon(x) & 0 \leqslant x \leqslant t \\[2mm] \dfrac{f_t}{\varepsilon_{tu\text{-}con}}\varepsilon(x) & t \leqslant x \leqslant c \\[2mm] f_c\left\{2\dfrac{\varepsilon(x)}{\varepsilon_0} - \left[\dfrac{\varepsilon(x)}{\varepsilon_0}\right]^2\right\} & c \leqslant x \leqslant h \end{cases} \tag{6.1}$$

ε_t 为最外侧边缘 UHTCC 的拉应变，根据几何关系得到应变分布

$$\varepsilon(x) = \begin{cases} \dfrac{c-x}{c}\varepsilon_t & 0 \leqslant x \leqslant c \\[2mm] \dfrac{x-c}{c}\varepsilon_t & c \leqslant x \leqslant h \end{cases} \tag{6.2}$$

当 $x = m$，得到钢筋应变 $\varepsilon_s = \dfrac{c-m}{c}\varepsilon_t$，则钢筋应力 $\sigma_s = \dfrac{c-m}{c}E_s\varepsilon_t$。

根据力的平衡 $\sum N = 0$ 有

$$\int_0^t b\sigma(x)\,\mathrm{d}x + \int_t^c b\sigma(x)\,\mathrm{d}x + \sigma_s A_s - \int_c^h b\sigma(x)\,\mathrm{d}x = 0 \tag{6.3}$$

将应力、应变分布式代入式（6.3）得到

$$c^3\left(\frac{f_t}{2\varepsilon_{tu\text{-}con}}-\frac{f_c}{\varepsilon_0}-\frac{f_c\varepsilon_t}{3\varepsilon_0^2}\right)+c^2\left(\frac{t\sigma_{tc}}{\varepsilon_{tc}}-\frac{tf_t}{\varepsilon_{tu\text{-}con}}+\frac{E_sA_s}{b}+\frac{2f_ch}{\varepsilon_0}+\frac{f_ch\varepsilon_t}{\varepsilon_0^2}\right)$$

$$+c\left(-\frac{t^2\sigma_{tc}}{2\varepsilon_{tc}}+\frac{t^2f_t}{2\varepsilon_{tu\text{-}con}}-\frac{E_sA_sm}{b}-\frac{f_ch^2}{\varepsilon_0}-\frac{f_ch^2\varepsilon_t}{\varepsilon_0^2}\right)+\frac{f_c\varepsilon_t}{3\varepsilon_0^2}h^3=0 \qquad (6.4)$$

假定 ε_t 的值，则可根据式（6.4）求得对应时刻的中和轴高度 c。再根据力矩的平衡 $\sum M=0$ 有

$$\int_c^h b\,\sigma(x)x\mathrm{d}x-\int_0^t b\,\sigma(x)x\mathrm{d}x-\int_0^c b\,\sigma(x)x\mathrm{d}x-\sigma_sA_sm=M \qquad (6.5)$$

将应力、应变分布式代入式（6.5），即得到弹性阶段截面弯矩值：

$$M=bf_c\frac{\varepsilon_t}{\varepsilon_0}\left(\frac{2h^3}{3c}-h^2+\frac{c^2}{3}\right)-bf_c\frac{\varepsilon_t^2}{\varepsilon_0^2}\left(\frac{h^4}{4c^2}-\frac{2h^3}{3c}+\frac{h^2}{2}-\frac{c^2}{12}\right)-b\frac{\sigma_{tc}}{\varepsilon_{tc}}\varepsilon_t\left(\frac{t^2}{2}-\frac{t^3}{3c}\right)$$

$$-b\frac{f_t}{\varepsilon_{tu\text{-}con}}\varepsilon_t\left(\frac{c^2}{6}-\frac{t^2}{2}+\frac{t^3}{3c}\right)-\frac{c-m}{c}\varepsilon_tE_sA_sm \qquad (6.6)$$

6.3.2　第二阶段：起裂后至钢筋屈服的带裂缝工作阶段

截面弯矩达到初裂弯矩 M_{cr} 时，在纯弯段拥有最大初始缺陷尺寸截面处，首先出现第一批裂缝（一条或几条裂缝），标志着梁由第一阶段转入第二阶段工作。由于 UHTCC 厚度不同，起裂位置分为两种情况，即 UHTCC 层先起裂或者混凝土层先起裂。

当 UHTCC 层厚度较大时，UHTCC 层先达到其开裂应变而先起裂。所用的 PVA 纤维由于化学粘结的存在使得材料在裂缝宽度为零时就存在一个初始的桥联应力，并且对应桥联应力-裂缝开口宽度曲线斜率较高（Maalej et al.，1994），因此在第一批裂缝仅开展很小的宽度就足以使开裂处纤维的桥联荷载达到开裂前的水平，这样 UHTCC 中的 PVA 纤维就能够提供足够的桥联应力，使得基体中的裂缝以稳态开裂模式扩展（Li，2003b；Li et al.，2004），即纤维发挥桥联作用约束裂缝的发展，并将桥联应力返递给未开裂的水泥基材，当水泥基材达到开裂强度后又出现新的裂缝，如此往复进行下去，在 UHTCC 基材中将形成大量间距大致相等的细裂缝。随着荷载的增加，当受拉区混凝土达到其极限抗拉强度时，混凝土层开裂。混凝土一开裂，张紧的混凝土向裂缝两侧产生不自由回缩，它受到 UHTCC 层的约束，直至被阻止，混凝土层中的裂缝开始向下发展延伸至 UHTCC 层。在混凝土回缩时，混凝土层与 UHTCC 层之间有相对滑移，产生粘结应力。通过粘结应力，混凝土层先将承受的部分拉力转给 UHTCC 层，而不是像普通钢筋混凝土构件一样直接传递给钢筋，又因为 UHTCC 与钢筋变形协调，所以钢筋的应力不会由于 UHTCC 层出现的细密裂缝而突然增大。在第一批裂缝出现后，在粘结应力传递长度以外的那部分混凝土仍处于受拉紧张状态，随着弯矩继续增加，在距离裂缝截面大于粘结应力传递长

度的其他薄弱截面出现新裂缝。如此往复直至钢筋屈服。

当 UHTCC 层厚度较小时，混凝土层先达到其极限拉应变而起裂。UHTCC
层的裂缝主要由混凝土层开裂处裂缝向下延伸而形成的。起裂后由于 UHTCC
层的约束和细裂缝的产生，拉力依然不会突然传递给钢筋，降低了钢筋应力突然
增大的可能性。

在裂缝扩展过程中，受拉区大部分混凝土退出工作，UHTCC 应力增长较第一
阶段缓慢。虽然 UHTCC 层已经开裂，但是就 UHTCC 卓越的抗拉能力和变形能
力来讲，裂缝宽度仍然很小，丝毫不影响其继续承担荷载。但由于裂缝的产生，梁
的抗弯刚度会略有下降，因此在梁的弯矩-曲率关系曲线上会出现一个转折点。

在第二阶段复合梁进入了非线性阶段，是截面裂缝发生、开展的阶段，相当
于梁正常使用时的应力状态，可作为使用阶段验算变形和裂缝开展宽度的依据。
其受力特点是：受拉区部分混凝土退出工作，UHTCC 与纵向受拉钢筋共同承担
拉力；压区混凝土应变不断增大，应变增长速度比应力增长速度快，塑性特征越
来越明显；截面曲率与挠度相比第一阶段增长稍快。当受拉钢筋应力即将达到屈
服强度时，就达到第二阶段末。下面将对第二阶段截面内力发展作详细的分析。

（1）若 UHTCC 层先起裂，在受拉区混凝土最大拉应变值未达到 $\varepsilon_{\text{tu-con}}$ 阶段，
梁截面应力应变分布图与弹性阶段应力应变分布相似（见图 6.6）。

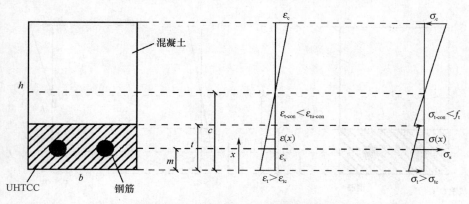

图 6.6　UHTCC 层已开裂，混凝土层未开裂阶段梁截面应力应变分布图

但应力分布方程有所不同：

$$\sigma(x) = \begin{cases} \sigma_{\text{tc}} + \dfrac{\sigma_{\text{tu}} - \sigma_{\text{tc}}}{\varepsilon_{\text{tu}} - \varepsilon_{\text{tc}}} \left[\varepsilon(x) - \varepsilon_{\text{tc}} \right] & 0 \leqslant x \leqslant t \\[3mm] \dfrac{f_{\text{t}}}{\varepsilon_{\text{tu-con}}} \varepsilon(x) & t \leqslant x \leqslant c \\[3mm] f_{\text{c}} \left\{ 2\dfrac{\varepsilon(x)}{\varepsilon_0} - \left[\dfrac{\varepsilon(x)}{\varepsilon_0} \right]^2 \right\} & c \leqslant x \leqslant h \end{cases} \tag{6.7}$$

代入式（6.3）得到

$$c^3\left(\frac{f_t}{2\varepsilon_{tu\text{-}con}}-\frac{f_c}{\varepsilon_0}-\frac{f_c\varepsilon_t}{3\varepsilon_0^2}\right)$$

$$+c^2\left(\frac{t\sigma_{tc}}{\varepsilon_t}+\frac{\sigma_{tu}-\sigma_{tc}}{\varepsilon_{tu}-\varepsilon_{tc}}\left(t-\frac{\varepsilon_{tc}}{\varepsilon_t}t\right)-\frac{tf_t}{\varepsilon_{tu\text{-}con}}+\frac{E_sA_s}{b}+\frac{2f_ch}{\varepsilon_0}+\frac{f_ch\varepsilon_t}{\varepsilon_0^2}\right) \tag{6.8}$$

$$+c\left(-\frac{t^2}{2}\frac{\sigma_{tu}-\sigma_{tc}}{\varepsilon_{tu}-\varepsilon_{tc}}+\frac{t^2f_t}{2\varepsilon_{tu\text{-}con}}-\frac{E_sA_sm}{b}-\frac{f_ch^2}{\varepsilon_0}-\frac{f_ch^2\varepsilon_t}{\varepsilon_0^2}\right)+\frac{f_c\varepsilon_t}{3\varepsilon_0^2}h^3=0$$

假定不同时刻 ε_t，就可根据式（6.8）求得对应时刻中和轴高度 c。再根据力矩平衡方程式（6.5）有

$$M=bf_c\frac{\varepsilon_t}{\varepsilon_0}\left(\frac{2h^3}{3c}-h^2+\frac{c^2}{3}\right)-bf_c\frac{\varepsilon_t^2}{\varepsilon_0^2}\left(\frac{h^4}{4c^2}-\frac{2h^3}{3c}+\frac{h^2}{2}-\frac{c^2}{12}\right)-\frac{t^2b}{2}\sigma_{tc}$$

$$+\frac{t^3b}{3}\frac{\sigma_{tu}-\sigma_{tc}}{\varepsilon_{tu}-\varepsilon_{tc}}\frac{\varepsilon_t}{c}-\frac{t^2b}{2}\frac{\sigma_{tu}-\sigma_{tc}}{\varepsilon_{tu}-\varepsilon_{tc}}(\varepsilon_t-\varepsilon_{tc})-b\frac{f_t}{\varepsilon_{tu\text{-}con}}\varepsilon_t\left(\frac{c^2}{6}-\frac{t^2}{2}+\frac{t^3}{3c}\right)$$

$$-\frac{c-m}{c}\varepsilon_tE_sA_sm \tag{6.9}$$

（2）若混凝土层先起裂，而 UHTCC 层尚未开裂时，截面应力应变分布如图 6.7 所示。

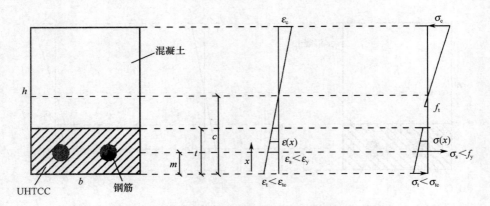

图 6.7　混凝土层已开裂，UHTCC 层未开裂阶段梁截面应力应变分布图

此时应力分布方程为

$$\sigma(x)=\begin{cases}\dfrac{\sigma_{tc}}{\varepsilon_{tc}}\varepsilon(x) & 0\leqslant x\leqslant t\\[2mm]0 & t\leqslant x\leqslant c\\[2mm]f_c\left\{2\dfrac{\varepsilon(x)}{\varepsilon_0}-\left[\dfrac{\varepsilon(x)}{\varepsilon_0}\right]^2\right\} & c\leqslant x\leqslant h\end{cases} \tag{6.10}$$

代入式（6.3）得到

$$c^3\left(-\frac{f_c}{\varepsilon_0}-\frac{f_c\varepsilon_t}{3\varepsilon_0^2}\right)+c^2\left(\frac{t\sigma_{tc}}{\varepsilon_{tc}}+\frac{E_sA_s}{b}+\frac{2f_ch}{\varepsilon_0}+\frac{f_ch\varepsilon_t}{\varepsilon_0^2}\right)$$

$$+c\left(-\frac{t^2}{2}\frac{\sigma_{tc}}{\varepsilon_{tc}}-\frac{E_sA_sm}{b}-\frac{f_ch^2}{\varepsilon_0}-\frac{f_ch^2\varepsilon_t}{\varepsilon_0^2}\right)+\frac{f_c\varepsilon_t}{3\varepsilon_0^2}h^3=0 \qquad (6.11)$$

假定不同时刻 ε_t，就可根据式（6.11）求得对应时刻中和轴高度 c。再根据 $\sum M=0$ 式（6.5）有

$$M=bf_c\frac{\varepsilon_t}{\varepsilon_0}\left(\frac{2h^3}{3c}-h^2+\frac{c^2}{3}\right)-bf_c\frac{\varepsilon_t^2}{\varepsilon_0^2}\left(\frac{h^4}{4c^2}-\frac{2h^3}{3c}+\frac{h^2}{2}-\frac{c^2}{12}\right)$$

$$-b\frac{\sigma_{tc}}{\varepsilon_{tc}}\varepsilon_t\left(\frac{t^2}{2}-\frac{t^3}{3c}\right)-\frac{c-m}{c}\varepsilon_tE_sA_sm \qquad (6.12)$$

（3）当混凝土层与 UHTCC 层均开裂后，梁截面应力应变分布有两种可能：一是受压区仍然处于弹性阶段，$\varepsilon_c<\varepsilon_0$，应力图形接近于三角形（见图 6.8）；二是压区混凝土应变增长速度比应力增长速度快，塑性特征越来越明显，受压区最大压应变超过 ε_0（见图 6.9）。下面将求解这两种情况下复合梁在裂缝开展阶段的截面弯矩：

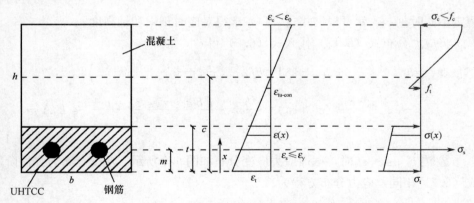

图 6.8　当 $\varepsilon_c<\varepsilon_0$ 时，带裂缝工作阶段梁截面的应力应变分布图

① 当 $\varepsilon_c<\varepsilon_0$ 时，截面应力应变分布如图 6.8 所示，应变分布与弹性阶段式（6.2）相同，应力分布方程为

$$\sigma(x)=\begin{cases}\sigma_{tc}+\dfrac{\sigma_{tu}-\sigma_{tc}}{\varepsilon_{tu}-\varepsilon_{tc}}[\varepsilon(x)-\varepsilon_{tc}] & 0\leqslant x\leqslant t \\[2mm] 0 & t<x\leqslant c \\[2mm] f_c\left\{2\dfrac{\varepsilon(x)}{\varepsilon_0}-\left[\dfrac{\varepsilon(x)}{\varepsilon_0}\right]^2\right\} & c<x\leqslant h\end{cases} \qquad (6.13)$$

将其代入式（6.3）得到

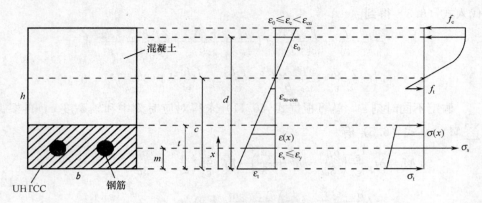

图 6.9　当 $\varepsilon_0 \leqslant \varepsilon_c < \varepsilon_{cu}$ 时，带裂缝工作阶段梁截面应力应变分布图

$$c^3\left(\frac{f_c}{\varepsilon_0} + \frac{f_c\varepsilon_t}{3\varepsilon_0^2}\right) + c^2\left[-\frac{t\sigma_{tc}}{\varepsilon_t} - \frac{\sigma_{tu} - \sigma_{tc}}{\varepsilon_{tu} - \varepsilon_{tc}}t\left(1 - \frac{\varepsilon_{tc}}{\varepsilon_t}\right) - \frac{E_sA_s}{b} - \frac{2f_ch}{\varepsilon_0} - \frac{f_ch\varepsilon_t}{\varepsilon_0^2}\right]$$

$$+ c\left(\frac{\sigma_{tu} - \sigma_{tc}}{\varepsilon_{tu} - \varepsilon_{tc}}\frac{t^2}{2} + \frac{E_sA_sm}{b} + \frac{f_ch^2}{\varepsilon_0} + \frac{f_ch^2\varepsilon_t}{\varepsilon_0^2}\right) - \frac{f_c\varepsilon_t}{3\varepsilon_0^2}h^3 = 0$$

$$(6.14)$$

假定不同时刻 ε_t，就可根据式（6.14）求得对应时刻中和轴高度 c。

将应力分布式（6.13）代入式（6.5）得

$$M = bf_c\frac{\varepsilon_t}{\varepsilon_0}\left(\frac{2h^3}{3c} - h^2 + \frac{c^2}{3}\right) - bf_c\frac{\varepsilon_t^2}{\varepsilon_0^2}\left(\frac{h^4}{4c^2} - \frac{2h^3}{3c} + \frac{h^2}{2} - \frac{c^2}{12}\right)$$

$$- \frac{t^2}{2}\frac{b}{\varepsilon_{tu} - \varepsilon_{tc}}(\varepsilon_t - \varepsilon_{tc}) - \frac{t^2b}{2}\sigma_{tc} + \frac{t^3b}{3}\frac{\sigma_{tu} - \sigma_{tc}}{\varepsilon_{tu} - \varepsilon_{tc}}\frac{\varepsilon_t}{c} - \frac{c - m}{c}\varepsilon_tE_sA_sm$$

$$(6.15)$$

②　当 $\varepsilon_0 \leqslant \varepsilon_c < \varepsilon_{cu}$ 时，截面应力应变分布如图 6.9 所示，应变分布与弹性阶段式（6.2）相同，应力分布方程为

$$\sigma(x) = \begin{cases} \sigma_{tc} + \dfrac{\sigma_{tu} - \sigma_{tc}}{\varepsilon_{tu} - \varepsilon_{tc}}[\varepsilon(x) - \varepsilon_{tc}] & 0 \leqslant x \leqslant t \\[2mm] 0 & t < x \leqslant c \\[2mm] f_c\left\{2\dfrac{\varepsilon(x)}{\varepsilon_0} - \left[\dfrac{\varepsilon(x)}{\varepsilon_0}\right]^2\right\} & c < x \leqslant d \\[2mm] f_c & d < x \leqslant h \end{cases} \qquad (6.16)$$

此时根据力的平衡 $\sum N = 0$ 有

$$\int_0^t b\,\sigma(x)\mathrm{d}x + \int_t^c b\,\sigma(x)\mathrm{d}x + \sigma_sA_s - \int_c^d b\,\sigma(x)\mathrm{d}x - \int_d^h b\,\sigma(x)\mathrm{d}x = 0 \quad (6.17)$$

由几何关系有

$$\frac{d-c}{c} = \frac{\varepsilon_0}{\varepsilon_t} \Rightarrow d = c + c\frac{\varepsilon_0}{\varepsilon_t} \tag{6.18}$$

将式（6.2）、式（6.16）、式（6.18）代入式（6.17）得

$$c^2\left(\frac{f_c}{3}\frac{\varepsilon_0}{\varepsilon_t} + f_c\right) + c\left[\sigma_{tc}t + \frac{\sigma_{tu} - \sigma_{tc}}{\varepsilon_{tu} - \varepsilon_{tc}}t(\varepsilon_t - \varepsilon_{tc}) + \frac{E_sA_s\varepsilon_t}{b} - f_ch\right]$$
$$+ \left(-\frac{\sigma_{tu} - \sigma_{tc}}{\varepsilon_{tu} - \varepsilon_{tc}}\frac{\varepsilon_t t^2}{2} - \frac{mE_sA_s\varepsilon_t}{b}\right) = 0 \tag{6.19}$$

假定不同时刻 ε_t，根据式（6.19）求得对应时刻中和轴高度 c。

再根据力矩的平衡有

$$\int_d^h b\sigma(x)x\,\mathrm{d}x + \int_c^d b\sigma(x)x\,\mathrm{d}x - \int_0^t b\sigma(x)x\,\mathrm{d}x - \int_t^c b\sigma(x)x\,\mathrm{d}x - \sigma_sA_sm = M \tag{6.20}$$

将式（6.2）、式（6.16）、式（6.18）均代入式（6.20），得

$$M = \frac{bf_ch^2}{2} - bf_cc^2\left(\frac{\varepsilon_0^2}{12\varepsilon_t^2} + \frac{1}{2} + \frac{\varepsilon_0}{3\varepsilon_t}\right) - \frac{c-m}{c}\varepsilon_t E_sA_sm - \frac{t^2b\sigma_{tc}}{2}$$
$$+ t^2b\frac{\sigma_{tu} - \sigma_{tc}}{\varepsilon_{tu} - \varepsilon_{tc}}\left(\frac{t\varepsilon_t}{3c} - \frac{\varepsilon_t}{2} + \frac{\varepsilon_{tc}}{2}\right) \tag{6.21}$$

6.3.3　第三阶段：钢筋开始屈服至截面破坏阶段

纵筋屈服后，梁进入第三阶段工作，应力应变分布如图 6.10 所示。梁的变形和截面曲率突然增大，主裂缝出现，其宽度扩展并沿梁高向上延伸，中和轴继续上移，受压区高度进一步减小，且受压区塑性特征表现更为充分。当受压区边缘最大压应变达到混凝土极限压应变 ε_{cu} 时，标志着截面开始破坏。在第三阶段整个过程中，钢筋承受的总拉力大致保持不变，但由于中和轴上移内力臂略有增加，截面极限弯矩略大于屈服弯矩（李著璟，2005）。

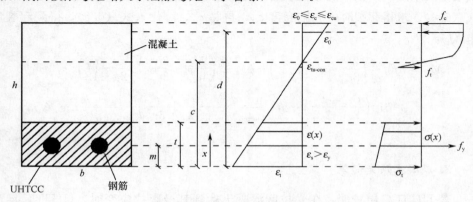

图 6.10　破坏阶段梁截面应力应变分布图

这一阶段的特点是：钢筋一屈服，挠度或截面曲率骤增，表现在弯矩-曲率或荷载-挠度关系曲线上出现第二个明显的转折点；弯矩略有增加，弯矩-曲率关系为接近水平的曲线；受压区压应力曲线图形丰满，当最大压应变达到其极限压应变 ε_{cu} 时，标志着截面开始破坏。这一阶段末期可用于正截面受弯承载力计算。

在此阶段，梁截面应力分布与第二阶段式（6.16）相同，假定不同时刻 ε_t，代入

$$c^2\left(\frac{f_c}{3}\frac{\varepsilon_0}{\varepsilon_t}+f_c\right)+c\left[\sigma_{tc}t+\frac{\sigma_{tu}-\sigma_{tc}}{\varepsilon_{tu}-\varepsilon_{tc}}t(\varepsilon_t-\varepsilon_{tc})+\frac{f_yA_s}{b}-f_ch\right]-\frac{\sigma_{tu}-\sigma_{tc}}{\varepsilon_{tu}-\varepsilon_{tc}}\frac{\varepsilon_t t^2}{2}=0$$

$$(6.22)$$

求得对应时刻中和轴高度 c。破坏阶段的弯矩值为

$$M=\frac{bf_ch^2}{2}-bf_cc^2\left(\frac{\varepsilon_0}{3\varepsilon_t}+\frac{\varepsilon_0^2}{12\varepsilon_t^2}+\frac{1}{2}\right)-f_yA_sm-\frac{t^2b}{2}\sigma_{tc}$$

$$+\frac{\sigma_{tu}-\sigma_{tc}}{\varepsilon_{tu}-\varepsilon_{tc}}\left[\frac{t^3b\varepsilon_t}{3c}-\frac{t^2b(\varepsilon_t-\varepsilon_{tc})}{2}\right]$$

$$(6.23)$$

6.4 起裂、屈服及极限状态承载力计算

6.4.1 起裂时承载力计算

由前面分析可知，计算起裂荷载要分两种情况：①UHTCC 层先起裂；②混凝土层先起裂。

1. UHTCC 层先起裂

若 UHTCC 层较厚，在 UHTCC 层最大拉应变达到其开裂应变时，受拉区混凝土尚未达到其极限拉应变。此时受拉区最外边缘应变 $\varepsilon_t=\varepsilon_{tc}$，将 $\varepsilon_t=\varepsilon_{tc}$ 代入式（6.4），求得起裂时中和轴高度 c_{cr}，再将 c_{cr}、ε_{tc} 代入式（6.6），得到起裂弯矩 M_{cr}：

$$M_{cr}=bf_c\frac{\varepsilon_{tc}}{\varepsilon_0}\left(\frac{2h^3}{3c_{cr}}-h^2+\frac{c_{cr}^2}{3}\right)-bf_c\frac{\varepsilon_{tc}^2}{\varepsilon_0^2}\left(\frac{h^4}{4c_{cr}^2}-\frac{2h^3}{3c_{cr}}+\frac{h^2}{2}-\frac{c_{cr}^2}{12}\right)$$

$$-b\sigma_{tc}\left(\frac{t^2}{2}-\frac{t^3}{3c_{cr}}\right)-bf_t\frac{\varepsilon_{tc}}{\varepsilon_{tu\text{-}con}}\left(\frac{c_{cr}^2}{6}-\frac{t^2}{2}+\frac{t^3}{3c_{cr}}\right)-\frac{c_{cr}-m}{c_{cr}}E_s\varepsilon_{tc}A_sm$$

$$(6.24)$$

2. 混凝土层先起裂

若 UHTCC 层较薄，在受拉区混凝土达到其极限拉应变时，UHTCC 层尚未达到其开裂应变。此时受拉区混凝土最大拉应变 $\varepsilon_{t\text{-}con}=\varepsilon_{tu\text{-}con}$，截面受拉区最

外边缘应变 $\varepsilon_t = \dfrac{c}{c-t}\varepsilon_{tu\text{-}con}$，代入式（6.4）得到此种情况下起裂时中和轴高度 c_{cr}，再将 c_{cr}、ε_t 代入式（6.6），得到起裂弯矩 M_{cr}：

$$M_{cr} = \frac{bf_c\varepsilon_{tu\text{-}con}}{(c_{cr}-t)\varepsilon_0}\left(\frac{2h^3}{3} - h^2c_{cr} + \frac{c_{cr}^3}{3}\right) - \frac{bf_c\varepsilon_{tu\text{-}con}^2}{(c_{cr}-t)^2\varepsilon_0^2}\left(\frac{h^4}{4} - \frac{2h^3c_{cr}}{3} + \frac{h^2c_{cr}^2}{2} - \frac{c_{cr}^4}{12}\right)$$

$$- \frac{b\sigma_{tc}\varepsilon_{tu\text{-}con}}{(c_{cr}-t)\varepsilon_{tc}}\left(\frac{t^2c_{cr}}{2} - \frac{t^3}{3}\right) - \frac{bf_t}{c_{cr}-t}\left(\frac{c_{cr}^3}{6} - \frac{t^2c_{cr}}{2} + \frac{t^3}{3}\right) - \frac{c_{cr}-m}{c_{cr}-t}\varepsilon_{tu\text{-}con}E_sA_sm$$

$$(6.25)$$

6.4.2　钢筋屈服时承载力计算

1. 受压区混凝土 $\varepsilon_c < \varepsilon_0$ 情况下屈服承载力计算

当 $\varepsilon_s = \varepsilon_y$ 时，钢筋屈服，则受拉区最大拉应变 $\varepsilon_t = \dfrac{c}{c-m}\varepsilon_y$，代入式（6.11），即可求得 $\varepsilon_c < \varepsilon_0$ 情况下，钢筋屈服时的中和轴高度 c_y，再将 c_y、ε_t 代入式（6.15）得到屈服弯矩 M_y：

$$M_y = \frac{bf_c\varepsilon_y}{(c_y-m)\varepsilon_0}\left(\frac{2h^3}{3} - h^2c_y + \frac{c_y^3}{3}\right) - \frac{bf_c\varepsilon_y^2}{(c_y-m)^2\varepsilon_0^2}\left(\frac{h^4}{4} - \frac{2h^3c_y}{3} + \frac{h^2c_y^2}{2} - \frac{c_y^4}{12}\right)$$

$$- \frac{t^2b}{2}\sigma_{tc} - \frac{t^2b}{2}\frac{\sigma_{tu}-\sigma_{tc}}{\varepsilon_{tu}-\varepsilon_{tc}}\left(\frac{c_y}{c_y-m}\varepsilon_y - \varepsilon_{tc}\right) + \frac{t^3b\varepsilon_y}{3(c_y-m)}\frac{\sigma_{tu}-\sigma_{tc}}{\varepsilon_{tu}-\varepsilon_{tc}} - f_yA_sm$$

$$(6.26)$$

2. 受压区混凝土 $\varepsilon_0 \leqslant \varepsilon_c < \varepsilon_{cu}$ 情况下屈服承载力计算

将 $\varepsilon_t = \dfrac{c}{c-m}\varepsilon_y$ 代入式（6.19），求得 $\varepsilon_0 \leqslant \varepsilon_c < \varepsilon_{cu}$ 情况下，钢筋屈服时的中和轴高度 c_y，再将 c_y、ε_t 代入式（6.21），得到屈服弯矩 M_y：

$$M_y = \frac{bf_ch^2}{2} - bf_c\left[\frac{(c_y-m)^2\varepsilon_0^2}{12\varepsilon_y^2} + \frac{c_y^2}{2} + \frac{(c_y-m)c_y\varepsilon_0}{3\varepsilon_y}\right] - f_yA_sm - \frac{t^2b\sigma_{tc}}{2}$$

$$+ t^2b\frac{\sigma_{tu}-\sigma_{tc}}{\varepsilon_{tu}-\varepsilon_{tc}}\left[\frac{t\varepsilon_y}{3(c_y-m)} - \frac{c_y\varepsilon_y}{2(c_y-m)} + \frac{\varepsilon_{tc}}{2}\right] \qquad (6.27)$$

6.4.3　极限承载力计算

适筋复合梁在破坏时 $\varepsilon_c = \varepsilon_{cu}$，$\sigma_c = f_c$，根据几何关系最大拉应变 $\varepsilon_t = \dfrac{c}{h-c}\varepsilon_{cu}$，将其代入式（6.22）可以得到破坏时的中和轴高度 c_u，再将 c_u、ε_t 代入式（6.23），得到极限弯矩 M_u：

$$M_u = \frac{bf_c h^2}{2} - bf_c \left[\frac{(h-c_u)c_u \varepsilon_0}{3\varepsilon_{cu}} + \frac{(h-c_u)^2 \varepsilon_0^2}{12\varepsilon_{cu}^2} + \frac{c_u^2}{2} \right] - f_y A_s m - \frac{t^2 b}{2}\sigma_{tc}$$

$$+ t^2 b \frac{\sigma_{tu} - \sigma_{tc}}{\varepsilon_{tu} - \varepsilon_{tc}} \left[\frac{t\varepsilon_{cu}}{3(h-c_u)} - \frac{c_u \varepsilon_{cu}}{2(h-c_u)} + \frac{\varepsilon_{tc}}{2} \right]$$

$$(6.28)$$

特殊地，如果梁的配筋率较大，在钢筋未达到屈服前，压区混凝土压溃而导致复合梁最终破坏（此时 $\varepsilon_c = \varepsilon_{cu}$，$\varepsilon_s < \varepsilon_y$），则有 $\varepsilon_t = \frac{\varepsilon_{cu}c}{h-c}$，$\varepsilon_s = \frac{\varepsilon_{cu}(c-m)}{h-c}$，代入式（6.19）中求出在该种破坏方式下梁截面中和轴的高度 c_u，再将 c_u、ε_t 代入式（6.21），得到超筋梁极限弯矩为

$$M_u = \frac{bf_c h^2}{2} - bf_c \left[\frac{(h-c_u)^2 \varepsilon_0^2}{12\varepsilon_{cu}^2} + \frac{c_u^2}{2} + \frac{(h-c_u)c_u \varepsilon_0}{3\varepsilon_{cu}} \right] - \frac{c_u - m}{h-c_u}\varepsilon_{cu}E_s A_s m$$

$$- \frac{t^2 b\sigma_{tc}}{2} + t^2 b \frac{\sigma_{tu} - \sigma_{tc}}{\varepsilon_{tu} - \varepsilon_{tc}} \left[\frac{t\varepsilon_{cu}}{3(h-c_u)} - \frac{c_u \varepsilon_{cu}}{2(h-c_u)} + \frac{\varepsilon_{tc}}{2} \right]$$

$$(6.29)$$

6.5 UHTCC-FGC 梁正截面受弯弯矩-曲率关系的确定

由图 6.11 可知，受拉区最大拉应变为

$$\varepsilon_t = \frac{(\rho + c)d\theta - \rho d\theta}{\rho d\theta} = \frac{c}{\rho} \tag{6.30}$$

截面曲率为

$$\varphi = \frac{1}{\rho} = \frac{\varepsilon_t}{c} \tag{6.31}$$

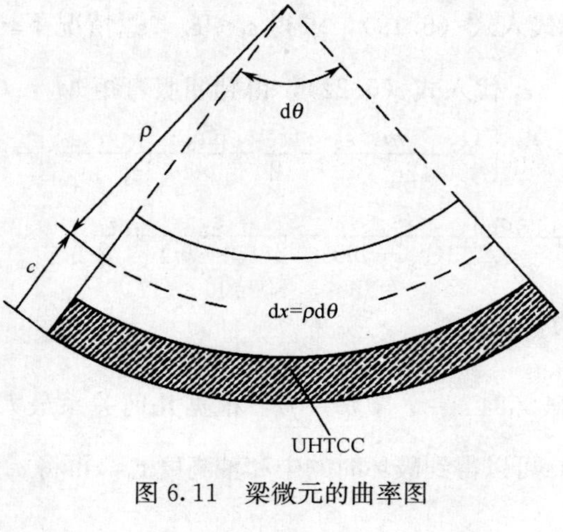

图 6.11 梁微元的曲率图

根据正截面受弯阶段分析部分的理论推导，可以逐渐增大受拉区边缘纤维拉应变的取值，代入对应时刻力的平衡方程，求得此时中和轴高度，再由式（6.31）可求出曲率。

当 $\varepsilon_t < \varepsilon_{tc}$ 且 $\varepsilon_{t\text{-con}} < \varepsilon_{tu\text{-con}}$ 时，梁处于弹性阶段，使用式（6.6）计算弯矩值，算至算至 $\varepsilon_t = \varepsilon_{tc}$ 或 $\varepsilon_{t\text{-con}} = \varepsilon_{tu\text{-con}}$，得到初裂时刻的 M_{cr}，此后梁进入带裂缝工作阶段。

根据式（6.9）、式（6.12）、式（6.15）计算梁在带裂缝工作阶段的弯矩值，验算最大压应变是否达到 ε_0，当 $c < \dfrac{h\varepsilon_t}{\varepsilon_t + \varepsilon_0}$ 时，受压区应力分布方程改变，具体算法见前面。算至 $\varepsilon_s = \varepsilon_y$，钢筋屈服，进入第三阶段。再根据式（6.23）计算破坏阶段弯矩值，此过程中要依据平截面假定检验受压区外缘最大压应变是否达到 ε_{cu}，一旦达到此值计算停止。按上面步骤计算出对应时刻梁截面的弯矩，即可绘得 $M-\varphi$ 图。

6.6　截面延性指标

结构、构件或截面的延性是指从屈服开始至达到最大承载能力或达到以后而承载力还没有显著下降期间的变形能力。延性差的构件后期变形能力小，达到最大承载力后会产生脆性破坏，这种情况应该避免。对结构、构件或截面除了要求它们满足承载能力之外，还要求其具有一定的延性，这样有利于吸收和耗散地震能量，防止发生脆性破坏（程文瀼等，2002）。

延性可以采用 $\dfrac{\varphi_u}{\varphi_y}$ 或 $(\varphi_u - \varphi_y)$ 两种方式来表达，其中 φ_u 为对应于极限承载力 M_u 的截面极限曲率，φ_y 为对应于弹性极限承载力 M_y 的截面曲率，均通过式（6.31）求得。

6.7　UHTCC-FGC 梁挠度验算

设梁计算跨度为 L，在恒定曲率下该梁的跨中最大变形为

$$f = \frac{SL^2}{\rho} = \frac{SL^2\varepsilon_t}{c} \tag{6.32}$$

式中，S 是与荷载形式、支承条件有关的挠度系数。

梁的截面弯曲刚度 $EI = M/\varphi$，即为使截面产生单位转角需要施加的弯矩值。虽然 UHTCC 弹性模量小于普通混凝土，但是复合梁一旦开裂后，相比较普通混凝土梁产生的少而宽的裂缝来说，在受力过程中 UHTCC 产生的细密裂缝不会使梁的刚度减少很多，并且可以有效抑制上部混凝土层裂缝宽度的扩展，因此复合梁截面有效惯性矩较大，梁的变形也得到控制。

第 7 章　超高韧性复合材料控裂功能梯度复合梁
（UHTCC-FGC）四点弯曲试验研究

7.1　引　　言

宏观裂缝的出现被认为是降低钢筋混凝土结构耐久性和使用寿命的一个主要原因，中国古代就尝试用有机材料和无机材料相结合的方法增加材料的韧性以抑制建筑裂缝的开裂（杨富巍等，2008），现代世界各国规范对结构裂缝宽度都有所规定，然而对于环境恶劣条件下的结构来说，使用普通钢筋混凝土难以满足规定的要求。

依据功能梯度这一概念，利用 UHTCC 优秀的裂缝控制能力，将普通钢筋混凝土梁的受拉纵向钢筋周围部分混凝土替换为 UHTCC，开展了超高韧性复合材料控裂功能梯度复合梁（以下简称 UHTCC-FGC 梁）受弯性能的研究工作。根据第 6 章 UHTCC-FGC 梁受弯理论模型，本章设计了四种不同厚度 UHTCC 层的无腹筋复合长梁的四点弯曲试验，通过复合梁弯曲试验结果来检验理论公式的正确性，观测 UHTCC-FGC 梁整个破坏过程中裂缝发展模式，并与普通钢筋混凝土梁的承载力和延性进行对比，确定 UHTCC 层的最佳厚度，以供工程实际应用参考。

7.2　试　验　过　程

7.2.1　试验材料

取代部分混凝土所用的 UHTCC 材料性能主要有两个要求（Maalej et al.，1995）：①UHTCC 材料的极限拉应变能力要大于梁受拉区最外边缘的最大拉应变，以此来保证 UHTCC 层中不会发生应变局部化扩展而导致有害宏观裂缝的产生；②UHTCC 材料在极限状态下产生的裂缝宽度要满足环境所要求的限值。对于最恶劣暴露条件下钢筋混凝土构件裂缝宽度的限值，我国《混凝土结构耐久性设计与施工指南》（CCES 01—2004）的 2005 年修订版中规定的裂缝宽度限值为 0.10mm。因此，我们所采用的 UHTCC 材料在达到极限拉应变时产生的最大裂缝宽度要求小于 0.10mm。基于这一要求，我们选用了 PVA 纤维体积率为 2% 的 UHTCC 复合材料，其极限拉应变达到 4% 以上，根据实验测得的裂缝开展性能得知材料裂缝宽度也满足要求。

UHTCC 的原料由水泥、精细砂、水、矿物外加剂、纤维和高效减水剂组成，不含粗骨料。本次试验配制 UHTCC 采用 KURALON K-Ⅱ REC15 PVA 纤维，其具体参数如表 7.1 所示。

试验配制了轴心抗压强度 40.8MPa 的自密实混凝土便于浇注，配比为（1m³ 的用量，单位 kg）水：水泥：粉煤灰：石子：砂＝276：538：231：677：677。采用大连小野田水泥厂生产的 42.5 水泥，一级粉煤灰，瓜子石（5～10mm），中砂，并使用了 1.2%～1%SiKa 高效减水剂来改善混凝土拌合物的工作性。

表 7.1　PVA 纤维参数表

类型	长度/mm	直径/μm	拉伸强度/MPa	伸长率/%	拉伸模量/GPa	密度/(g/cm³)
KURALON K-Ⅱ REC15	12	39	1620	7	42.8	1.3

7.2.2　试件设计

试验采用无腹筋梁的形式，为保证构件的弯曲破坏形态，取较大剪跨比。梁截面尺寸 120mm×80mm，纵向钢筋保护层厚度 30mm，梁长 2.45m，计算长度 2m。梁形式如图 7.1 所示。

依据 UHTCC 材料厚度的不同，本次试验共制备了 4 组超高韧性复合材料控裂功能梯度复合梁。UHTCC 厚度分别为 50mm、35mm、25mm 和 15mm，试件编号依次为 UHTCC50、UHTCC35、UHTCC25、UHTCC15。UHTCC50 中 UHTCC 材料在钢筋周围各一个保护层的厚度；UHTCC35 中 UHTCC 材料厚度刚刚超过钢筋，即材料刚好把钢筋包裹住；UHTCC25 中 UHTCC 材料与混凝土在钢筋中线部位相接，即钢筋一半在混凝土中，一半在 UHTCC 材料中；UHTCC15 中 UHTCC 作为保护层，钢筋全部在混凝土中。各组梁的截面形式如图 7.2 所示，均采用 HRB335 钢筋增强，配筋率都为 1.18%。试验还制备了一组相同配筋率和尺寸的钢筋混凝土梁 RC12 用来比较。

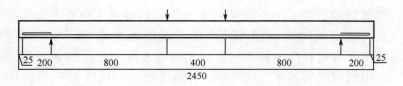

图 7.1　复合梁的尺寸示意图

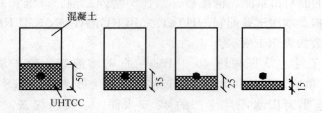

图 7.2　梁的截面形式（单位：mm）

7.2.3　试件制备

试件浇筑前将钢筋位于梁跨中部分的对称两点打磨光滑，并用酒精擦干净，用环氧树脂在这两个位置沿着钢筋轴线方向贴两个 2mm 的应变片，连接好导线，然后用浸渍过环氧树脂的纱布将应变片包裹起来，避免在浇注过程中应变片受损。待环氧树脂干透之后将钢筋固定在 2450mm×120mm×80mm 的模具中，确保钢筋的位置正确。为防止混凝土中的粗骨料下沉入 UHTCC 中，首先将自密实混凝土搅拌好之后倒入模具中，量测混凝土的厚度是否达到要求。搅拌 UHTCC 时，先将胶凝材料和精细砂倒入霍巴特 A200 型搅拌机中搅拌 2min 至均匀，然后加水继续搅拌 2min，待粉料完全湿润后加入减水剂，搅拌 3～5min 至浆体均匀并具有很好的流动性，加入体积率 2% 的 PVA 纤维，最终再搅拌 5min 直至手捏拌合物无纤维结团现象，此时纤维分散均匀得到 UHTCC 拌合物。在混凝土浇筑后一小时内浇筑 UHTCC，以避免产生分层现象，并用振捣棒轻微振捣，抹平，用塑料薄膜覆盖。48h 之后拆模，置于潮湿的环境中养护 28d。试验时试件龄期 56d。

7.2.4　加载方案

试验装置如图 7.3 所示。荷载由 30t 传感器测定；梁跨中布置了两支量程为 100mm 的位移计测定梁的跨中挠度，两端支座处还放置了两个小量程的 LVDT 来测量支座沉降位移；在跨中纯弯段部分，于梁的顶端、底部、钢筋所在的位置均固定了一个 LVDT 分别量测梁的最大压应变、最大拉应变和与钢筋位置同高度处的梁表面 UHTCC 或混凝土的应变，标距为 320mm，以便得出梁在受力过程中的曲率和比较钢筋与周围 UHTCC 或混凝土的变形协调性。在梁的顶部布置了 1 个 100mm 的应变片，用以观测受压区部分应力应变增长情况；梁的底面在两加载点之间连续布置了 6 个 50mm 应变片来量测 UHTCC 层的起裂应变，采用三组全桥的连接方法；在两加载点间、梁的侧面混凝土与 UHTCC 交界线以上的混凝土位置连续布置 4 个 100mm 的

应变片采集混凝土层的起裂应变。试验采用美国 MTS 公司的 100tMTS 疲劳
实验机系统加载，开始时由荷载控制，加载至 0.5kN 后持载 100s，然后继
续加载，此后加载由位移控制，速率为 0.5mm/min。通过 2 台德国进口的
imc 数据采集系统自动采集处理数据。

图 7.3   试验加载量测装置

本次试验仅 UHTCC15 和 RC12 两组试件全部加载至完全破坏，其他组每组
仅一根试件加载至破坏，其他试件在钢筋屈服后主裂缝（宽度 0.1mm）出现时
就停止试验。在加载过程中时刻注意裂缝的开展和裂缝宽度的变化，并通过裂缝
观测仪记录梁在正常工作情况下、钢筋屈服时的裂缝宽度。

7.3   钢筋与 UHTCC（或混凝土）的变形协调性

第 6 章有关 UHTCC 控裂功能梯度复合梁的计算模型是建立在钢筋与基
体变形协调这一假定基础之上的。为验证这一假定，图 7.4 比较了各组梯度
复合梁的钢筋应变值与同高度处试件表面 UHTCC（或混凝土）的应变值。
可以看到，在钢筋屈服前梯度复合梁裂缝的出现并没有引起钢筋应变发生突
然的变化，这主要是 UHTCC 材料自身优异拉伸特性的贡献，梁的荷载-钢
筋应变关系曲线与荷载-同高度处试件表面基体应变关系曲线几乎重合，只
有 UHTCC25 在接近钢筋屈服时两应变值相差略大，通过后面裂缝发展形态
的分析将会更加清楚的理解这一现象的原因。以上分析说明，钢筋与复合梁
基体（UHTCC 或混凝土）能够协同工作，理论分析中不考虑它们之间相对
滑移的假定是合理的。

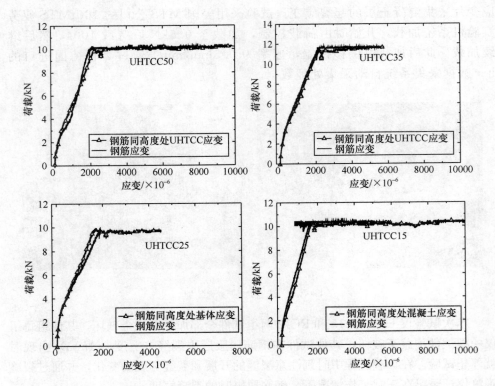

图 7.4　钢筋应变与同高度处试件表面 UHTCC（或混凝土）应变的比较

7.4　弯矩-曲率与荷载-跨中挠度关系试验曲线

图 7.5 展示了各组梯度复合梁试件荷载-跨中挠度关系和弯矩-曲率关系试验曲线。在加载过程中，荷载达到梁极限荷载 70％时、钢筋屈服点附近、主裂缝出现时会暂停加载来观察裂缝的发展形态和量测裂缝宽度并进行拍照，在停止时刻荷载会略有下降，因此每条曲线上都会有几处突降点。

由图 7.5 中可看出，UHTCC-FGC 梁的弯矩-曲率、荷载-挠度关系与普通钢筋混凝土梁相似。它们的起裂荷载相近，在起裂前，曲线几乎为一条直线；由于受拉区 UHTCC 在起裂后仍可继续承担拉力，因此起裂时曲线无明显抖动，承载力-变形曲线上出现折点，此后荷载的增长速率略有下降，曲线斜率稍有减小，但仍乃近似线性变化。这一过程为裂缝发展阶段，新的裂缝不断出现，变形增长速度较开裂前为快；当曲线上出现第二个明显的折点时，钢筋屈服，承载力增长的极其缓慢，而变形增长的速度大为增加，曲线几近于一条水平线。

在第 6 章 UHTCC 控裂功能梯度复合梁弯曲性能理论研究工作中，将其受弯
过程分为三个阶段，即弹性阶段、起裂后至钢筋屈服的带裂缝工作阶段和钢筋开始
屈服至截面破坏阶段。并根据各组分材料的基本力学模型，在平截面假定、钢筋与
UHTCC 变形协调、UHTCC 与混凝土完全粘结、开裂后 UHTCC 不退出工作等一
系列基本假定的基础上，通过受弯过程中梁截面内力和力矩的平衡方程，推导了
UHTCC 控裂功能梯度复合梁整个受弯过程中内力计算公式。

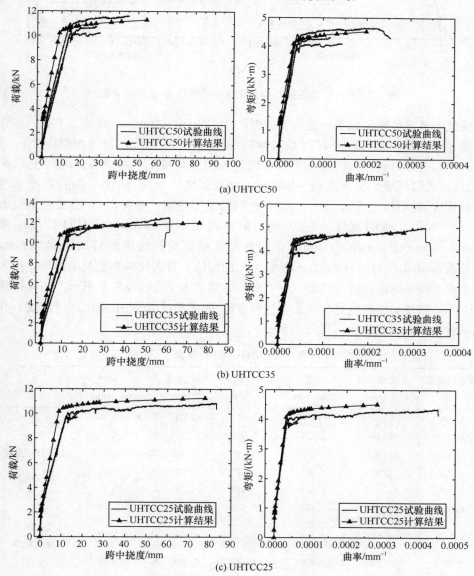

(a) UHTCC50

(b) UHTCC35

(c) UHTCC25

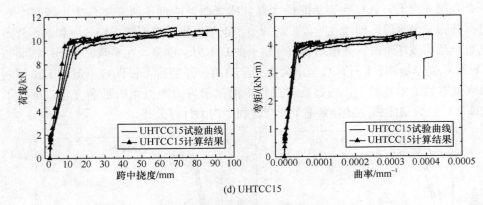

(d) UHTCC15

图 7.5　UHTCC 控裂功能梯度复合梁承载力-变形关系曲线

本次试验各参数取值如下：复合梁截面尺寸 120mm×80mm，梁长 2.45m，计算长度 2m，三分点加载。UHTCC 拉伸初裂强度 $\sigma_{tc}=4$MPa，拉伸初裂应变 $\varepsilon_{tc}=0.015\%$，极限抗拉强度 $\sigma_{tu}=5.98$MPa，极限拉应变 $\varepsilon_{tu}=4.2\%$；混凝土 $\varepsilon_0=0.2\%$，极限压应变实测值 $\varepsilon_{cu}=0.0053$，抗压强度 $f_c=40.8$MPa，抗拉强度 $f_t=2.4$MPa，极限拉应变 $\varepsilon_{tu\text{-}con}=0.008\%$；钢筋屈服应变 $\varepsilon_y=0.2\%$，钢筋屈服应力 $f_y=360$MPa，截面宽度 $b=80$mm，截面高度 $d=120$mm，UHTCC 层厚度 50mm、35mm、25mm、15mm，钢筋外缘至截面受拉边缘的竖向距离 20mm，钢筋截面积 $A_s=113.1$mm^2。不断增大 ε_t 的取值，将各材料参数及梁的尺寸代入第 6 章所得不同阶段的计算公式中，所得结果如表 7.2～表 7.5 所示。还可得到 UHTCC 控裂功能梯度复合梁受弯过程弯矩-曲率和荷载-跨中挠度理论曲线，并与试验实测曲线相比较（见图 7.5）。

表 7.2　UHTCC50 计算值

最大拉应变 /%	中和轴高度 c/mm	弯矩 /(kN·m)	荷载 /kN	曲率 /mm^{-1}	挠度 /mm	备注
0.003	48.66	0.457	1.144	6.17E−07	0.168	
0.008	48.364	1.221	3.052	1.65E−06	0.452	
0.015	55.917	1.279	3.198	2.68E−06	0.733	UHTCC 起裂
0.018	58.953	1.331	3.327	3.05E−06	0.834	
0.02	60.606	1.365	3.412	3.3E−06	0.901	
0.025	63.843	1.449	3.620	3.92E−06	1.070	
0.032	68.532	1.502	3.755	4.67E−06	1.275	受拉区混凝土起裂
0.05	74.746	1.679	4.197	6.69E−06	1.827	
0.08	79.442	2.038	5.094	1.01E−05	2.751	

续表

最大拉应变 /%	中和轴高度 c/mm	弯矩 /(kN·m)	荷载 /kN	曲率 /mm^{-1}	挠度 /mm	备注
0.10	81.33	2.250	5.624	1.23E−05	3.358	
0.15	84.002	2.769	6.923	1.79E−05	4.878	
0.20	85.313	3.279	8.197	2.34E−05	6.403	
0.25	85.985	3.781	9.453	2.91E−05	7.942	
0.28	86.203	4.078	10.196	3.25E−05	8.872	钢筋开始屈服
0.35	88.635	4.185	10.463	3.95E−05	10.786	
0.40	90.121	4.214	10.535	4.44E−05	12.124	
0.45	91.36	4.238	10.596	4.93E−05	13.454	
0.50	92.409	4.260	10.650	5.41E−05	14.779	
0.60	94.092	4.296	10.740	6.38E−05	17.418	
0.65	94.777	4.311	10.777	6.86E−05	18.733	
0.80	96.385	4.352	10.880	8.3E−05	22.671	
0.90	97.181	4.372	10.931	9.26E−05	25.296	
1.00	97.82	4.390	10.975	0.000102	27.924	
1.30	99.145	4.434	11.084	0.000131	35.815	
1.50	99.722	4.459	11.147	0.00015	41.0864	
2.00	100.613	4.516	11.289	0.000199	54.297	混凝土达到极限压应变

表 7.3　UHTCC35 计算值

最大拉应变 /%	中和轴高度 c/mm	弯矩 /(kN·m)	荷载 /kN	曲率 /mm^{-1}	挠度 /mm	备注
0.003	56.047	0.307	0.768	5.35E−07	0.146	
0.008	55.864	0.818	2.045	1.43E−06	0.391	
0.010	55.790	1.022	2.555	1.79E−06	0.490	
0.015	59.438	1.149	2.839	3.01E−06	0.689	UHTCC 起裂
0.018	61.606	1.226	3.065	2.92E−06	0.798	
0.02	66.490	1.136	2.839	3.01E−06	0.822	受拉区混凝土开裂
0.03	72.040	1.272	3.181	4.16E−06	1.137	
0.05	77.644	1.530	3.825	6.44E−06	1.759	
0.08	81.434	1.904	4.759	9.82E−06	2.683	
0.10	82.797	2.149	5.372	1.21E−05	3.299	
0.15	84.599	2.754	6.885	1.77E−05	4.843	
0.20	85.360	3.350	8.375	2.34E−05	6.400	

最大拉应变 /%	中和轴高度 c/mm	弯矩 /(kN·m)	荷载 /kN	曲率 /mm^{-1}	挠度 /mm	备注
0.25	85.637	3.937	9.843	2.92E-05	7.974	
0.28	85.661	4.285	10.712	3.27E-05	8.928	钢筋屈服
0.35	87.362	4.363	10.907	4.01E-05	10.943	
0.40	89.133	4.413	11.032	4.49E-05	12.258	
0.50	91.729	4.479	11.198	5.45E-05	14.889	
0.60	93.538	4.521	11.303	6.41E-05	17.521	
0.70	94.867	4.551	11.377	7.38E-05	20.155	
0.80	95.883	4.574	11.434	8.34E-05	22.790	
0.90	96.683	4.592	11.480	9.31E-05	25.427	
0.92	96.822	4.596	11.489	9.5E-05	25.954	
0.95	97.021	4.600	11.501	9.79E-05	26.746	
1.00	97.327	4.608	11.520	0.000103	28.065	
1.30	98.669	4.646	11.615	0.000132	35.988	
1.50	99.260	4.668	11.669	0.000151	41.278	
2.00	100.188	4.715	11.788	0.0002	54.527	
2.50	100.699	4.759	11.898	0.000248	67.813	混凝土达到极限压应变

表 7.4 UHTCC25 计算值

最大拉应变 /%	中和轴高度 c/mm	弯矩 /(kN·m)	荷载 /kN	曲率 /mm^{-1}	挠度 /mm	备注
0.003	59.474	0.250	0.625	5.04E-07	0.138	
0.008	59.328	0.665	1.663	1.35E-06	0.368	
0.01	59.269	0.831	2.077	1.69E-06	0.461	
0.015	67.361	0.862	2.155	2.23E-06	0.608	UHTCC 层、混凝土均开裂
0.020	71.337	0.931	2.327	2.80E-06	0.766	
0.030	76.117	1.062	2.654	3.94E-06	1.076	
0.050	80.764	1.314	3.285	6.19E-06	1.691	
0.080	83.773	1.684	4.210	9.55E-06	2.608	
0.100	84.815	1.928	4.820	1.18E-05	3.220	
0.150	86.125	2.532	6.331	1.74E-05	4.757	
0.20	86.609	3.129	7.823	2.31E-05	6.308	
0.25	86.713	3.7178	9.294	2.88E-05	7.875	
0.280	86.662	4.0666	10.166	3.23E-05	8.825	钢筋开始屈服
0.35	89.062	4.175	10.438	3.93E-05	10.734	

续表

最大拉应变 /%	中和轴高度 c/mm	弯矩 /(kN·m)	荷载 /kN	曲率 /mm^{-1}	挠度 /mm	备注
0.40	90.546	4.201	10.503	4.42E—05	12.067	
0.45	91.783	4.224	10.560	4.90E—05	13.392	
0.50	92.833	4.243	10.608	5.39E—05	14.712	
0.60	94.521	4.275	10.687	6.35E—05	17.339	
0.70	95.817	4.300	10.750	7.30E—05	19.955	
0.80	96.837	4.321	10.802	8.26E—05	22.566	
0.90	97.651	4.339	10.847	9.22E—05	25.175	
0.95	97.996	4.346	10.866	9.69E—05	26.480	
1.00	98.309	4.353	10.883	0.000102	27.785	
1.30	99.685	4.387	10.967	0.00013	35.621	
1.50	100.296	4.405	11.013	0.00015	40.851	
2.00	101.269	4.445	11.112	0.000197	53.945	
2.50	101.821	4.481	11.202	0.000246	67.066	
2.90	102.101	4.509	11.273	0.000284	77.583	混凝土达到 极限压应变

表 7.5　UHTCC15 计算值

最大拉应变 /%	中和轴高度 c/mm	弯矩 /(kN·m)	荷载 /kN	曲率 /mm^{-1}	挠度 /mm	备注
0.005	61.538	0.362	0.905	8.13E—07	0.222	
0.008	61.462	0.578	1.446	1.30E—06	0.356	
0.011	73.147	0.495	1.238	1.50E—06	0.411	混凝土开裂
0.013	73.109	0.585	1.463	1.78E—06	0.486	
0.015	74.663	0.608	1.520	2.01E—06	0.549	UHTCC 起裂
0.018	76.160	0.669	1.671	2.36E—06	0.646	
0.02	77.380	0.689	1.722	2.58E—06	0.706	
0.03	80.575	0.840	2.100	3.72E—06	1.017	
0.05	84.716	1.032	2.580	5.9E—06	1.612	
0.08	86.441	1.420	3.551	9.25E—06	2.528	
0.10	86.659	1.723	4.307	1.15E—05	3.152	
0.15	87.75	2.276	5.691	1.71E—05	4.669	
0.20	87.921	2.873	7.183	2.27E—05	6.213	
0.23	87.890	3.228	8.070	2.62E—05	7.148	
0.28	87.699	3.813	9.532	3.19E—05	8.721	钢筋屈服
0.35	90.113	3.902	9.754	3.88E—05	10.609	

续表

最大拉应变 /%	中和轴高度 c/mm	弯矩 /(kN·m)	荷载 /kN	曲率 /mm⁻¹	挠度 /mm	备注
0.40	91.572	3.925	9.813	4.37E−05	11.932	
0.45	92.790	3.945	9.863	4.85E−05	13.247	
0.50	93.826	3.962	9.905	5.33E−05	14.556	
0.60	95.494	3.990	9.976	6.28E−05	17.162	
0.70	96.782	4.012	10.031	7.23E−05	19.756	
0.80	97.804	4.030	10.075	8.18E−05	22.342	
0.90	98.628	4.045	10.113	9.13E−05	24.925	
0.95	98.981	4.051	10.128	9.6E−05	26.216	
1.00	99.300	4.057	10.142	0.000101	27.507	
1.30	100.714	4.085	10.212	0.000129	35.258	
1.50	101.347	4.099	10.248	0.000148	40.428	
1.80	102.071	4.103	10.257	0.000176	48.169	
2.50	102.968	4.154	10.384	0.000243	66.319	
3.00	103.348	4.178	10.444	0.00029	79.290	混凝土达到极限压应变

　　通过图 7.5 和表 7.6 中试验结果与理论计算的比较可以发现，理论计算值与试验结果吻合较好，尤其是钢筋屈服前弯矩和曲率的差异非常小，跨中挠度值略有差异，理论计算可以基本表达出梁在不同受力阶段的状态。由于计算中未考虑 UHTCC 与混凝土之间、钢筋与周围材料之间的滑移，因此变形计算值与实测值还有一定的差异。对于 UHTCC25 试件，混凝土层与 UHTCC 层界面发生粘结破坏，因此实测承载力较理论计算值偏低。比较表 7.6 中截面曲率延性系数 $\frac{\varphi_u}{\varphi_y}$ 的实测值与计算值发现，除 UHTCC50 截面曲率延性系数的测量值与实测值相近外，对于其余组不同厚度 UHTCC 层的复合梁，截面曲率延性系数的测量值均大于计算值。理论计算得到的截面曲率延性系数偏于安全，在实际工程设计中用其来预测结构或构件的延性是合理的。

表 7.6　屈服、极限状态下的承载力和延性

试件编号	P_y/kN	f_y/mm	φ_y/mm⁻¹	P_u/kN	f_u/mm	φ_u/mm⁻¹	$\mu_\varphi=\varphi_u/\varphi_y$
UHTCC50-2	10.19	13.8	3.2E−5	—	—	—	—
UHTCC50-3	9.9	13.67	3.9E−5	—	—	—	—
UHTCC50-4	11.0	14.2	3.8E−5	11.6	45.4	2.18E−4	5.74

试件编号	P_y/kN	f_y/mm	φ_y/mm^{-1}	P_u/kN	f_u/mm	φ_u/mm^{-1}	$\mu_\varphi=\varphi_u/\varphi_y$
UHTCC50 计算值	10.20	8.87	3.25E−5	11.29	54.30	1.99E−4	6.12
UHTCC35-2	9.76	14.2	3.6E−5	—	—	—	—
UHTCC35-3	10.72	12.89	3.5E−5	12.52	60.9	3.3E−4	9.43
UHTCC35-4	11.31	12.77	3.52E−5	—	—	—	—
UHTCC35 计算值	10.71	8.93	3.27E−5	11.90	67.81	2.48E−4	7.584
UHTCC25-1	10.05	12.4	3.3E−5	10.91	81.66	4.48E−4	13.58
UHTCC25-2	9.79	12.02	3.4E−5	—	—	—	—
UHTCC25-4	9.85	12.34	3.33E−5	—	—	—	—
UHTCC25 计算值	10.17	8.82	3.23E−5	11.27	77.58	2.84E−4	8.79
UHTCC15-1	10.01	11.45	3.3E−5	11.19	68.8	3.68E−4	11.15
UHTCC15-2	9.35	13.54	3.9E−5	10.96	87.88	4.4E−4	11.28
UHTCC15-3	9.68	13.42	3.37E−5	11.05	69.7	3.62E−4	10.74
UHTCC15 计算值	9.53	8.72	3.19E−5	10.44	79.29	2.9E−4	9.09
RC12-1	8.825	13.02	3.59E−5	9.75	59.56	2.25E−4	6.27
RC12-3	8.425	12.90	3.03E−5	9.75	68.9	1.99E−4	5.61

7.5　UHTCC 控裂功能梯度复合梁与普通钢筋混凝土梁的对比

　　将各组中做到最终破坏的试件弯矩-曲率和荷载-位移关系曲线来进行比较（见图7.6、图7.7）。从弯矩-曲率关系图中可看出，在起裂前荷载水平很低，UHTCC-FGC梁与普通钢筋混凝土梁几乎没有区别；起裂后，各组试件曲线相重合，这就说明起裂后各试件的抗弯刚度是相似的。抗弯刚度是材料的弹性模量与截面有效惯性矩的乘积，虽然 UHTCC 材料的弹性模量很低，大约不到混凝土弹性模量的2/3，但是在裂缝发展阶段，由于 UHTCC-FGC 梁与普通混凝土梁的裂缝发展形态有很大的不同，UHTCC 层产生的裂缝极细，一般小于0.05mm，并且 UHTCC 层约束了混凝土层裂缝宽度的发展，因此 UHTCC-FGC 梁截面的有效惯性矩要比普通混凝土梁大很多，这样二者的抗弯刚度差不多，经过起裂的折点之后，两条曲线斜率相近。钢筋屈服后，普通混凝土梁的承载力略有提高，而 UHTCC-FGC 梁的承载力提高很小，弯矩-曲率曲线几乎为水平线。通过图7.7比较各组试件的挠度可以发现，钢筋屈服时刻 UHTCC-FGC 梁的挠度与普通钢筋混凝土梁相近；UHTCC 材料本身的抗拉性能也可以分担部分拉力，因此 UHTCC 材料的引入使得 UHTCC-FGC 梁的屈服荷载得到显著提高，根据表 7.6 中数据可以得到各组 UHTCC 控裂功能梯度复合梁屈服荷载平均提高程度分别为 20.15％、22.86％、14.74％和 11.85％，也意味着 UHTCC-FGC 梁中钢筋的屈服得以延迟。在普通钢筋混凝土梁屈服荷载水平下，各组 UHTCC-FGC 梁尚处于裂缝发展阶段，挠度值均小于普通钢筋混凝土梁。因此，采用 UHTCC 替代部分混凝土，不仅可以显著提高梁的抗弯承载能力，降低钢材的用量，还可以有效控制梁的变形值。

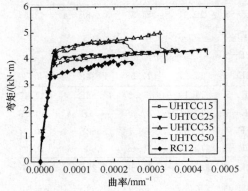 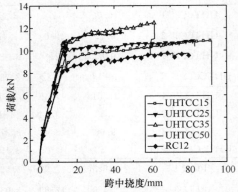

图 7.6　各组试件弯矩-曲率关系比较　　图 7.7　各组试件荷载-跨中挠度关系比较

　　对结构、构件或截面除了要求它们满足承载能力之外，还要求它们具有一定的延性，这样有利于吸收和耗散地震能量，防止发生脆性破坏等（程文瀼等，2002）。通过表 7.6 比较评价延性指标 φ_u / φ_y 发现，除 UHTCC50 与普通钢筋混凝土梁的延性指标相近外，其余组 UHTCC-FGC 梁的延性指标都明显高于普通钢筋混凝土梁，UHTCC-FGC 梁的延性都优于相同配筋率的普通混凝土梁。

7.6　裂缝发展与裂缝宽度控制

7.6.1　起裂荷载的确定

　　通过比较梁底面和侧面应变片测值的变化可以确定各组试件起裂的发生及起裂的位置。随着荷载的增加，在梁的跨中纯弯段内最薄弱的位置会出现第一批（一条或几条）裂缝。当裂缝产生在某一应变片测量范围内时，该应变片测量的应变值会突然增大；当起裂发生某一应变片附近的位置，则该应变片测量的应变值回缩。图 7.8 通过荷载-应变关系曲线上 UHTCC 层和混凝土层最大应变值的变化确定了各组试件的起裂荷载和起裂发生的位置。与理论分析一致，若 UHTCC 层较厚，梁底部 UHTCC 先达到其起裂应变，起裂发生在 UHTCC 层，如 UHTCC25 试件［见图 7.8（a）］，在底面应变片未发生突然增大或回缩之前，

混凝土应变值持续增长；UHTCC15 由于 UHTCC 层很薄，受拉区的混凝土先
达到其抗拉极限应变，起裂发生在混凝土层［见图 7.8（b）］。

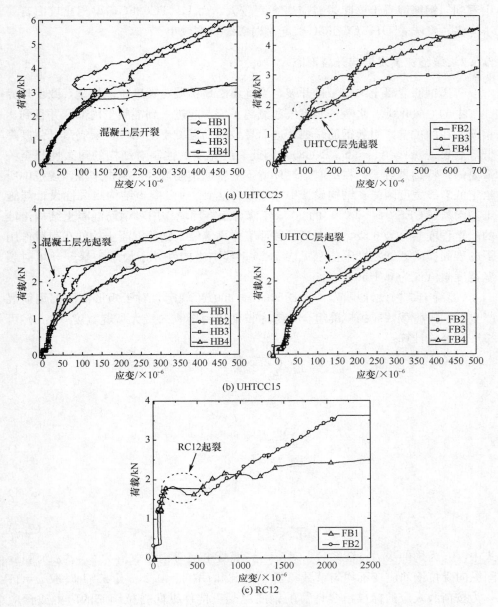

图 7.8　起裂荷载的确定

　　由于钢筋应变片使用的导线从梁的纯弯段内引出，导致梁存在较大的缺陷而
过早开裂，因此起裂荷载较低。经比较发现钢筋混凝土梁与 UHTCC-FGC 梁起

裂荷载值差别甚微，均介于 1.6～2.0kN 之间。梁底面应变片标距均为 50mm，因此在相同标距情况下应变突增的程度可以反映裂缝宽度的大小。从图 7.8（c）中看到，钢筋混凝土梁起裂时应变突变较大，而 UHTCC-FGC 梁相比较而言要小得多，意味着 UHTCC-FGC 梁起裂时裂缝宽度较小。

7.6.2　裂缝宽度发展与开裂形态

普通钢筋混凝土结构一旦开裂，裂缝不断地扩展，宽度难以控制，致使外界大气中的二氧化碳、水蒸气、氧气和氯离子等一起进入到混凝土内部，并且到达钢筋所在的位置，引起钢筋锈蚀，进而导致钢筋混凝土结构保护层剥落、强度降低等后果（Gergely et al.，1968）。因此裂缝宽度的控制对结构的耐久性是至关重要的。特别是对于处在高腐蚀性环境下的普通钢筋混凝土结构来说，规范中所给定的裂缝宽度限值在结构设计中往往难以达到。《混凝土结构耐久性设计与施工指南》（CCES 01—2004）的 2005 年修订版将环境作用对钢筋混凝土结构侵蚀的严重程度共分为 6 级，并规定了各环境作用等级下钢筋混凝土构件在荷载作用下的表面横向裂缝宽度限值（见表 7.7），其中当构件处于最恶劣暴露环境时裂缝宽度限值仅为 0.1mm。

《混凝土结构设计规范》（GBJ50010—2002）规定，对于矩形截面的钢筋混凝土梁，按荷载效应的标准组合并考虑长期作用影响的最大裂缝宽度（mm）可按下列公式计算：

$$\omega_{\max} = \alpha_{cr} \varphi \frac{\sigma_{sk}}{E_s} \left(1.9c + 0.08 \frac{d_{eq}}{\rho_{te}} \right) \tag{7.1}$$

$$\varphi = 1.1 - 0.65 \frac{f_{tk}}{\rho_{te} \sigma_{sk}} \tag{7.2}$$

$$d_{eq} = \frac{\sum n_i d_i^2}{\sum n_i \nu_i d_i} \tag{7.3}$$

$$\rho_{te} = \frac{A_s}{A_{te}} \tag{7.4}$$

$$\sigma_{sk} = \frac{M_k}{0.87 h_0 A_s} \tag{7.5}$$

式中，α_{cr} 为构件受力特征系数，对于钢筋混凝土受弯构件取值为 2.1；φ 为裂缝间纵向受拉钢筋应变不均匀系数，当 $\varphi < 0.2$ 时取 $\varphi = 0.2$，当 $\varphi > 1$ 时取 $\varphi = 1$；σ_{sk} 为按荷载效应的标准组合计算的钢筋混凝土构件纵向受拉钢筋的应力或预应力混凝土构件纵向受拉钢筋的等效应力；E_s 为钢筋弹性模量；c 为最外层纵向受拉钢筋外边缘至受拉区底边的距离（mm），当 $c < 20$ 时取 $c = 20$，当 $c > 65$ 时取 $c = 65$；ρ_{te} 为按有效受拉混凝土截面面积计算的纵向受拉钢筋配筋率，当 $\rho_{te} <$

0.01 时取 $\rho_{te}=0.01$；A_{te} 为有效受拉混凝土截面面积，对矩形截面受弯构件
$A_{te}=0.5bh$；A_s 为受拉区纵向非预应力钢筋截面面积；d_{eq} 为受拉区纵向钢筋的有
效直径（mm）；d_i 为受拉区第 i 种纵向钢筋的公称直径（mm）；n_i 为受拉区第 i
种纵向钢筋的根数；v_i 为受拉区第 i 种纵向钢筋的相对粘结特性系数，对于非预
应力带肋钢筋取值为 1.0；M_k 为按荷载效应的标准组合计算的弯矩值。

根据上述公式计算本次试验中普通钢筋混凝土梁 RC12-1 在达到各环境作用
等级下裂缝宽度限值时的承载力水平，如表 7.8 所示。当裂缝宽度限值 0.2mm
时，钢筋应力达到其屈服荷载的 75%；裂缝宽度限值 0.15mm 时，钢筋应力是
其屈服时的 61.2%；而裂缝宽度限值 0.1mm 时，则仅达到了 47.6%。因此，当
普通钢筋混凝土梁处于高腐蚀性环境中时，为保证其耐久性须将荷载控制在屈
服荷载的 50% 以下，钢筋未能发挥出其原有的应力水平，造成钢筋使用方面的很
大浪费。

表 7.7　钢筋混凝土构件表面裂缝计算宽度的允许值

环境作用等级	钢筋混凝土构件 裂缝宽度限值/mm
A（室内干燥环境）	0.4
B（非干湿交替的室内潮湿环境；非干湿交替的露天环境；长期湿润环境）	0.3
C（干湿交替环境；南方炎热潮湿的露天环境；无氯盐微冻地区、混凝土高度 饱水环境；无氯盐严寒和寒冷地区、混凝土中度饱水环境等）	0.20
D（有氯盐的微冻地区、混凝土高度饱水环境；有氯盐的严寒和寒冷地区、混 凝土中度饱水环境；无氯盐的严寒和寒冷地区、混凝土高度饱水环境；水下 区；轻度盐雾区；非干湿交替土中区；酸雨环境等）	0.20
E（有氯盐的严寒和寒冷地区、混凝土高度饱水环境；重度盐雾区；潮汐区和 浪溅区，非炎热地区；干湿交替土中区；轻度盐结晶环境等）	0.15
F（潮汐区和浪溅区，南方炎热潮湿地区；重度盐结晶环境等）	0.10

表 7.8　不同裂缝宽度限值对应的钢筋等效应力与荷载水平

裂缝宽度	0.4mm	0.3mm	0.2mm	0.15mm	0.1mm	RC12-1 钢筋屈服
σ_{sk}/MPa	467.32	368.355	269.39	219.91	170.43	360
M_k/(kN·m)	4.6	3.62	2.65	2.16	1.68	3.53

如前面所说，UHTCC 材料有两个重要特性，一是在单轴拉伸作用下开裂后
表现出应变硬化特性，并且极限拉应变在 3% 以上，另一个就是它的多缝开裂特
性。对于 UHTCC 材料而言，始终将裂缝宽度控制在较低的水平是该材料的固

有属性，即使在拉应变较大情况下平均裂缝宽度仍可以控制在 $60\mu m$ 左右（Weimann et al.，2003b；Lepech et al.，2005b），如图 7.9 所示。Takewaka 等（2003）、Lepech 等（2005a）研究表明混凝土裂缝宽度在 $50\sim60\mu m$ 以下时水的渗透性几乎不增长；普通钢筋混凝土结构在开裂后渗透性急剧增长。在正常使用情况下，UHTCC 的渗透性比普通混凝土或砂浆低了几个数量级（见图 7.10）。因此利用 UHTCC 自我控制裂缝的能力，将其引入混凝土结构中能够明显改善结构的耐久性，延长结构使用寿命。

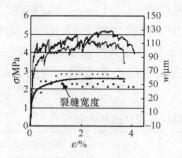

图 7.9　UHTCC 应力-应变和裂缝宽度-应　　　图 7.10　UHTCC 和混凝土开裂后水
变曲线（Lepech et al.，2005a）　　　　　　渗透性（Weimann et al.，2003b）

　　本次试验加载过程中使用了电阻应变片和裂缝观测仪观察裂缝的扩展和不同阶段试件表面裂缝随变形增长的发展情况。图 7.11 展示了普通钢筋混凝土梁 RC12 破坏时梁侧面和底面的裂缝形态。对于普通钢筋混凝土梁而言，起裂总是发生在梁的跨中附近，随着荷载的增长，纯弯段相继出现了 5 条宽度较大的裂缝。钢筋屈服以后，裂缝数量不再增长，仅仅是裂缝的宽度持续增大。

　　对于 UHTCC 层先起裂的 UHTCC-FGC 梁来说，起裂发生在纯弯段内任意位置，并且很难用肉眼观察到，只能根据应变片读数的变化得知。在 UHTCC 层起裂后，所用的 PVA 纤维由于化学粘结的存在使得材料在裂缝宽度为零时就存在一个初始的桥联应力，并且对应桥联应力-裂缝开口宽度曲线斜率较高（Maalej et al.，1994），因此在第一批裂缝仅开展很小的宽度就足以使开裂处纤维的桥联荷载达到开裂前的水平，这样 UHTCC 中的 PVA 纤维就能够提供足够的桥联应力，使得基体中的裂缝以稳态开裂模式扩展（Li et al.，2004），即纤维发挥桥联作用约束裂缝的发展，并将桥联应力返递给未开裂的水泥基材，当水泥基材达到开裂强度后又出现新的裂缝，如此往复进行下去，在 UHTCC 基材中将形成大量间距大致相等的细裂缝。随着荷载的增加，当受拉区混凝土达到其极限抗拉强度时，混凝土层开裂。混凝土一开裂，张紧的混凝土向裂缝两侧产生不自由回缩，它受到 UHTCC 层的约束，直至被阻止，混凝土层中的裂缝开始

(a)底面

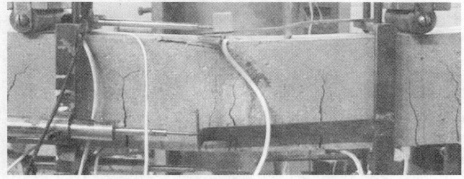

(b)侧面

图 7.11　普通钢筋混凝土梁 RC12 破坏形态

向下发展延伸至 UHTCC 层。在混凝土回缩时，混凝土层与 UHTCC 层之间有
相对滑移，产生粘结应力。通过粘结应力，混凝土层先将承受的部分拉力转给
UHTCC 层，而不是像普通钢筋混凝土构件一样直接传递给钢筋，又因为
UHTCC 与钢筋变形协调，所以钢筋的应力不会由于 UHTCC 层出现的细密裂
缝而突然增大。第一批裂缝出现后，在粘结应力传递长度以外的那部分混凝土仍
处于受拉张紧状态，随着弯矩继续增加，在距离裂缝截面大于粘结应力传递长度
的其他薄弱截面出现新裂缝。如此往复直至钢筋屈服。在荷载增长过程中，
UHTCC 层与上部混凝土层裂缝数量都有所增加，两层上的裂缝宽度都较小，相
比较而言混凝土层中的裂缝经仔细观察肉眼便可看出，而 UHTCC 层裂缝肉眼
很难观察到。直至钢筋屈服时，梁表面裂缝需要涂特殊的显示液来观察。与普通
钢筋混凝土梁不同的是，在钢筋屈服后，UHTCC-FGC 梁承载力增长缓慢，梁
的变形急剧增加，在此过程中，混凝土层的裂缝数量不再增长，而 UHTCC 层
仍然有大量微细裂缝不断产生。

　　UHTCC35 和 UHTCC50 破坏后梁侧面和底面的裂缝形态相似（见图 7.12、

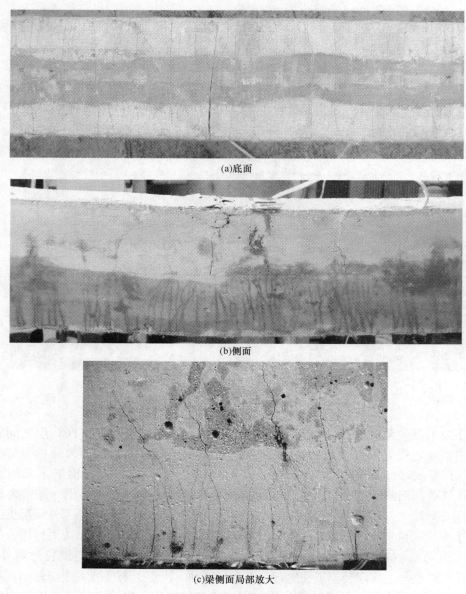

(a)底面

(b)侧面

(c)梁侧面局部放大

图 7.12 UHTCC50 梁破坏后裂缝形态

图 7.13），其中图 7.12（a）梁底面应变片长度为 50mm。UHTCC-FGC 梁破坏后裂缝形态与普通钢筋混凝土梁有着明显的不同，普通钢筋混凝土梁跨中底部仅出现几条宽裂缝（见图 7.11），相反，在 UHTCC-FGC 梁跨中底部却出现了大量的细密裂缝 [见图 7.12（a）、图 7.13（a）]；从 UHTCC-FGC 梁的侧面图看

到，混凝土层少而宽的裂缝与下部 UHTCC 层大量细密裂缝形成了鲜明对比，
每条混凝土宽裂缝遇到 UHTCC，都被分散成为多条细小裂缝［见图 7.12（b）、
(c)、图 7.13（b）］，这一现象与 Maalej 等（1995）的观察一致。这是因为随着
混凝土层较宽裂缝的扩展，这些裂缝遇到 UHTCC 层时会产生应变集中，
UHTCC 材料所用的 PVA 纤维具有桥联能力使得应力重新分布，大量的细密裂
缝产生。由于 UHTCC 层与混凝土层之间的剪切应力，因此每根主裂缝下部对
应的细密裂缝呈根系状分布。虽然与 UHTCC 层相比，UHTCC-FGC 梁混凝土
层中裂缝较宽，然而对比普通混凝土梁，UHTCC-FGC 梁混凝土层中的裂缝宽
度以得到了有效的控制，裂缝数量也明显增多，裂缝间距减小。因此，对于
UHTCC-FGC 梁来说，由于 UHTCC 控裂功能层发挥了有效作用，对于复合梁
本身里的混凝土材料功能区的裂缝扩展也得到了有效抑制。

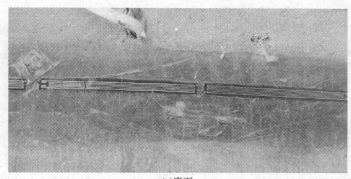

(a)底面

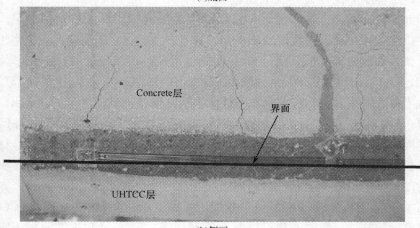

(b)侧面

图 7.13　UHTCC35 梁破坏后裂缝形态

UHTCC25 梁在加载过程中混凝土层与 UHTCC 层之间有轻微脱粘现象发

生，从最后试件的破坏形态可更明显地看出（见图7.14），这就可以解释前面比较钢筋与同高度处基体应变值略有差异的原因。该种构件在正常使用状态下，侵蚀性介质会通过因脱粘而产生的层间裂缝到达钢筋位置，从而会引发结构的耐久性问题。结合承载力-变形试验曲线，由于脱粘的发生导致梁实际承载能力低于理论计算值。因此，无论从承载力还是耐久性的角度来看，此种 UHTCC 层厚度不适合于应用在 UHTCC-FGC 梁中。

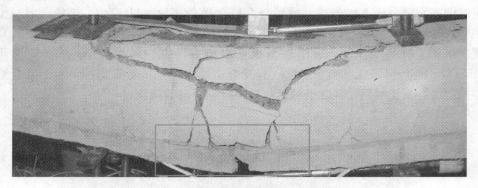

图 7.14　UHTCC25 最终破坏形态

UHTCC15 梁中 UHTCC 厚度仅 15mm 作为保护层，钢筋全部埋在混凝土中。由于 UHTCC 厚度较小，受拉区的混凝土先于 UHTCC 达到极限拉应变而起裂，UHTCC 层的裂缝主要是由混凝土开裂处向其的延伸，这与前面所分析的 UHTCC 层较厚的试件裂缝发展路径（UHTCC 层先于混凝土层起裂）有所不同，因此比较而言，这种情况下 UHTCC 层的裂缝扩展不如前几种情况。但与钢筋混凝土梁相比，裂缝宽度要小得多，并且在加载点之间裂缝数量也多于钢筋混凝土梁，裂缝底部呈根系状分布（见图7.15）。从各组试件弯矩-曲率关系比较发现，UHTCC15 梁在钢筋屈服时承载力比钢筋混凝土梁高出了约 15%，极限承载力也大于后者，构件的延性明显优于钢筋混凝土梁。由此可以看出，仅使用很薄一层 UHTCC 就可以显著提高构件的弯曲性能，但构件的耐久性问题仍不能得以保证。综合 UHTCC25 和 UHTCC15 两种情况得知，UHTCC 材料太薄而未包裹住钢筋同样会引发 UHTCC-FGC 梁的耐久性问题，因此，在实际结构或构件设计中，要保证 UHTCC 厚度将钢筋完全包裹住。

图 7.16～图 7.20 一系列照片分别展示了钢筋混凝土梁和各组 UHTCC-FGC 梁裂缝宽度随施加荷载的变化，可以发现 UHTCC-FGC 梁和钢筋混凝土梁开裂行为存在着明显的不同。由于 UHTCC25 加载过程中出现层间裂缝，不适合于应用在设计中，因此此种情况不予以讨论。每幅图下边均标明了拍摄时荷载或变形的大小，并在括号内标明了对应时刻裂缝的宽度。对于钢筋混凝土梁，从

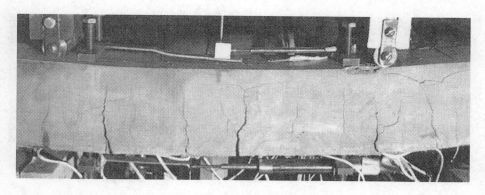

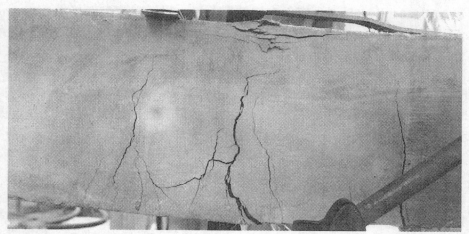

图 7.15　UHTCC15 梁破坏后侧面裂缝形态

图 7.16 中可看到，在达到屈服荷载 60％左右时，裂缝宽度达到了 0.12mm，已
超过《混凝土结构耐久性设计与施工指南》（CCES 01—2004）的 2005 年修订版
中对处于高腐蚀性暴露环境下的结构裂缝宽度限值（0.1mm）；裂缝宽度随着荷
载的增加不断增长，到了屈服荷载 74％时，裂缝宽度已增长至 0.16mm，两加载
点有 5 条裂缝，过了钢筋屈服点之后，裂缝数量不再增长，仅仅是裂缝宽度上的
增加。刚过屈服荷载，裂缝宽度增长至 0.28mm。我国《混凝土结构设计规范》
（GBJ50010—2002）对室内正常环境中裂缝宽度的限值为 0.3（0.4）mm，超过
这一限值将会导致钢筋腐蚀的加速。从实验中可知，一次可能发生的过载将会引
发构件的耐久性问题。

　　同等荷载水平下，UHTCC-FGC 梁的裂缝宽度总是小于普通钢筋混凝土梁。
图 7.17 展示了 UHTCC 材料在钢筋周围各一个保护层的厚度的 UHTCC50 试件
裂缝发展情况。在承载力达到屈服荷载的 60％～80％时，UHTCC 保护层中裂

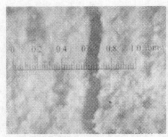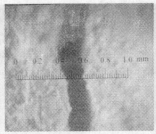

(a) 5.3kN(*w*=0.12mm)　　　　　(b) 6.6kN(*w*=0.16mm)　　　　(c)屈服后挠度15mm(*w*=0.28mm)

图 7.16　普通钢筋混凝土梁 RC12 裂缝宽度的发展

缝宽度为 0.04~0.05mm，即使在钢筋屈服时，裂缝宽度仍保持在 0.05mm。Lepech 等（2005b）指出，宽度 0.05mm 的微裂缝会表现出自封闭行为。一般的工业及民用建筑，宽度小于 0.05mm 的裂缝对使用（防水、防腐、承重）都无危险性，可以假定宽度小于 0.05mm 裂缝结构为无裂缝结构（王铁梦，1997）。UHTCC 层裂缝宽度发展速度非常缓慢，并且达到一定值后几乎不增长。使用UHTCC 材料替换钢筋周围各一个保护层厚度的混凝土后，上部混凝土中的裂缝数量也比钢筋混凝土梁中产生的裂缝数量多，但最大宽度显著减小。普通钢筋混凝土梁钢筋屈服后裂缝数量不会增长，而 UHTCC-FGC 梁在钢筋屈服后裂缝数量仍然继续增加。在梁接近极限状态（荷载 11.53kN 挠度 37mm）时，量测UHTCC 层和上部混凝土层的裂缝宽度进行对比（见图 7.17），UHTCC 层裂缝宽度不到 0.06mm，上部混凝土层的裂缝宽度 0.1mm，远远小于普通钢筋混凝土梁中裂缝宽度。只有 UHTCC 层裂缝数量大于混凝土层裂缝数量，梁才满足变形协调条件。从上面的数值也可看出，即使在过载情况下，UHTCC-FGC 梁仍然满足规范中对裂缝宽度的限值，能够有效防止外界大气中的不利因素进入构件内部到达钢筋，从而极大地避免了钢筋的锈蚀。

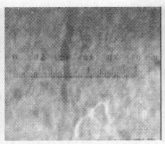

(a) 6kN(*w*=0.04mm)　　　　　(b) 8.2kN(*w*=0.05mm)　　　　　(c) 10kN(*w*=0.05mm)

图 7.17　UHTCC50 裂缝宽度发展

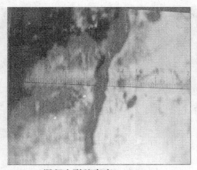

(a)混凝土裂缝宽度(w=0.1mm)　　　　　(b) UHTCC 层裂缝宽度(w=0.05~0.06mm)

图 7.18　接近极限状态（荷载 11.53kN 挠度 37mm）
UHTCC50 混凝土层与 UHTCC 层裂缝宽度比较

对于 UHTCC 材料厚度刚刚包裹住钢筋的 UHTCC35，在承载力达到屈服荷载的 60%～80%时裂缝宽度保持在 0.03～0.04mm，随着荷载和变形的增加，裂缝宽度的增长非常缓慢（见图 7.19）。在钢筋屈服时，裂缝宽度保持在 0.05mm。在试验中发现，虽然 UHTCC35 产生的裂缝数量略少于 UHTCC50，但裂缝宽度二者相差无几。在极限状态下下部 UHTCC 层的裂缝依然很细，肉眼极难看到。并且从前面各组试件的承载力变形比较中发现，UHTCC35 试件承载能力丝毫不低于 UHTCC50，其极限变形能力达到了后者的 1.7 倍。因此可以判定，对于本次试验中的 UHTCC-FGC 梁来说，UHTCC 材料厚度刚刚包裹住钢筋表现的性能要优于 UHTCC 材料在钢筋周围各一个保护层的厚度，并且材料节约了 40%。

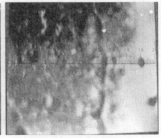

(a) 6kN(w=0.03mm)　　　　　(b) 7kN(w=0.04mm)　　　　　(c)屈服(w=0.05mm)

图 7.19　UHTCC35 裂缝宽度发展

UHTCC15 中 UHTCC 厚度仅 15mm 作为保护层，钢筋全部在混凝土中。与其他 UHTCC-FGC 梁，UHTCC15 裂缝宽度稍大，在钢筋屈服时最大裂缝宽度达到了 0.10mm（见图 7.20）。但与普通钢筋混凝土梁相比，裂缝宽度要小得多。

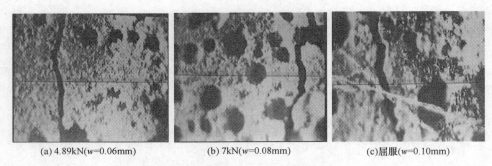

(a) 4.89kN(w=0.06mm)　　　　(b) 7kN(w=0.08mm)　　　　(c)屈服(w=0.10mm)

图 7.20　　UHTCC15 裂缝宽度发展

7.7　控裂功能梯度复合梁中 UHTCC 最佳厚度分析

令 UHTCC 厚度为 t，梁截面沿梁高应变应力分布如图 7.21 所示。为简化计算，假定受拉区混凝土开裂后退出工作；忽略受拉区 UHTCC 起裂后应力增长部分，即受拉区 UHTCC 拉应力为 σ_{tc}。在力和力矩的平衡方程基础上，可以得到控裂梯度复合梁整个受弯过程的承载能力-变形关系。以 UHTCC 层厚度 35mm 的试件为例，弯矩-曲率和荷载-跨中挠度曲线如图 7.22 所示。与第 6 章理论计算精确结果相比，在屈服前两条曲线几乎重合，随着变形的增大承载力之间的细微差异才慢慢显现。这种简便方法可以用于梯度复合梁的计算。

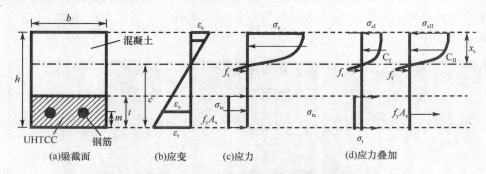

图 7.21　UHTCC-FGC 梁极限状态下沿梁高应力应变分布

采用叠加法将受压区压力分为两部分 ［见图 7.21 (d)］，一部分与受拉区 UHTCC 的拉力相平衡，另一部分与受拉纵筋的拉力相平衡，则有

$$\int_c^h \sigma_c(x)b\mathrm{d}x = \int_c^h \sigma_{cI}(x)b\mathrm{d}x + \int_c^h \sigma_{cII}(x)b\mathrm{d}x = C_I + C_{II} \tag{7.6}$$

$$\frac{tb\sigma_{tc}}{f_y A_s} = C_I / C_{II} \tag{7.7}$$

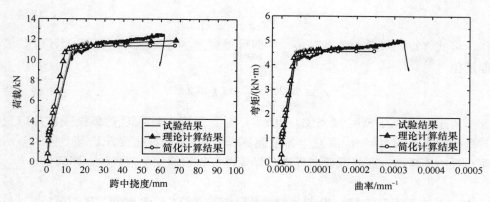

图 7.22　UHTCC-FGC 梁试验结果与计算值的比较

下面针对应力叠加图来考察 UHTCC 厚度的影响。对于图 7.21（d）所示的
UHTCC 增强普通混凝土复合梁来说，受拉区 UHTCC 的增强作用相当于受拉
钢筋。与普通钢筋混凝土梁相似，梁极限破坏时存在三种情况：①当 UHTCC
层厚度较大时，即相当于配筋率较大，受压区混凝土压溃导致复合梁破坏；②当
UHTCC 层厚度太小即相当于配筋率过小时，受拉区 UHTCC 达到极限抗拉应
变将导致复合梁受拉破坏；③受压区混凝土与受拉区 UHTCC 同时达到极限应
变，称之为界限破坏。依照 UHTCC-FGC 梁承载力计算方法，可以得到：

复合梁受压破坏时，中和轴高度为

$$c = h - \frac{\dfrac{\sigma_{tc}}{f_{cI}}t}{1 - \dfrac{\varepsilon_0}{3\varepsilon_{cu}}} \tag{7.8}$$

复合梁受拉破坏时，中和轴高度为

$$c = \frac{h - \dfrac{\sigma_{tc}}{f_{cI}}t}{\dfrac{\varepsilon_0}{3\varepsilon_{tu}} + 1} \tag{7.9}$$

由式（7.8）和式（7.9）可以得到发生界限破坏时 UHTCC 的厚度为

$$t = \frac{f_{cI}(3\varepsilon_{cu} - \varepsilon_0)}{3\sigma_{tc}(\varepsilon_{cu} + \varepsilon_{tu})}h \tag{7.10}$$

由式（7.6）和式（7.7）可知

$$\begin{cases} \dfrac{tb\sigma_{tc}}{f_y A_s} = \dfrac{f_{cI}}{f_{cII}} \\ f_{cI} + f_{cII} = f_c \end{cases} \tag{7.11}$$

于是有

$$f_{c1} = f_c \frac{tb\sigma_{tc}}{tb\sigma_{tc} + f_y A_s} \tag{7.12}$$

将式（7.12）代入式（7.10）中即可得到发生界限破坏时所需 UHTCC 层厚度值

$$t_b = \frac{f_c(3\varepsilon_{cu} - \varepsilon_0)}{3\sigma_{tc}(\varepsilon_{cu} + \varepsilon_{tu})}h - \frac{f_y A_s}{b\sigma_{tc}} \tag{7.13}$$

对于 UHTCC-FGC 梁来说，当 $t < t_b$ 时，梁因 UHTCC 达到极限抗拉应变导致受拉破坏；当 $t = t_b$ 时发生界限破坏；当 $t > t_b$ 时发生受压破坏。同时，从耐久性方面考虑，还要保证 UHTCC 厚度能够将钢筋完全包裹住，即满足

$$t > m + 0.5d_s \tag{7.14}$$

式中，d_s 表示纵筋直径。以上述试验中 UHTCC-FGC 梁为例，通过式（7.14）计算得到发生界限破坏时所需 UHTCC 厚度为 9.12mm，综合式（7.14）可知此梁 UHTCC 厚度应保证大于 32mm，因此，本次试验所选取的四种 UHTCC 层厚度中，UHTCC35 既满足了梁的耐久性要求，又具有经济性。

从式（7.13）中看到，UHTCC 层的最佳厚度主要是受混凝土抗压强度 f_c、UHTCC 极限抗拉应变 ε_{tu}、UHTCC 起裂拉伸强度 σ_{tc} 和纵筋配筋率的影响。混凝土抗压强度越高，所需 UHTCC 的最佳厚度就越大；若 UHTCC 材料的其他拉伸性能参数保持不变，UHTCC 极限抗拉应变越高，UHTCC 层所需厚度越小；提高 UHTCC 材料的起裂拉伸强度有益于 UHTCC 的经济性；纵筋配筋率对 UHTCC 层的最佳厚度有重要的影响，配筋率越大，所需的 UHTCC 层厚度就越高。

第 8 章　超高韧性水泥基复合材料在高性能建筑结构中的发展前景

　　基础设施的安全运行对社会和国民经济具有重大的影响，但以目前建筑材料性能、施工技术水平和经济水平，难以做到确保满足工程结构抗裂防震要求。利用新型绿色结构材料——超高韧性水泥基复合材料 UHTCC 的优异变形能力、裂缝无害化分散能力和卓越的能量耗散能力，将其应用于工程结构中以提高结构的耐久性和抗震性，从根本上保证重大基础设施的安全运行。本书结合国家自然科学基金重点项目和南水北调工程重大关键技术研究及应用项目，对 UHTCC 材料在高性能建筑结构中的基本应用进行了初步的探索性研究工作，部分研究成果（第 3、4、7 章）作为南水北调重大关键技术研究与应用的一部分，于 2008 年 3 月 14 日通过了国务院南水北调工程建设委员会办公室在北京组织的国内水利行业著名专家参加的研究成果专家评审；在 2009 年由国家自然科学基金委员会召开的建筑科学重点项目结题验收会议上，本书部分研究成果（第 2、6、7 章）作为国家自然科学基金重点项目的一部分，通过了本领域国内同行专家的验收。为促进我国在高性能建筑结构的进一步发展，仍需开展大量的研究工作：

　　(1) 进一步开发 UHTCC 新型复合材料结构形式，利用其超强变形能力、裂缝无害化分散能力和卓越的能量耗散能力提高结构耐久性和抗震性。

　　(2) 研究配筋 UHTCC 构件长期荷载作用下的性能和疲劳特性，以及 UHTCC 控裂功能梯度复合梁的耐久性。

　　(3) 将 UHTCC 和钢网架结合可制作大跨薄壳结构，既可提高钢网架耐腐蚀能力和防火能力，另一方面可以克服传统钢筋混凝土壳体自重过大的问题。也可将 UHTCC 和纤维编织网结合用来修复加固既有结构。

　　(4) 利用 UHTCC 的卓越变形能力和裂缝无害化分散能力，可和钢结构联合作用，复合成 UHTCC 外包钢结构，以提高钢结构的耐腐蚀性能和防火能力。

　　(5) 建议在输水工程长大渡槽和长大渠道的防裂防渗中推广应用 UHTCC 新材料，利用其优良的环保作用，以保证广大居民用水安全。

　　(6) 对于核电站安全壳需要开展的 UHTCC 耐辐射特性的研究，对于核电站安全壳的预应力钢筋锚固区建议使用利用 UHTCC 材料，可避免应力集中产生的开裂。

　　(7) 建议跨江海大跨桥梁使用 UHTCC 材料作为新型桥面铺装材料，既可减轻自重，又可提高使用寿命。建议桥墩部分使用 UHTCC 材料，提高抗震性能。UHTCC 材料可作为防裂抗冲击保护层。这些都需要开展专门的研究。

（8）UHTCC 还可应用于混凝土重力坝和拱坝，碾压混凝土重力坝与拱坝和面板堆石坝的防裂防渗层，根据大坝混凝土体积大的特点，应进行功能梯度大体积功能复合结构的专门研究。在长大隧洞的衬砌结构也需要开展相应的研究工作。

（9）还需采用国产胶凝材料制备出具有不同特殊性能的 UHTCC 材料以满足不同工程需求。建议采用工厂化生产方式，制作专门的生产线，以保证质量。同时，建议建立 UHTCC 构件预制厂，根据不同用途制作标准化的 UHTCC 预制构件，进行装配化施工，可以确保质量。

超高韧性水泥基复合材料 UHTCC 可广泛应用于港口、大坝、公路、铁路、桥梁、城市地铁和工业民用建筑的防裂、耐久性防护、抗震阻尼、防水材料和核电站及军事工程的抗爆抗冲击，可以使大型基础设施钢筋混凝土结构使用寿命在原设计的基础上显著提高，对节约能源，减少环境污染，带动节能降耗都会起到较大的推动作用，产生可观的长期经济价值。进一步推广到全国的大坝、港口、公路、桥梁、城市道路、高层建筑，使其使用寿命在原设计能力基础上大幅提高，其产生的直接经济效益将会相当可观。

参 考 文 献

蔡向荣，徐世烺. 2010. UHTCC薄板弯曲荷载-变形硬化曲线与单轴拉伸应力-应变硬化曲线对应关系研究 [J]. 工程力学，27（1）：8—16.

陈厚群. 2003. 南水北调工程抗震安全性问题 [J]. 中国水利水电科学研究院学报，1（1）：17—22.

陈婷，詹炳根. 2003. 设计PVA纤维水泥基复合材料的研究进展 [J]. 混凝土，（11）：3—10.

陈肇元，徐有邻，钱稼茹. 2002. 土建结构工程的安全性与耐久性 [J]. 建筑技术，（4）：248—253.

程文瀼，康谷贻，颜德姮. 2002. 混凝土结构设计原理 [M]. 北京：中国建筑工业出版社.

代平. 2009. 超高韧性水泥基复合材料修复的带缺口复合梁的试验研究 [D]. 大连：大连理工大学.

高淑玲. 2006. PVA纤维增强水泥基复合材料假应变硬化及断裂特性研究 [D]. 大连：大连理工大学.

高淑玲，徐世烺. 2007. 单边切口薄板研究聚乙烯醇纤维增强水泥基复合材料断裂韧性 [J]. 工程力学，24（11）：12—18.

公成旭. 2008. 高韧性低收缩纤维增强水泥基复合材料研发 [D]. 北京：清华大学.

过镇海. 1999. 钢筋混凝土原理（第一版）[M]. 北京：清华大学出版社.

黄海涛，郎建峰，付占达. 2007. 水泥基梯度功能材料的研究进展 [J]. 山西建筑，33（7）：168—169.

混凝土结构耐久性设计与施工指南（CCES 01—2004）（2005年修订版）[S]. 北京：中国建筑工业出版社.

混凝土结构设计规范（GB 50010—2002）[S]. 北京：中国建筑工业出版社.

姜国庆，孙伟，刘小泉. 2008. 生态型工程水泥基复合材料的制备与性能研究 [J]. 西安建筑科技大学学报（自然科学版），40（1）：93—100.

金伟良，赵羽习. 2002. 混凝土结构耐久性 [M]. 北京：科学出版社.

李贺东. 2008. 超高韧性水泥基复合材料试验研究 [D]. 大连：大连理工大学.

李贺东，徐世烺. 2010. 超高韧性水泥基复合材料弯曲性能及韧性评价方法 [J]. 土木工程学报，43（3）：32—39.

李赫，徐世烺. 2007. 纤维编织网增强混凝土薄板力学性能的研究 [J]. 建筑结构学报，28（4）：117—122.

李庆华，徐世烺. 2009. 超高韧性水泥基复合材料基本性能和结构应用研究进展 [J]. 工程力学，26（S2）：23—67.

李庆华，徐世烺. 2010a. 钢筋增强超高韧性水泥基复合材料弯曲性能试验研究与计算分析 [J]. 建筑结构学报，31（3）：51—61.

李庆华，徐世烺. 2010b. 钢筋增强超高韧性水泥基复合材料受弯构件理论分析 [J]. 工程力学，27（7）：92-102.

李著璟. 2005. 初等钢筋混凝土结构 [M]. 北京：清华大学出版社.

梁坚凝，曹倩. 2006. 高延性永久模板在建造耐久混凝土结构中的应用 [J]. 东南大学学报（自然科学版），36（Sup II）：110—115.

刘志凤. 2009. 超高韧性水泥基复合材料干燥收缩及约束收缩下抗裂性能研究 [D]. 大连：大连理工大学.

罗百福. 2008. 绿色高韧性纤维增强水泥基复合材料的研究 [D]. 哈尔滨：哈尔滨工业大学.

任昭君, 孙志伟, 苏卿. 2008. 水分含量对 PVA-SHCC 断裂能及应变硬化的影响 [J]. 工程建设, 40 (4): 9—12.

沈荣熹, 崔琪, 李清海. 2004. 新型纤维增强水泥基复合材料 [M]. 北京: 中国建材工业出版社.

唐纯喜. 2007. 长距离输水工程的关键结构体系可靠度研究 [D]. 杭州: 浙江大学.

田砾, 范宏, 孙雪飞, 等. 2006. 应变硬化水泥基复合材料 (SHCC) 本构关系逆向分析研究 [J]. 固体力学学报, 27 (S): 14—17.

田艳华. 2008. 自密实超高韧性水泥基复合材料试验研究 [D]. 大连: 大连理工大学.

王铁梦. 1997. 工程结构裂缝控制 [M]. 北京: 中国建筑工业出版社.

王巍. 2009. 超高韧性水泥基复合材料热膨胀性能及导热性能的研究 [D]. 大连: 大连理工大学.

王晓刚, Wittmann F H, 赵铁军. 2006. 优化设计水泥基复合材料应变硬化性能研究 [J]. 混凝土与水泥制品, (3): 46—49.

尉文婷. 2010. 纤维编织网增强混凝土电热性能及其应用研究 [D]. 大连: 大连理工大学.

新野正之, 平津敏雄, 渡边龙三. 1978. 倾斜机能材料-宇航机用超耐热材料的研究 [J]. 日本复合材料学会志, 13 (6): 257—264.

徐世烺, 蔡向荣. 2009. 超高韧性水泥基复合材料基本力学性能研究 [J]. 水利学报, 40 (9): 1055—1065.

徐世烺, 蔡向荣, 张英华. 2009. 超高韧性水泥基复合材料单轴受压应力应变全曲线试验测定与分析 [J]. 土木工程学报, 42 (11): 79—85.

徐世烺, 蔡新华, 李贺东. 2009. 超高韧性纤维增强水泥基复合材料 (UHTCC) 抗冻耐久性能试验研究 [J]. 土木工程学报, 42 (9): 42—46.

徐世烺, 等. 2007. 超高韧性绿色 ECC 新型材料研究及应用 [R]. 大连: 大连理工大学.

徐世烺, 李贺东. 2008. 超高韧性水泥基复合材料研究进展及其工程应用 [J]. 土木工程学报, 41 (6): 72—87.

徐世烺, 李贺东. 2009. 超高韧性水泥基复合材料直接拉伸试验研究 [J]. 土木工程学报, 42 (9): 32—41.

徐世烺, 李贺东, 李庆华. 2009. 非金属纤维编织网短纤维联合增强水泥基复合材料 [P]. ZL200510046878. x.

徐世烺, 李庆华, 李贺东. 2007. 碳纤维编织网与 PVA 短纤维联合增强水泥基复合材料弯曲性能的试验研究 [J]. 土木工程学报, 40 (12): 69—76.

徐世烺, 王洪昌. 2008. 超高韧性水泥基复合材料与钢筋粘结本构关系的试验研究 [J]. 工程力学, 25 (11): 53—61.

徐世烺, 王楠, 李庆华. 2010. 超高韧性水泥基复合材料增强普通混凝土复合梁弯曲性能试验研究 [J]. 土木工程学报, 43 (5): 17—22.

杨富巍, 张秉坚, 潘昌初, 等. 2008. 糯米灰浆——中国古代的重大发明之一 [J]. 中国科学 E 辑: 技术科学, 37 (9): 1391—1397.

杨久俊, 董延玲. 2002. 纤维梯度分布对混凝土力学性能的影响 [J]. 河南科学, 20 (6): 645—648.

杨久俊, 贾晓林, 谭伟, 等. 2001. 水泥基梯度复合功能材料物理力学性能的初步研究 [J]. 新型建筑材料, (11): 1—7.

杨英姿, 祝瑜, 高小建, 等. 2009. 掺粉煤灰 PVA 纤维增强水泥基复合材料的试验研究 [J]. 青岛理工大学学报, 30 (4): 51—54, 59.

赵铁军, 毛新奇, 张鹏. 2006. 应变硬化水泥基复合材料的干燥收缩与开裂 [J]. 东南大学学报 (自然科学版)，36（Sup II）：269—273.

朱信华，孟中岩. 1998. 梯度功能材料的研究现状与展望 [J]. 功能材料，29（2）：121—127.

Ahmed S F U, Maalej M. 2009. Tensile strain hardening behaviour of hybrid steel-polyethylene fibre rein-forced cementitious composites [J]. Construction and Building Materials, 23：96—106.

Ahmed S F U, Mihashi H. 2007. A review on durability properties of strain hardening fiber reinforced ce-mentitious composites (SHFRCC) [J]. Cement and Concrete Composites, 29 (5)：365—376.

Atcheson M, Alexander D. 1978. Development of fibrous ferrocement [J]. Ferrocement：Material and Applications, (Detroit. USA), ACI, SP-61：81—101.

Billington S L. 2004. Damage-tolerant cement-based materials for performance based earthquake engineering design：research needs [C] //Fracture Mechanics of Concrete Structures, Proceedings of FRAMCOS-5 Vail：53—60.

Billington S L, Rouse J M. 2003. Time-dependant response of highly ductile fiber-reinforced cement-based composites [C] // Proceedings of the Seventh International Symposium on Brittle Matrix Composites, Warsaw, Poland：ZTUREK RSI and Woodheas Publication：47—56.

Billington S L, Yoon J K. 2004. Cyclic response of precast bridge columns with ductile fiber-reinforced con-crete [J]. ASCE Journal of Bridge Engineering, 9 (4)：353—363.

Bischoff P H. 2007. Deflection calculation of FRP reinforced concrete beams based on modifications to the existing branson equation [J]. Journal of Composites for Construction, ASCE, 11 (1)：4—14.

Boshoff W P, Van Zijl G P A G. 2004. Numerical creep modelling of ECC [C] // Proceedings 5th Frac-ture Mechanics of Concrete and Concrete Structures (FRAMCOS-V), Vail, Colorado：1037—1043.

Boshoff W P, Van Zijl G P A G. 2007. Time-dependent response of ECC：Characterisation of creep and rate dependence [J]. Cement and Concrete Research, 37：725—734.

Brichall J D, Howord A J, Kendall K. Flexural strength and porosity of cements [J]. Nature, (289)：388—390.

Canbolat B A, Parra-Montesinos G J, Wight J K. 2005. Experimental study on the seismic behavior of high-performance fiber reinforced cement composite coupling beams [J]. ACI Structural Journal, 102 (1)：159—166.

Capus J M. 1999. Advanced in powder metallurgy processing [J]. Advanced Materials & Processes, 156 (3)：33—37.

Chanvillard G, Rigaud S. 2003. Complete characterization of tesile properties of ductal UHPFRC according to the French recommendations [C] //High Performance Fiber Reinforced Cement Composites (HP-FRCC-4), RILEM Publications SARL, Pro. 30：95—113.

Curbach M, Jesse F. 2005. Verstärken von stahlbetonbauteilen mit textilbewehrtem beton-Kurzer bericht zu aktuellen entwicklungen [J]. Beton- und Stahlbetonbau, 100 (S1)：78—81.

De Koker D, Van Zijl G P A G. 2004a. Extrusion of engineering cement-based composite material [C] // 6th RILEM Symposium on Fiber-Reinforced Concretes (FRC) -BEFIB 2004, Varenna：1301—1310.

De Koker D, Van Zijl G P A D. 2004b. Presentaion：Manufacturing processes for engineered cement-based composite Material (ECC) [C] // Corresponding Paper in Proceedings of BEFIB：1301—1310.

De Vekey R C, Majumdar A J. 1968. Determining bond strength in fiber reinforced composites [J]. Mag-azine of Concrete Research, 20：229—234.

Dilthey U, Schleser M. 2005. Improvement of textile reinforced concrete by use of polymers [C] //E-

MRS Fall Meeting 2005 - Symposium G, Adhesion on macro-, micro- and nano-scale, 5th-9th September, Warsaw University of Technology.

EI Debs M K, Naaman A E. 1995. Bending behavior of mortar reinforced with steel meshes and polymeric fibers [J]. Cement and Concrete Composites, 17 (4): 327—338.

Fischer G. 2002. Deformation behavior of reinforced ECC flexural members under reversed cyclic loading conditions [D]. Ann Arbor: University of Michigan.

Fischer G, Fukuyama H, Li V C. 2002. Effect of matrix ductility on the performance of reinforced ECC column members under reversed cyclic loading conditions [C] // Proc. DFRCC Int'l Workshop, Takayama: 269—278.

Fischer G, Li V C. 2002b. Influence of matrix ductility on the tension-stiffening behavior of steel reinforced engineered cementitious composites (ECC) [J]. ACI Structural Journal, 99 (1): 104—111.

Fischer G, Li V C. 2003a. Intrinsic response control of moment resisting frames utilizing advanced composite materials & structural elements [J]. ACI Structural Journal, 100 (2): 166—176.

Fischer G, Li V C. 2003b. Deformation behavior of fiber-reinforced polymer reinforced engineered cementitious composite (ECC) flexural members under reversed cyclic loading conditions [J]. ACI Structural Journal, 100 (1): 25—35.

Fischer G, Li V C. 2007. Effect of fiber reinforcement on the response of structural members [J]. Engineering Fracture Mechanics, 74 (1-2): 258—272.

Fisher G, Li V C. 2002a. Effect of matrix ductility on deformation behavior of steel-reinforced ECC flexural members under reversed cyclic loading conditions [J]. ACI Structural Journal, 99 (6): 781—790.

Fukuda I, Mitamura H, Imano H, et al. 2004. Effect of ECC overlay reinforcement method on steel plate deck attached with FRP dowels [J]. Proceedings of the Japan Concrete Institute, 26 (2): 1693—1698.

Fukuyama H, Sato Y, Li V C, et al. 2000. Ductile engineering cementitious composite elements for seismic structural application [C] //12th World Conference on Earthquake Engineering, Auckland, New Zealand.

Fukuyama H, Suada H. 2003. Experimental response of HPFRCC dampers for structural control [J]. Journal of Advanced Concrete Technology, 1 (3): 317—326.

Gergely P, Lutz L A. 1968. Maximum crack width in reinforced concrete flexural members [C] // ACI-SP-20: Causes, Mechanism, and Control of Cracking in Concrete. Detroit: American Concrete Institute: 87—117.

Gilani A, Juntunen D. 2001. Link slabs for simply supported bridges: Incorporating engineering cementitious composites [R]. Report No. MDOT SPR-54181, Michigan: Michigan Department of Transportation, Construction and Technology Division.

Hannant D J. 1978. Fiber Cements and Fiber Concretes [M]. Chichester: John Wiley & Sons.

Hegger J, Voss S. 2008. Investigations on the bearing behaviour and application potential of textile reinforced concrete [J]. Engineering Structures, 30: 2050—2056.

Homrich J R, Naaman A E. 1987. Stress-strain properties of SIFCON in compression [J]. Fiber Reinforced Concrete: Properties and Applications, Detroit: American Concrete Institute, SP-105: 283—304.

Horikoshi T, Ogawa A, Saito T, et al. 2005. Properties of PVA fibre as reinforcing materials for cementitious composites [C] //Proceedings of International Workshop on HPFRCC in Structural Applications, Honolulu, Hawaii: 145—153.

Inaguma H, Seki M, Suda K, et al. 2005. Experimental study on crack-bridging ability of ECC for repair under train loading [C] //Proceedings of International Workshop on High Performance Fiber Reinforced Cementitious Composites in Structural Applications, Honolulu, Hawaii.

Japan Society of Civil Engineers. 2007. Recommendations for design and construction of high performance fiber reinforced cement composite with multiple fine cracks (HPFRCC) [S]. Japan: JSCE.

Jesse F, Will N, Curbach M, et al. 2008. Loading bearing behavior of textile-reinforced concrete [J]. Textile-Reinforced Concrete, ACI, SP-250: 59—68.

Kabele P. 2001. Assessment of structural performance of Engineered Cementitious Composites by computer simulation [R]. CTU Reports 5 (4), Czech: Czech Technical University in Prague.

Kabele P. 2003. New developments in analytical modeling of mechanical behavior of ECC [J]. Journal of Advanced Concrete Technology, JSCE, 1 (3): 253—264.

Kabele P. 2007. Multiscale framework for modeling of fracture in high performance fiber reinforced cementitious composites [J]. Engineering Fracture Mechanics, 74 (26): 194—209.

Kabele P, Horii H. 1996. Analytical model for fracture behaviors of pseudo strain-hardening cementitious composites [J]. Journal of Materials, Concrete Structures and Pavements (Proc. of JSCE), 532 (30): 209—219.

Kabele P, Li V C. 1998. Fracture energy of strain-hardening cementitious composites [C] //Fracture Mechanics of Concrete Structures. Proceedings FRAMCOS-3, Freiburg, Germany: Aedificatio Publishers, 487—498.

Kamada T, Li V C. 2000. The effects of surface preparation on the fracture behavior of ECC/concrete repair system. Cement and Concrete Composites, 22 (6): 423—431.

Kamal A, Kunieda M, Ueda N, et al. 2008. Evaluation of crack opening performance of a repair material with strain hardening behavior [J]. Cement and Concrete Composites, 30 (10): 863—871.

Kanda T, Lin Z, Li V C. 2000. Tensile sress-strain modeling od pseudostrain hardening cementitious composites [J]. ASCE Journal of Materials in Civil Engineering, 12 (2): 147—156.

Kanda T, Saito T, Sakata N, et al. 2002. Fundamental properties of deirect sprayed ECC [C] //Proceedings of the JCI International Workshop on DFRCC, Takayam, Japan: 133—142.

Kanda T, Saito T, Sakata N, et al. 2003. Tensile and anti-spalling properties of direct sprayed ECC [J]. Journal of Advanced Concrete Technology, 1 (3): 269—282.

Kanda T, Watanabe S, Li V C. 1998. Application of pseudo strain hardening cementicious composites to shear resistant structural elements [C] //Proceedings FRAMCOS-3, AEDIFICATIO: 1477—1490.

Kelly A. 1972. Reinforcement of structural materials by long strong fibers [J]. Metallurgical and Materials Transactions B, 1972, 3 (9): 2313—2325.

Kelly A, Davis G J. 1965. The principles of fiber reinforcement of metals [J]. Metallurgical Review, 10 (37): 36—41.

Keoleian G A, Kendall A, Dettling J E, et al. 2005. Life cycle modeling of concrete bridge design: comparison of engineered cementitious composite link slabs and conventional steel expansion joints [J]. Journal of Infrastructure Systems, 11 (1): 51—60.

Keoleian G, Kendall A, Chandler R, et al. 2005. Life-cycle cost model for evaluating the sustainability of bridge decks [C] //Workshop on Life-Cycle Cost Analysis and Design of Civil Infrastructure Systems, Florida, US.

Kesner K E, Billington S L. 2005. Investigation of infill panels made from ECC for seismic strengthening and retrofit [J]. ASCE Journal of Structural Engineering, 131 (11): 1712—1720.

Kesner K E, Billington S L, Douglas K S. 2003. Cyclic response of highly ductile fiber-reinforced cement-based composites [J]. ACI Materials Journal, 100 (5): 381-309.

Kim Y Y, Fischer G, Lim Y M, et al. 2004. Mechanical performance of sprayed engineered cementitious composite using wet-mix shotcreting process for repair applications [J]. ACI Materials Journal, 101 (1): 42—49.

Kim Y Y, Fischer G, Li V C. 2004. Performance of bridge deck link slabs designed with ductile engineered cementitious composite [J]. ACI Structural Journal, 101 (6): 792—801.

Kim Y Y, Kong H J, Li V C. 2003a. Design of engineered cementitious composite suitable for wet-mixture shotcreting [J]. ACI Materials Journal, 100 (6): 511—518.

Kim Y Y, Kong H J, Li V C. 2003b. Development of sprayable engineering cementitious composites [C] //Proceedings of the HPFRCC-4, Ann Arbor, MI, USA: 233—243.

Kojima, Sakata N, Kanda T, et al. 2004. Application of direct sprayed ECC for retrofitting dam structure surface application for Mitaka-Dam [J]. Concrete Journal, Japan Concrete Institute (JCI 464), 42 (5): 135—139.

Kong F K, Evans R H. 1987. Reinforced and Prestressed Concrete [M]. London, Great Britain: Spon Press.

Kong H J, Bike S G, Li V C. 2003a. Development of a self-consolidating engineered cementitious composite employing electrosteric dispersion/stabilization [J]. Cement and Concrete Composites, 25 (3): 301—309.

Kong H J, Bike S G, Li V C. 2003b. Constitutive rheological control to develop a self-consolidating engineered cementitious composite reinforced with hydrophilic poly (vinyl alcohol) fibers [J]. Cement and Concrete Composites, 25 (3): 333—341.

Kong H J, Bike S G, Li V C. 2006a. Effects of a strong polyelectrolyte on the rheological properties of concentrated cementitious suspensions [J]. Cement and Concrete Research, 36: 851—857.

Kong H J, Bike S G, Li V C. 2006b. Electrosteric stabilization of concentrated cement suspensions imparted by a strong anionic polyelectrolyte and a non-ionic polymer [J]. Cement and Concrete Research, 36: 842—850.

Konrad M, Chudoba R, Meskouris K, et al. 2003. Numerical simulation of yarn and bond behavior at micro- and meso-level [C] //Proceedings of the 2nd Colloquium on Textile Reinforced Structures. Dresden. Germany: Technische Universität Dresden, Sonderforschungsbereich 528, Manfred Curbach: 399—410.

Krüger M, Reinhardt H W, Fichtlscherer M. 2002. Bond behavior of textile reinforcement in reinforced and prestressed concrete [C] //4th International Ph. D. Symposium in Civil Engineering. München. Germany: Springer-Verlag: 373—381.

Kunieda M, Denarié E, Brühwiler E, et al. 2007. Challenges for strain hardening cementitious composites-deformability versus matrix density [C] //Proceedings of the fifth international RILEM workshop on HPFRCC, Mainz: 31—88.

Kunieda M, Kamada T, Rokugo K, et al. 2004. Localized fracture of repaired material in patch repair systems [C] // International Conference on Fracture Mechanics of Concrete Structures, Colorado: 765—772.

Kunieda M, Rokugo K. 2006. Recent progress on HPFRCC in Japan: required performance and applications [J]. JCI Journal of Advanced Concrete Technology, 4 (1): 19—33.

Lankard D R. 1985. Slurry infiltrated fiber concrete (SIFCON): properties and applications [C] //Proceedings of Symposium on Very High Strength Based Materials, Pittsburgh: Materials Research Society, Vol. 42: 227-286.

Lankard D R, Newell J K. 1984. Preparation of highly reinforced steel fiber reinforced concrete composites [C] // Fiber Reinforced Concrete - International Symposium. Detroit: American Concrete Institute, SP-81: 277—306.

Lepech M D, Li V C, Robertson R E, et al. 2008. Design of green engineered cementitious composites for improved sustainability [J]. ACI Materials Journal, 105 (6): 567—575.

Lepech M, Li V C. 2003. Preliminary findings on size effect in ECC structural members in flexure [C] // Proceedings of the Seventh International Symposium on Brittle Matrix Composites. Warsaw, Poland: ZTUREK RSI and Woodheas Publication: 57—66.

Lepech M, Li V C. 2005a. Water permeability of cracked cementitious composites [C] //CD-Rom, Proceedings of ICF11, Torino: 4539.

Lepech M, Li V C. 2005b. Durability and long term performance of engineered cementitious composites [C] //International RILEM workshop on HPFRCC in structural applications, Honolulu, Hawaii, USA: 165—174.

Leung C K Y, Cheung Y N, Zhang J. 2007. Fatigue enhancement of concrete beam with ECC layer [J]. Cement and Concrete Research, 37 (5): 743-750.

Li M, Li V C. 2006. Behavior of ECC/concrete layer repair system under drying shrinkage conditions [J]. International Journal for Restoration of Buildings and Monuments, 12 (2): 143—160.

Lim Y M, Li V C. 1997. Durable repair of aged infrastructures using trapping mechanism of Engineered Cementitious Composites [J]. Cement and Concrete Composites, 19: 373—385.

Lim Y M, Wu H C, Li V C. 1999. Development of flexural composite properties and drying shrinkage behavior of high performance fiber reinforced cementitious composites at early ages [J]. ACI Materials Journal, 96 (1): 20—26.

Li Q H, Xu S L. 2009a. Experimental investigation and analysis on flexural performance of functionally graded composite beam crack-controlled by ultrahigh toughness cementitious composites [J]. Science in China Series E: Technological Sciences, 52 (6): 1648—1664.

Li Q H, Xu S L. 2009b. A study on the crack-controlled layer of UHTCC in functionally-graded composite beams [J]. Advanced Materials Research, 2009b, the special volume of Multi-Functional Materials and Structures II, (79-82): 1293—1296.

Li Q H, Xu S L. 2010. Experimental research on mechanical performance of hybrid fiber reinforced cemenfitious composites with polyvinyl alcohol short fiber and carbon textile [J]. Journal of Composite Materials. DOI: 10. 1177/0021998310371529.

Li V C. 1992a. Performance driven design of fiber reinforced cementitious composites [C] // Proceedings of 4th RILEM International Symposium on Fiber Reinforced Concrete. London: Chapman and Hall: 12—30.

Li V C. 1992b. A simplified micromechanical model of compressive strength of fiber-reinforced cementitious composites [J]. Cement and Concrete Composites, 14 (2): 131—141.

Li V C. 1993. From micromechanics to structural engineering-The design of cementitious composites for civil engineering applications [J]. JSCE Journal of Structural Mechanics and Earthquake Engineering，10 (2)：37—48.

Li V C. 1998. Engineered Cementitious Composites-Tailored composites through micromechanical modeling [C] //Banthia N，Bentur A，Mufti A. Fiber Reinforced Concrete：Present and the Future. Montreal：Canadian Society for Civil Engineering：64—97.

Li V C. 2002. Advances in ECC research [J]. ACI Special Publication on Concrete：Material Science to Applications，SP 206-23：373—400.

Li V C. 2003a. Durable overlay systems with engineered cementitious composites (ECC) [J]. International Journal for Restoration of Buildings and Monuments，9 (2)：215—234.

Li V C. 2003b. On engineered cementitious composites (ECC)：A review of the material and its applications. Journal of Advanced Concrete Technology，1 (3)：215—230.

Li V C. 2004. High performance fiber reinforced cementitious composites as durable material for concrete structure repair [J]. International Journal for Restoration of Buildings and Momuments，10 (2)：163—180.

Li V C. 2006. Bendable composites-ductile concrete for structures [J]. Structure magazine，2006，July：45—48.

Li V C. 2007. 高延性纤维增强水泥基复合材料的研究进展及应用 [J]. 硅酸盐学报，35 (4)：531—536.

Li V C，Fischer G，Lepech M. 2009. Shotcreting with ECC [C] // Kusterle W. Proc. CD，Spritzbeton-Tagung，Austria.

Li V C，Hashida T. 1993. Engineering ductile fracture in brittle matrix composites [J]. Journal of Materials Science Letters，12 (12)：898—901.

Li V C，Horii H，Kabele P，et al. 2000. Repair and retrofit with engineered cementitious composites [J]. Engineering Fracture Mechanics，65 (2-3)：317—334.

Li V C，Horikoshi T，Ogawa A，et al. 2004. Micromechanicsbased durability study of polyvinyl alcohol-engineered cementitious composite [J]. ACI Materials Journal，101 (3)：242—248.

Li V C，Kong H J，Chan Y W. 1998. Development of self-compacting engineered cementitious composites [C] //Proceedings of the International Workshop on Self-Compacting Composites，Kochi，Japan：46—59.

Li V C，Lepech M. 2004. Crack resistant concrete naterial for transportation construction [C] //Transportation Research Board 83rd Annual Meeting，Washington，D C，Compendium of Papers CD ROM，Paper 04—4680，Cited in Concrete Products，Feb 1.

Li V C，Lepech M，Wang S X，et al. 2004. Development of green engineering cementitious composites for sustainable infrastructures systems [C] //Proceedings of International Workshop on Sustainable Development and Concrete Technology. Iowa：Iowa State University：181— 192.

Li V C，Leung C K Y. 1992. Theory of steady state and multiple cracking of random discontinuous fiber reinforced brittle matrix composites [J]. ASCE Journal of Engineering Mechanics，118 (11)：2246—2264.

Li V C，Lim Y M，Chan Y W. 1998. Feasibility study of a passive smart self-healing cementitious composite [J]. Composites Part B，29B：819—827.

Li V C，Mishra D K，Naaman A E，et al. 1994. On the shear behavior of engineered cementitious composites [J]. Journal of Advanced Cement Based Materials, 1 (3): 142—149.

Li V C, Stang H. 2004. Elevation FRC material ductility to infrastructure durability [C] //6th RILEM Symposium on Fiber-Reinforced Concretes (FRC) -BEFIB, Varenna, Italy: 171—186.

Li V C, Wang S. 2002. Flexural behaviors of glass fiber-reinforced polymer (GFRP) reinforced engineered cementitious composite beams [J]. ACI Materials Journal, 99 (1): 11—21.

Li V C, Wang S, Wu H C. 2001. Tensile strain-hardening behavior of PVA-ECC [J]. ACI Materials Journal, 98 (6): 483—492.

Li V C, Wu H C. 1992. Conditions for pseudo strain-hardening in fiber reinforced brittle matrix composites [J]. Applied Mechanics Reviews, 45 (8): 390—398.

Maalej M, Ahmed S F U, Paramasivam P. 2002. Corrosion durability and structural response of functionally-graded concrete beams [J]. Journal of Advanced Concrete Technology, 1 (3): 307—316.

Maalej M, Hashida T, Li V C. 1995. Effect of fiber volume fraction on the off-crack-plane fracture energy in strain-hardening engineered cementitious composites [J]. Journal of American Ceramic Society, 78 (12): 3369—3375.

Maalej M, Li V C. 1994. Flexural strength of fiber cementitious composites [J]. Journal of Materials in Civil Engineering, ASCE, 6 (3): 390— 406

Maalej M, Li V C. 1995. Introduction of strain hardening engineered cementitious composites in design of reinforced concrete flexural members for improved durability [J]. ACI Structural Journal, 92 (2): 167—176.

Majumdar A J, Ryder A F. 1968. Glass fiber reinforcement of cement products [J]. Glass Technology, 9 (3): 78—84.

Marshall D B, Cox B N. 1988. A J-integral method for calculating steady-state matrix cracking stresses in composites [J]. Mechanics of Materials, (7): 127—133.

Martinola G, Bauml M F, Wittmann F H. 2004. Modified ECC by means of internal impregnation [J]. Journal of Advanced Concrete Technology, 2 (2): 207—212.

Mihashi H, Otsuka K, Akita H, et al. 2005. Bond behavior of a deformed bar in high-performance fiber-reinforced cement composites (HPFRCC) [C] //ICF 11, Turin, Italy, Compendium of Papers CD ROM: 5801.

Mitamura H, Sakata N, Shakushiro K, et al. 2005. Application of overlay reinforcement method on steel deck utilizing engineering cementitious composites -Mihara Bridge [J]. Bridge and Foundation Engineering, 39 (8): 88—91.

Miyazato S, Hiraishi Y. 2005. Transport properties and steel corrosion in ductile fibre reinforced cement composites [C] //Proceedings of ICF11, Torino.

Naaman A E. 1972. A statistical theory of strength for fiber reinforced concrete [D]. Massachusetts Institute of Technology.

Naaman A E. 1987a. High performance fiber reinforced cement composites [C] //Proceedings of the IABSE Symposium on Concrete Structures for the Future, Paris, France: 371—376.

Naaman A E. 1987b. Advances in high performance fiber reinforced cement based composites [C] //Proceedings of the International Symposium on Fiber Reinforced Concrete. New Delhi: Oxford IBH Publishing Ltd: 7. 87—7. 98.

Naaman A E. 2007. Tensile strain-hardening FRC composites: Historical evolution since the 1960 [C] //

Advances in Construction Materials 2007. Stuttgart: Springer-Verlag: 181—202.

Naaman A E, Argon A, Moavenzadeh F. 1973. A fracture model for fiber reinforced cementitious materials [J]. Cement and Concrete Research, 3 (4): 397—411.

Naaman A E, Homrich J R. 1989. Tensile stress-strain properties of SIFCON [J]. ACI Materials Journal, 86 (3): 244—251.

Naaman A E, Moavenzadeh F, McGarry F J. 1974. Probabilistic analysis of fiber reinforced concrete [J]. Journal of the Engineering Mechanic's Devision, ASCE, 100 (EM2): 397—413.

Naaman A E, Reinhardt H W. 1996. Characterization of high performance fiber reinforced cement composites-HPFRCC [C] //Naaman A E, Reinhardt H W. High Performance Fiber Reinforced Cement Composites 2 (HPFRCC 2), Proceedings of the Second International RILEM Workshop, London: E&FN Spon: 1—24.

Naaman A E, Shah S P, Throne J L. 1984. Some developments of polypropylene fibers for concrete [C] //Fiber-Reinforced Concrete-International Symposium, ACI, SP-81, Farmington Hills, Michigan.

Neville A. 1975. Proceedings of the RILEM International Symposium on Fiber Reinforced Cement and Concrete [M]. London: Construction Press.

Otsuka K, Mihashi H, Kiyota M, et al. 2003. Observation of multiple cracking in hybrid FRCC at micro and meso levels [J]. Journal of Advanced Concrete Technology, JCI, 1 (3): 291—298.

Parra-Montesinos G, Wight J K. 2000. Seismic response of exterior RC column-to-steel beam connections [J]. ASCE Journal of Structural Engineering, 126 (10): 1113—1121.

Peled A, Bentur A, Yankelevsky D. 1998. Effects of woven fabrics geometry on the bonding performance of cementitious composites Mechanical performance [J]. Journal of Advanced Cement Based Materials, (7): 20—27.

Peled A, Bentur A, Yankelevsky D. 1999. Flexural performance of cementitious composites reinforced with woven fabrics [J]. Journal of Materials in Civil Engineering, (11): 325—330.

Pigeon M, Pleau R. 1995. Durability of Concrete in Cold Climates [M]. London: Chapman & Hall.

Qian S, Li V C, Zhang H, et al. 2008. Durable and sustainable overlay with ECC [C] //Proceedings of the 9th International Conference on Concrete Pavements, San Fransisco, California.

Qian S, Zhou J, De Rooij M R, et al. 2009. Self-healing behavior of strain hardening cementitious composites incorporating local waste materials [J]. Cement and Concrete Composites, 31 (9): 613—621.

Qian S Z, Lepech M D, Kim Y Y, et al. 2009. Introduction of transition zone design for bridge deck [J]. ACI Structural Journal, 106 (1): 96—105.

Raupach M, Orlowsky J, Büttner T, et al. 2006. Recent developments of the usage of polymers in textile reinforced concrete [C] //Proceedings of the 5th Asian Symposium on Polymers in Concrete, Taramani, India: 53—60.

Reinhardt H W, Krüger M. 2001. Vorgespannte dünne platten aus textilbeton [C] // Proc., Textilbeton-l. Fac-kolloquium der Sonderforschungsbereiche 528 und 532: 165—174.

Reinhardt H W, Krüger M, Große C U. 2003. Concrete prestressed with textile fabric [J]. Journal of Advanced Concrete Technology, 1 (3): 231—239.

Rokogo K, Kanda T. 2005. Presentation: Recent HPFRCC R&D Progress in Japan [C] // Proceedings of Int'l workshop on HPFRCC in structural applications, Honolulu, Hawaii, USA.

Rokugo K, Kunieda M, Kamada T, et al. 2002. Structural applicationa of strain hardening type DFRCC

as tesion carrying material [C] //Proceedings of the JCI International Workshop on Ductile Fiber Rein-
forced Cementitious Composites (DFRCC) - Application and Evaluation (DRFCC-2002), Takayama, Ja-
pan: 249—258.

Rokugo K, Kunieda M, Lim S C. 2005. Patching repair with ECC on cracked concrete surface [C] //
Proc. of ConMat05, Vancouver, Canada [CD-ROM].

Romualdi J P. 1969. Two phase concrete and steel materials [P]: U S, 3 439 094.

Romualdi J P, Mandel J A. 1964. Tensile strength of concrete affected by uniformly distributed closely
spaced short length of wire reinforcement [J]. ACI Journal, June.

Rossi P, Chanvillard G. 2000. Proceedings of Fifth RILEM Symposium on Fiber Reinforced Conretes
(FRC) [C]. BEFIB 2000, RILEM Publications SARL, Cachan, France.

sahmaran M, Li V C. 2007. De-icing salt scaling resistance of mechanically loaded engineered cementitious
composites [J]. Cement and Concrete Research, 37: 1035—1046.

sahmaran M, Li V C, Andrade C. 2008a. Corrosion resistance performance of steel-reinforced engineered
cementitious composite beams [J]. ACI Materials Journal, 105 (3): 243—250.

sahmaran M, Li V C. 2008b. Durability of mechanically loaded engineered cementitious composites under
highly alkaline environments [J]. Cement and Concrete Composites, 30 (2): 72—81.

sahmaran M, Li V C. 2009. Influence of microcracking on water absorption and sorptivity of ECC [J].
Materials and Structures, 42: 593—603.

saupach M, Keil A. 2007. Improvement of the load-bearing capacity of textile reinforced concrete by the
use of polymers [C] //12th international Congress on Polymers in Concrete, Chuncheon, Korea, 27—
28 September.

Shah S P, Ranjan R V. 1971. Fiber reinforcement concrete properties [J]. ACI Journal, 68 (2):
126—135.

Shin S K, Kim J J H, Lim Y M. 2007. Investigation of the strengthening effect of DFRCC applied to plain
concrete beams [J]. Cement and Concrete Composites, 29 (6): 465—473.

Shon I J, Munir Z A. 1998. Synthesis of TiC, TiC-Cu composite, and TiC-Cu functionally graded materi-
als by electro thermal combustin [J]. Journal of the American Ceramic Society, 81 (12): 3243—3248.

Spagnoli A. 2009. A micromechanical lattice model to describe the fracture behaviour of engineered cementi-
tious composites. Computational Materials Science, (46): 7—14.

Stang H, Li V C. 1999. Extrusion of ECC-material [C] // Proceedings of High Performance Fiber Rein-
forced Cement Composites 3 (HPFRCC-3), New York: Chapman & Hull: 203—212.

Suthiwarapirak P, Matsumoto T, Kanda T. 2002. Flexural fatigue failure characteristics of an engineered
cementitious composite and polymer cement mortars [J]. Proceedings of JSCE, 718: 121—134.

Suwada H, Fukuyama H. 2006. Nonlinear finite element analysis on shear failure of structural elements u-
sing high performance fiber reinforced cement composite [J]. JCI Journal of Advanced Concrete Technolo-
gy, 4 (1): 45—57.

Swamy R N. 1978. Testing and Test Methods of Fiber Cement Composites [C] //RILEM Symposium
Proceedings. Sheffield: The Construction Press.

Swamy R N. 1979. Polymer reinforcement of cement systems [J]. Journal of Materials Science, 14 (7):
1521—1553.

Swamy R N, Spanos A. 1985. Deflection and cracking behavior of ferrocement with grouped reinforcement and fiber reinforced matrix [J]. ACI Journal, 82 (1): 79—91.

Takashima H, Miyagai K, Hashida T. 2002. Fracture properties of discontinuous fiber reinforced cementitious composites manufactured by extrusion molding [C] //Proceedings of the JCI International Workshop on Ductile Fiber Reinforced Cementitious Composites (DFRCC) -Application and Evaluation: 75—83.

Takashima H, Miyagai K, Hashida T, et al. 2003. A design approach for the mechanical properties of polypropylene discontinuous fiber reinforced cementitious composites by extrusion molding [J]. Engineering Fracture Mechanics, 70: 853—870.

Takewaka K, Yamaguchi T, Maeda S. 2003. Simulation model for deterioration of concrete structures due to chloride attack [J]. Journal of Advanced Concrete Technology, 1 (2): 139—146.

Triantafillou T C, Papanicolaou C G. 2005. Textile reinforced mortars (TRM) versus fiber reinforced polymers (FRP) as strengthening materials of concrete structures [C] //7th International Symposium on Fiber-Reinforced Polymer (FRP) Reinforcement for Concrete Structures. ACI, SP-230. Kansas City, MI (US).

Uchida Y, Fischer G, Hishiki Y, et al. 2008. Review of Japanese recommendations on design and construction of different classes of fiber reinforced concrete and application examples [C] //Proceedings of the 8th International Symposium on Utilization of High-Strength and High-Performance Concrete, Tokyo, Japan.

Wang K, Jansen D, Shah S, et al. 1997. Permeability study of cracked concrete [J]. Cement and Concrete Research, 27 (3): 381—393.

Wang S, Li V C. 2003. Lightweight ECC [C] //HPFRCC-4. Michigan: University of Michgan: 379—390.

Wang S, Naaman A E, Li V C. 2001. Bending response of hybrid ferrocemnt plates with meshes and fibers [C] //Proceeding of the 7th International Symposium on Ferrocement and Thin Reinforced Cement Composites (Singapore): 247—260.

Wang S X, Li V C. 2006. High-early-strength engineered cementitious composites [J]. ACI Materials Journal, 103 (2): 97—105.

Wang S X, Li V C. 2007. Engineered cementitious composites with high-volume fly ash [J]. ACI Materials Journal, 104 (3): 233—241.

Wang X G, Wittmann F H, Zhao T J. 2006. Comparative study of test methods to determine fracture energy of strain hardening cement-based composites (SHCC) [J]. International Journal for Restoration of Buildings and Monuments, 12 (2): 169—178.

Weimann M B, Li V C. 2003a. Hygral behavior of engineered cementitious composite (ECC) [J]. International Journal for Restoration of Buildings and Monuments, 9 (5): 513—534.

Weimann M B, Li V C. 2003b. Drying shrinkage and crack width of engineering cementitious composites (ECC) [C] //Proceedings of the Seventh International Symposium on Brittle Matrix Composites (BMC-7), Poland: 37—46.

Wittmann F H, Martinola G. 2003. Decisive properties of durable cement-based coatings for reinforced concrete structures [J]. International Journal for Restoration of Buildings and Monuments, 9 (3): 235—264.

Wu C. 2001. Micromechanical tailoring of PVA-ECC for structural applications [D]. Ann Arbor: University of Michigan, January.

Xa xa V. 2003. Investigating the shear characteristics of high performance fiber reinforced concrete [D]. Toronto: University of Toronto.

Xu S L, Cai X R. 2010. Experimental study and theoretical models on compressive properties of ultra high toughness cementitious composites [J]. Journal of Materials in Civil Engineering (ASCE) 22 (10), Oct. 2010.

Xu S L, Krüger M, Reinhardt H W, et al. 2004. Bond characteristics of carbon, alkali-resistant glass and aramid textiles in mortar [J]. ASCE Journal of Matererials in Civil Engineering, 16 (4): 356—364.

Xu S L, Li Q H. 2009. Theoretical analysis on bending behavior of functionally graded composite beam crack-controlled by ultrahigh toughness cementitious composites [J]. Science in China Series E: Technological Sciences, 52 (2): 363—378.

Xu S L, Reinhardt H W, Krüger M, et al. 2002. 高性能精细混凝土与碳纤维织物粘接性能研究 [J]. 工程力学, 增刊: 95—111.

Xu S L, Yin S P. 2010. Analytical theory of flexural behavior of concrete beam reinforced with textile-combined steel [J]. Science in China Series E: Technological Sciences. 53 (6): 1700—1710.

Xu S L, Yu W T, Song S D. 2010. Numerical simulation and experimental study on electrothermal properties of carbon/glass fiber hybrid textile reinforced concrete [J]. Science in China Series E: Technological Sciences.

Yang E H. 2008. Designing added functions in engineering cementitious composites [D]. Ann Arbor: The University of Michigan.

Yang E H, Li V C. 2007. Numerical study on steady-state cracking of composites [J]. Composites Science and Technology, 67 (2): 151—156.

Yang E H, Wang S X, Yang Y Z, et al. 2008. Fiber-bridging constitutive law of engineered cementitious composites [J]. Journal of Advanced Concrete Technology, JSCE. 6 (1): 181—193.

Yang E H, Yang Y Z, Li V C. 2007. Use of high volumes of fly ash to improve ECC mechanical properties and material greenness [J]. ACI Materials Journal, 104 (6): 303—311.

Yang Y Z, Lepech M D, Yang E H, et al. 2009. Autogenous healing of engineered cementitious composites under wet-dry cycles [J]. Cement and Concrete Research, 39: 382—390.

Yoshio K. 1981. Physical properties of polymer-modified mortar [C] //Proc 3rd Int Congress Polymer Concrete. Fukushima: American Con-crete Institute.

Young J F. 2002. Advanced cement based materials [C] //Proc 5th Int Symp Cement Concrete. Shanghai: Tongji University Press.

Young J F, Berg M. 1992. A novel organo-ceramic composite [J]. Mater Res Soc, 271 (1): 609—619.

Zhang J, Gong C X, Guo Z L, et al. 2009. Engineered cementitious composite with characteristic of low drying shrinkage [J]. Cement and Concrete Research, 39: 303—312.

Zhang J, Leng B. 2008. Transition from multiple macro-cracking to multiple micro-cracking in cementitious composites [J]. Tsinghua Science and Technology, 13 (5): 669—673.

Zhang J, Leung C K Y, Cheung Y N. 2006. Flexural performance of layered ECC-concrete composite beam [J]. Composites Science and Technology, 66: 1501—1512.

Zhang J, Li V C. 2002. Monotonic and fatigue performance in bending of fiber-reinforced engineered cementitious composite in overlay system [J]. Cement and Concrete Research, 32 (3): 415—423.

Zhang J, Li V C, Nowak A, et al. 2002. Introducing ductile strip for durability enhancement of concrete slabs [J]. ASCE Journal of Materials in Civil Engineering, 14 (3): 253—261.

Zhang J, Maalej M, Quek S T. 2007. Performance of hybrid-fiber ECC blast-shelter panels subjected to drop weight impact [J]. Journal of Materials in Civil Engineering, 19 (10): 855—863.

Zhou J, Li M, Ye G, et al. 2008. Modeling the performance of ECC repair systems under differential volume changes [C] //Proc. 2nd Int'l Conf. on Concrete Repair (ICCRRR), Rehabilitation and Retrofitting, Cape Town, Leiden: CRC Press/Balkema: 1005—1009.

Zhou J, Ye G, Schlangen E, et al. 2008. Modelling of stresses and strains in bonded concrete overlays subjected to differential volume changes [J]. Theoretical Applied Fracture Mechanics, 49 (2): 199—205.

附录　主要符号含义

V_t——碳纤维编织网体积率（％）；

$V_{t\text{-warp}}$——经向纤维束体积率（％）；

V_f——PVA 纤维体积率（％）；

x_c——受压区边缘与中和轴的距离（mm）；

x——等效矩形受压区的高度（mm）；

α_1——等效矩形应力系数；

β_1——x 与 x_c 的比值，即 $x = \beta_1 x_c$；

f_t——混凝土单轴受拉强度（MPa）；

f_c——混凝土抗压强度（MPa）；

σ_{tex}——碳纤维编织网的拉伸应力（MPa）；

A_{tex}——碳纤维编织网的截面积（mm^2）；

σ_{tc}——UHTCC 拉伸初裂强度（MPa）；

ε_{tc}——UHTCC 拉伸初裂应变；

σ_{tu}——UHTCC 极限抗拉强度（MPa）；

ε_{tu}——UHTCC 极限拉应变；

σ_{cc}——UHTCC 压缩刚度变化点对应的强度（MPa）；

ε_{cc}——UHTCC 压缩刚度变化点对应的应变；

σ_{cp}——UHTCC 峰值应力即抗压强度（MPa）；

ε_{cp}——UHTCC 峰值应力所对应的压应变；

σ_{te}——UHTCC 的等效拉伸应力（MPa）；

$\varepsilon_{tu\text{-con}}$——混凝土单轴受拉极限拉应变；

f_y——钢筋屈服应力（MPa）；

ε_y——钢筋屈服应变；

E_s——钢筋弹性模量（GPa）；

$\sigma(x)$、$\varepsilon(x)$ ——计算点处的应力、应变；

σ_c、ε_c——受压区边缘的压应力、应变；

σ_t、ε_t——受拉区边缘的拉应力、应变；

σ_s、ε_s——钢筋的应力、应变；

h——截面高度（mm）；

b——截面宽度（mm）；

$l_{\min}$——最小裂缝间距（mm）；

a——多缝开裂区高度（mm）；

e——受拉区边缘纤维至受压区刚度变化点的距离（mm）；

m——受拉区边缘至受拉增强筋合力点的距离（mm）；

x——计算点距受拉区边缘的距离（mm）；

c——受拉区边缘到中和轴的距离（mm）；

t——UHTCC 层厚度（mm）；

μ_{Δ}——位移延性系数；

μ_{φ}——截面曲率延性系数；

M_{cr}、M_y、M_u——起裂弯矩、屈服弯矩、极限弯矩（MPa）；

M_a——正常使用阶段某一时刻弯矩值（kN·m）；

Δ_y、Δ_u——屈服挠度、极限挠度（mm）；

φ_y、φ_u——屈服曲率、极限曲率（mm^{-1}）；

Δ_p——塑性位移（mm）；

φ_p——塑性曲率（mm^{-1}）；

l_p——塑性铰区长度（mm）；

I_e——RUHTCC 梁有效截面惯性矩（mm^4）；

I_g——RUHTCC 梁未开裂前换算截面对中和轴的惯性矩（mm^4）；

I_{cr}——开裂后梁的换算截面对中和轴的惯性矩（mm^4）；

ρ_b——RUHTCC 梁界限配筋率（%）；

$\rho_{\min}$——RUHTCC 梁最小配筋率（%）。